— 系列 —

独家宠爱

· 02 ·

"年年，来我这里。"

当然是选择喜欢他

轻寒／著／

花山文艺出版社

图书在版编目（CIP）数据

当然是选择喜欢他/轻寒著．—石家庄：花山文艺出版社，2018.1

ISBN 978-7-5511-3749-2

Ⅰ．①当…Ⅱ．①轻… Ⅲ．①长篇小说—中国—当代Ⅳ．①I247.5

中国版本图书馆CIP数据核字(2017)第329939号

书　　名： 当然是选择喜欢他
著　　者： 轻　寒

统筹策划： 张采鑫
责任编辑： 张凤奇　于怀新
特约编辑： 廖晓霞
美术编辑： 胡彤亮
责任校对： 齐　欣
装帧设计： 刘　艳　cain酱
封面绘制： 如　月
出版发行： 花山文艺出版社（邮政编码：050061）
（河北省石家庄市友谊北大街330号）
销售热线： 0311-88643221/29/35/26
传　　真： 0311-88643225
印　　刷： 湖南凌宇纸品有限公司
经　　销： 新华书店
开　　本： 889×1194　1/32
印　　张： 9
字　　数： 256千字
版　　次： 2018年4月第1版
2018年4月第1次印刷
书　　号： ISBN 978-7-5511-3749-2
定　　价： 32.80元

目录

contents

目录

contents

第一章

年年有余的鲤鱼

NIAN NIAN YOU YU DE LI YU

花信道，老城区的商业街。

在两排相对的老旧建筑物中，余鲤找到花信道 72 号，一幢三层贝灰白骑楼。

骑楼廊柱后的门面，装修成现代极简风格的办公室前台，背景墙镶嵌着“三朝安全顾问公司”几个钛金字。

余鲤看了看名片，三朝安全顾问公司、特勤部部长明郗。

确认无误后，她才走向前台。

前两天，正值国庆假期，她被好友王沐春拉去美术馆看她偶像——演员画家裴叙的作品展，王沐春不专心看展，一直叨念她“又”失业的事，她就借口去洗手间图清净。

那时裴叙从隔壁洗手间跑出来，后面追着戴口罩的男人，她见状出手相助，撂倒口罩男，解除裴叙的危机。

然后，裴叙的临时保镖明郗出现，对她表示感谢，并邀请她加入他们公司。

三朝提供私人保镖服务，并非朝九晚五的工作，机动性大，但薪水丰厚，任务奖金可观。

余鲤从小练跆拳道，身体素质好，处事果敢直率，这份工作待遇好又能发挥所长，她就抱着试试看的心理来三朝。明郗交代过前台妹子，直接带她去特勤部部长室。

宽敞的部长室内，穿练功服的明郗正和穿黑西装的男人过招，两人势均力敌，动作敏捷凌厉，打得酣畅淋漓。

余鲤兴致勃勃地看他们过招，可惜明郗见到她，很快就中止了比试。

黑西装男随即收势，他年纪与明郗相仿，二十五六岁的样子，身材挺拔高挑，汗湿的脸庞清秀俊雅，萧萧肃肃，如松下之风。

赏心悦目得不像练家子，余鲤偷偷打量黑西装男，渐渐觉得眼熟。

黑西装男注意到她，与她四目相对，明显愣了下，眼神变得古怪。

“这位是？”黑西装男向明郗挑眉，“来踢馆的吗？”

他的话似有所指，语气并不友善。余鲤有些不爽地眯起眼睛，刚对他的好观感急速减少。

“这位是我发掘的人才。”明郗得意道，“她叫余鲤，身手了得，前两天见义勇为，保护了我们的委托人。”

“余鲤。”黑西装男走近她，意味深远道，“年年有余的鲤鱼，对吧？”

“你是？”

余鲤盯着黑西装男的脸，脑中浮现出一张少年斯文俊秀的脸，但感觉又不对，却见他看她的眼睛浮出笑意，像是猎豹发现了猎物。

“余鲤，他是三朝安全部部长兼法律顾问，宋凌微。”明郗介绍，“叫他宋部就可以了。”

宋——凌——微！

这个名字瞬间在余鲤脑袋里炸响，她不敢置信地盯着他，心间一阵激荡。

他变化太大了。

八年未见，他像是脱胎换骨，少年时期文弱的书生气消失得无影无踪，取而代之的是精悍的男人气，五官轮廓被时间雕琢得立体，精神面貌截然不同，难怪她一时认不出来。

“宋凌微？”

余鲤出声确认，忍不住攥紧了拳头，感觉到沉寂的洪荒之力正在迅速瓦解她的自制力。

习武之人，重在修身养性，余鲤提醒自己要戒骄戒躁，但面对宋凌微，她没有久别重逢的喜悦，只有历久弥新的怒气。

“是我，年年。”宋凌微倾身靠近她，“好久不见，别来无恙。”

“不准叫我年年，你这个斯文败类！”“年年”这个称呼，仿佛在提醒他们曾经的关系，让余鲤变了脸，“真是好久不见，我说过吧，见一次打一次！”

话音刚落，余鲤的直勾拳就往宋凌微下巴招呼。

宋凌微反应敏捷，擒拿手化解她的攻势，下一瞬，余鲤借力用力，抓住他的胳膊，想来个过肩摔。

他似乎料到她的攻击套路，顺势推倒她，将她压在身下，笑道：“年年，久别重逢，你别太激动，我们来叙叙旧，可好？”

“滚！”

余鲤没想到他脸皮厚成带年轮的树皮，弓起膝盖攻击他的下半身。

宋凌微不得不放开她，闪到一边，这个女人发起狠来真会让他断子绝孙的。

余鲤一个鲤鱼翻腾利落起身，抬腿横踢，扫向宋凌微的面门，他灵活地闪躲。

她不给他喘气时间，前踢，后旋踢，换脚连环踢，气势汹汹，咄咄逼人。

宋凌微见招拆招，游刃有余，余鲤没伤到他分毫，反被他抓到空隙，挡住她的侧踢，抱住她的腿，直接将她扑倒在地。

这次，他用腿锁住她的腿，扣住她的双手压在头顶，另一手握着她的下巴，贴近她，呼吸都扑到她脸上了：“你对我这般热情，真令我受宠若惊呢。”

余鲤自负跆拳道黑带实力，对付一般男人绰绰有余，此时却深刻体会到男女力量的悬殊，她没法挣开宋凌微的压制。

而且宋凌微压制她的姿势太羞耻，加上他一脸将她当鱼肉想任意宰割的表情。

余鲤恼羞成怒，手脚被牵制，她直接抬头撞向宋凌微。

她的额头撞到宋凌微的鼻梁，他吃痛，一时松了劲，她趁机挣脱，远离他。

“流氓！”余鲤擦了擦被他碰过的下巴。

“年年，这么说就不对了。”宋凌微摸着被撞疼的鼻梁，“你动手招呼，我礼尚往来，哪里流氓？”

“你……”

余鲤词穷，打不过他也说不过他，只能不甘心地瞪着他。

意识到她现在拿他没辙，余鲤一时发热的脑袋终于冷静下来，不再恋战，甩身走人，用行动表明她对他不屑一顾。

“哈哈哈！”

宋凌微看着余鲤落荒而逃的身影大笑，他设想过许多再见余鲤的场景，都不如这样的重逢令他身心舒畅。

“余……余鲤！”

明郗作壁上观，看得目瞪口呆，想起余鲤此行目的，想叫住她，她已经没影了。

“你和余鲤……”明郗满头雾水地问宋凌微，“这一见面就天雷勾地火的，怎么回事？”

“欠债的遇到债主了。”宋凌微的手抚向胸口，想到余鲤，这里还会疼，“她想赖账呢。”

这“债”放得太久，反而让他找不到好时机去“讨债”。

如今她主动送上门，那就算算他们的“债”，一分利息，他都不会让她少的。

“我先声明，余鲤是我要招的人。”明郗表明立场，“我不管你和她之间有什么债，现在你把人吓跑，就得负责给我找回来。”

“她呀，跑不掉的。”

宋凌微好整以暇，这八年，他织好了网，就等着撒网，捕鱼。

年年有今日……他期待很久了。

时光虽然磨平了她的棱角，但并未让她学会跟现实妥协，她只是依着趋利避害的本能，拒绝跟宋凌微再扯上关系，不想去三朝上班。

所以这几天明郗打来的电话，余鲤一个都没有接，开始找新的工作。

“小鱼，为了一劳永逸，你还是先治病吧。”王沐春下班回来，看她在人才网上投简历，“不然，还得换工作。”

“哦？请问王大夫，我有什么病？”余鲤不以为然，点击鼠标，打开网页看另一家公司的招聘启事。

“恋爱恐惧症，这是病，得治。”王沐春一本正经道，“根据本大夫观察，你是重度拒绝型患者，临床表现为怕爱上别人，一有恋爱苗头，就断人情路也自绝后路。”

她和余鲤是大学同学，毕业后，她进入互联网公司当网站编辑，而余鲤毕业两年已经换了五六份工作，每次辞职的理由大同小异，她都见惯不怪了。

余鲤长得美，天生媚态的美，细腰丰臀，女人味足，秋水盈盈的眼睛总含情脉脉的，让清丽的面容显得特别妩媚动人，自然容易招桃花。

不过，余鲤对恋爱这事从来都是拒绝的，嘴上说对恋爱没兴趣，身体比嘴巴更加耿直，一旦异性企图靠近她，出现肢体接触，她的身体反应更快，直接余式过肩摔招待，断绝一切可能。

余鲤每次都因在工作场合“施暴”而引咎辞职，王沐春就劝她，恋爱不成仁义在，拒绝方式温和点，给人留三分面子，日后好继续工作嘛。

“我把他们当工作伙伴，他们却想睡我，怎么忍？”

余鲤的回答简单粗暴，耿直本性一览无遗，偏偏长着一张令人心猿意马的脸。

王沐春认识余鲤六年，她颜值高个性直，为人处事坦率，是值得交往的朋友。但她对异性戒备心太强，发现对方对她有恋爱想法，立刻疏远，躲不开，她就动手亲自斩情丝了。

“恋爱恐惧症？呵呵！”余鲤停下忙碌点击鼠标的动作，对王沐春的“诊断”嗤之以鼻，“单身时间等于年龄的人，别顾着纸上谈兵，先去刷点经验值，再来说教吧。”

“都是‘单身汪’，你不要这样伤害同类啊。”王沐春捂着胸口，感觉受到一万点的攻击。

自从认识余鲤，跟余鲤走一起，桃花都向着余鲤开，她哪能走桃花运，最多帮余鲤运桃花了。

“我们不是同类。”余鲤故作嫌弃道，“我是单身鱼。”

“好好好，我亲爱的小鱼。”王沐春翻了个白眼，正色道，“言归正传，你这样排斥跟异性接触，现在已经影响你的工作，那以后结婚怎么办？总不能当一辈子单身鱼吧？”

“子非鱼焉知鱼之乐。”

余鲤回答得巧妙，不想跟王沐春继续这个话题，这时手机响起来，门铃也跟着响起来。

王沐春示意余鲤接电话，她去开门。

“师兄。”余鲤起身走到客厅窗边，来电是宫清原，她最初学跆拳道时的同门，“最近忙吗？”

“忙。”宫清原也不跟她客气，“所以来找你帮忙，有空来兼职吗？”

“我现在待业中，师兄这是雪中送炭呢。”余鲤笑道，“需要我做什么？”

“最近有部电视剧在道馆取景，我担当电视剧的跆拳道顾问，无法兼顾学员的日常训练。”宫清原说，“我需要你当女学员的兼职教练。”

“没问题。”

余鲤爽快答应，挂了电话后，才发现客厅里多了个人。

他仿佛在自家后院，闲庭信步，神清气朗，打量着她和王沐春租住的两居室公寓，见她打完电话，自然而然地打招呼：“年年。”

余鲤傻眼，不知道宋凌微从哪里知道她的住址，居然就这样登堂入室，她的危机感瞬间飙升。

“大春！”她无视宋凌微，忍不住怪王沐春，“你有点安全意识好不好？不要什么妖魔鬼怪都放进门啊！”

“他说他叫宋凌微，是你老朋友。”王沐春无辜道，手中拿着宋凌微的伴手礼——明石料理的寿司外卖，“你看你老朋友很有心的，帮我们把晚餐都解决了。”

“谁跟他是老朋友？”余鲤拿过寿司外卖，塞到宋凌微手里，冷脸下逐客令，“不想被揍，就给我滚。”

“呃？”王沐春捧着空手，古怪地看着反应异常的余鲤，她的待客之道呢？

“比起被揍，我觉得落荒而逃更可耻。”宋凌微慢条斯理道，将寿司外卖还给王沐春。

王沐春自觉地闪到一边，作壁上观。

“你！”余鲤被戳到软肋，脸色变了变，“所以你来讨打吗？”

“讨打？”宋凌微挑了挑眉，“你打得过我吗？”

余鲤被他上门挑衅的姿态刺激到，冷静告罄，以拳头回答他的问题。

宋凌微不闪不躲，一招“封腕勾踢”以四两拨千斤之势，斜上封腕，反手勾踢，旋身锁住她双手，将她带入他怀中。

有瞬间的昏眩，让余鲤觉得腿一软使不上力，回过神来，发现自己困在宋凌微怀里，难以动弹。

她的背紧贴着他的胸膛，隔着衣服，能感受他皮肤传来的热度，还有稳健的心跳声，一时竟有些恍惚，忘记她对异性肢体接触的排斥。

整个人被灼热的男性气息包围，这种气息有点陌生，又有点熟悉。

她突然想起少年宋凌微的拥抱，再一次意识到，这八年宋凌微变化有多大，他的胸膛不像少年时期那般单薄，已经变得厚实有力，像一堵无法撼动的血肉之墙。

“年年，还打吗？”

宋凌微凑到她耳畔，故意压低的声音像撩人的风吹进她耳里，令她心烦意乱，扭动着身体，想要挣脱。

“姓宋的，放开我。”余鲤有些恼火了，两人力量差距悬殊，她挣不开。

“还要不要见一次打一次？”温香软玉在怀，宋凌微很是享受，欣赏着挣扎的困兽。

余鲤不肯示弱，想到以前根本不是她对手的宋凌微，如今却让她动弹不得，她更觉得屈辱，瞥见兴致勃勃旁观的王沐春，气道：“大春，人都欺负上门了，你倒是报警啊！”

“你们不是在打情骂俏吗？”王沐春表示这道题有点复杂，她不懂解题思路。

这是她第一次见余鲤和男人这么亲近，大开眼界的同时，也感觉到他们之间非同寻常的火花。重点是，她看得出宋凌微不会伤害余鲤，是余鲤反应太大，一言不合就动手，反而被宋凌微吃得死死的，典型的一物降一物啊。

“大春……”余鲤觉得王沐春的眼睛一开始就被宋凌微的寿司外卖糊了，“脑子是好东西，我真希望你有。”

如果不是王沐春放宋凌微进门，她会这样受制于人吗？

“你放心，情况需要的话，我会报警的。”王沐春拿起手机示意。

余鲤对王沐春无语，只得忍辱负重，识时务方为俊杰，语气放软：“好，我不打了，可以放开我吧？”

“所以，你也会好好招待客人？”宋凌微反问她。

“嗯哼。”

余鲤不置可否。

宋凌微一松手，她就立刻弹开，离他远远的，坐到客厅最靠里面的沙发，对他这个客人视而不见。

“宋凌微，你和小鱼认识多久了？”王沐春见状，主动来招待客人，“我是小鱼大学同学，没听她说过你呢。”

“我们高中认识的，我比她大两届。”宋凌微瞥了眼无视他的余鲤，“我和她有点小摩擦，导致‘友谊’小船翻了，失联许久。前些天她来我公司面试，我们才重逢的。”

听到他刻意强调的“友谊”两字，余鲤忍不住“嘁”了声表示鄙夷。

“哦——”

王沐春拉长尾音，了然地看向余鲤，所谓摩擦，是她的“恋爱障碍症”在宋凌微身上发作了吧？

“面试？小鱼之前去的保镖公司？”

“对。”宋凌微点头，“可惜这几天打不通她电话，所以我来问她什么时候去上班？”

“随时！马上！”王沐春差点拍胸膛保证。

“大春，闭嘴！”余鲤瞪了眼王沐春，不买宋凌微的账，“我不会去三朝的。”

“所以，需要我三顾茅庐？”宋凌微很愿意释放他的诚意。

“三朝有你在，我就不会去。”余鲤直说，毫不掩饰对他的嫌弃，“明白了吗？”

“明郗说你是保镖好苗子，浪费了可惜。”宋凌微慢悠悠地走向她，向她招手，“年年，来我这里，我会关照你的。”

“你听不懂人话吗？”余鲤话说得更直白，“我讨厌你，不想和你共事。”

“但是，我很期待。”宋凌微在余鲤身边坐下，真诚地向她请教，“怎么办？”

“离我远点儿。”余鲤拿过抱枕，隔开宋凌微，阻止他靠近，“门在那边，好走，不送。”

“年年，你真不了解我。”宋凌微拿起抱枕丢开，一手越过余鲤撑在沙发背，将她困在他半臂范围里，对她施压，“我不接受拒绝。”

笼罩在一片阴影中，余鲤感受到来自宋凌微的强烈压迫感，对上他咄咄逼人的眼睛，竟有些喘不过气来。

她忍不住向王沐春投去求助的目光，王沐春居然嘟囔着“沙发咚”，一脸看戏入迷的样子。

余鲤不指望王沐春伸援手，想推开宋凌微又推不动，她确实不了解宋凌微，所以无法理解他为什么会这样“纠缠不清”。

“姓宋的，我有选择工作的自由。”余鲤突然觉得好笑，“你凭什么强迫我呢？”

“凭你欠我的。”宋凌微说，盯着她的眼睛，带着一丝愤懑。

“呵！”余鲤觉得莫名其妙，“我欠你什么？”

“年年，你真是贵人多忘事，忘记当年下手有多重了吗？”宋凌微提醒她，“刑法规定，故意伤害他人身体的，可以处三年以下有期徒刑。作为受害者，我有权对你提出要求，你是要补偿我，还是法院见呢？”

余鲤心口一窒，脑海里浮现出少年宋凌微倒地的画面，她不知道自己下手有多重，只知道那时纵容性子去发泄，不顾后果。

“你不要危言耸听。”余鲤过肩摔过那么多人，自然知道不是摔一摔就能变成故意伤害罪的，“我下的手，根本不够量刑的。”

“年年，你确定要跟有律师执业资格的人讨论量刑吗？”宋凌微对着她摇头，一脸对她的无知表示遗憾的表情。

余鲤想起明郗说的，宋凌微还是三朝的法律顾问，气势刹那弱下来，再见宋凌微时的直觉是对的，他将她当猎物了。

“你想怎样？”

年少轻狂付出的代价，比她想象的更多，现在被他抓住把柄翻旧账，是她作茧自缚。

“我们是文明人，要用文明的方式解决问题。”宋凌微很满意她的识时务，“年年，没意见吧？”

呵，我为鱼肉人为刀俎，她能有什么意见？

余鲤憋屈地坐在沙发上，目送宋凌微离开，觉得他的背影都耀武扬威。

“宋哥，谢谢你的寿司，太好吃了。”王沐春边看戏边吃了大半盒寿司，已经谄媚地叫上“哥”了，送他到门口，挥手告别，“你慢走啊，有空再过来玩。”

“叛徒！”余鲤抄起抱枕丢向王沐春，“下次不准给姓宋的开门！”

“来者是客嘛！”王沐春接住抱枕，八卦兮兮地靠过来，“小鱼，你到底怎么对宋哥下手的？居然上升到刑法高度？”

王沐春目睹了余鲤吃瘪全过程，实在好奇她对宋凌微做了什么，让宋凌微记了这么多年，现在来秋后算账。

“你知道第一个被我过肩摔的人是谁吗？”余鲤哼道。

“宋哥？”王沐春直觉反应，见余鲤不置可否的表情就知道猜对了，

“为什么？宋哥追你未遂？所以出师未捷身先死？”

“因为这个。”余鲤指着自己的脸。

“你的脸？”

王沐春不明所以，凑近看她的脸，皮肤白皙细腻，双眸笼烟含情，眉若远山鼻似悬胆，皓齿朱唇尽显清丽……啧啧，作为同性，她都会感慨天生丽质，我见犹怜，何况被荷尔蒙刺激的异性呢。

“有什么问题吗？”王沐春忍不住上手摸她的脸，“长得这么好，肯定是上辈子拯救了银河系，你还不满足吗？”

“我讨厌这张脸。”余鲤微微垂下眼，这张与母亲相似的脸，会让她想到太多糟糕的事。

“咦？”王沐春蒙圈，第一次听说有人嫌自己长得好的，“小鱼，你这是饱汉不知饿汉饥，我要是长这样，做梦都会笑醒好不好？”

“皮相是靠不住的。”余鲤不以为然道，“以貌取人太肤浅了。”

“你这种思想很危险，简直是在暴殄天物。”王沐春扶额，她拥有多少人梦寐以求的财富啊，“所以，宋哥以貌取人被你摔了？”

“我和他在一起，是因为我救了他，他夸我乐于助人，欣赏我有好身手，说我靠得住让人有安全感。”余鲤想起十六岁时遇见宋凌微的事，自嘲道，“结果我发现他说谎，他是见色起意，自导自演落难戏码，算计我接近我。这种只看脸的斯文败类，我能忍吗？当时没摔死他，是我太善良了，现在才被他这样威胁。”

那时她质问宋凌微，他没有否认，她心中的地雷像被踩爆，直接过肩摔了他，还踩了他几脚发泄，放话说“斯文败类，见一次打一次”，然后分道扬镳，直到最近再见。

可惜风水轮流转,斯文败类进化成衣冠禽兽,她打不过,只能忍气吞声。

“我真想替宋哥抹把辛酸泪。”王沐春听完“翻船”的真相，无比同情宋凌微，“小鱼，我们出去买个苹果都要挑好看的，找对象看脸有什么错？喜欢内在就比喜欢外表高尚吗？我们颜控就低人一等吗？”

“大春，你不要借题发挥，你颜控你追星，我又没说什么。”余鲤强调重点，“我只是讨厌别人看中我的脸，更何况，宋凌微虚情假意，装斯文！”

“小鱼，我觉得你还是去看病吧。”王沐春再次建议，“你讨厌自己的长相，所以觉得喜欢你脸的人就该打？惩罚他们以貌取人？”

“见色起意确实该打。”

余鲤目光闪烁两下，王沐春说得对，她确实需要看病，看看这张脸给她造成的心理问题有多大，才会如此排斥异性的亲近，做出正常人会觉得奇葩的行为。

“爱美是人的天性。”王沐春义正词严，“你不能逆天而行啊！”

“……”

余鲤见王沐春越说越激动，举手投降，不想跟她争论没意义的话题，来电铃声让她暂停和王沐春的对话。

“阿鲤。”是祖父余攸的电话，“今年的教师资格考试，你报名了吗？”

她的祖父是中学校长，祖母是中学语文老师，父亲是大学老师，余家是名副其实的书香门第，所以祖父一直想让她回老家当老师。

“嗯。”余鲤轻轻应了声。

“认真准备，争取今年通过。”余攸嘱咐她，“二中的位置给你留着。”

“好的。”余鲤顺从道。泽城第二中学，是祖父祖母所在的学校，也是她和宋凌微的母校。

离开泽城来 X 市读大学后，她就没想过回泽城，她告诉祖父之前没有通过教师资格考试，其实是她从来没有报过名，这次也没有报名。

“小鱼。”王沐春见余鲤接完电话在发呆，在她面前摆摆手，吸引她的注意，“我跟你说个事。”

“嗯？”

余鲤回过神，她可别再继续刚才的话题，说什么逆天而行……

“小鱼，我也喜欢你的脸。”王沐春对她眨巴眼睛，“你不会打我吧？”

“……”

余鲤再次来到三朝，明郗怕节外生枝，亲自带她办理入职手续，介绍公司相关情况。

负责三朝运营的主要是三大部长：营销部唐寂、安全部宋凌微、特勤部明郗。

简单地说，营销部接单，安全部策划，特勤部执行，三部职权相当，各司其职。

进入特勤部，成为正式保镖执行任务之前，需要进行专业培训。

余鲤跟着明郗来到三朝保镖培训基地，基地总教练厉捷说三朝保镖入职人员是随到随训，因材施教，不同阶段进行不同等级的培训内容。因此，厉捷要先试试她的水平，再针对她制定相应的培训项目。

三朝保镖培训内容除了身体素质训练，还包括基本办公技能、公关社交礼仪、安全环境监察、法律法规、紧急救护、外语能力、驾驶技术等。

“我以为保镖最重要的是身手。”

余鲤有些意外，三朝提供的私人商业保镖服务，看培训内容，像培养全能中南海保镖嘛。

“保镖不是打手。”有人敲着她的后脑勺儿，“你脑子里长的也是肌肉吗？”

回头看是宋凌微，余鲤嫌弃地揉了揉后脑勺儿：“别碰我，离我远点儿。”

“可惜，要让你失望了。”宋凌微似笑非笑地看她，对明郗和厉捷说，“这人交给我，我会将她调教成优秀的保镖。”

“不要。”余鲤立即反对，“明部，我和他有私人恩怨，需要避嫌。”

“年年。”宋凌微抬手按在她头顶，“看我真诚的眼睛，我是想跟你握手言和的。”

对上他虚伪带笑的眼睛，余鲤有点儿毛骨悚然，推开他，躲到明郗身后，嘲讽道：“有人信口雌黄，也不怕天打雷劈。”

“我觉得学不乖的人容易遭雷劈。”宋凌微对着余鲤直摇头，她还真的搞不清楚状况呢。

“宋部。”明郗作为上司，出面主持公道，“余鲤是特勤部的人，由厉捷培训即可，你不要越俎代庖。”

“你不是想要我部门的耿界吗？”宋凌微抛出诱饵，“以他的身手，留在安全部确实有些屈才。”

“你舍得？”明郗瞬间两眼放亮，“不用我给你当陪练再考虑？”

“耿界明天就可以去特勤部报到。”宋凌微满意地看到垮下脸的余鲤。

明郗心花怒放，立场随即颠倒，对余鲤说：“宋部不仅擅长各种实用格斗术，而且熟悉行业法律法规，你跟着他学习，很快就能成为独当一面的保镖。”

余鲤眼睁睁地看着明郗把她给卖了，只觉得前途无“亮”：“明部，我还是辞职吧。”

“相信我，宋部是个好师父。”明郗拍拍她的肩膀，给她打气，“不要轻言放弃，加油！”

“……”余鲤有点想打明郗了，“厉总教练，我还是跟着你训练吧。”

她只得向看起来很霸气的硬汉厉捷表明意愿，宋凌微的要求明显越线，希望厉捷捍卫他的专业领域。

“宋部，你全权负责？”厉捷却询问宋凌微的意见，得到他的首肯后，反而感激道，“太好了，不用增加我的工作量。”

“你们……”余鲤无语，他们根本是一丘之貉，她可能来到假的公司了。

“年年。”宋凌微向她招手，“来我这里。”

明郗很默契地将余鲤推过去，宋凌微笑得两眼弯弯，她只觉得太贱了，忍不住挥拳打招呼。

宋凌微轻轻松松接住她的拳头，将她往怀里一带，啧啧道：“你这身手不行，得练。来，先叫一声师父听听？”

“你脸真大。”余鲤不爽地抬起高跟鞋踩他一脚，挣脱他的怀抱，“想让我叫你师父，做你的春秋大梦去吧！”

余鲤一脸“士可杀不可辱”的表情，气势汹汹地离开培训基地。

“唉，你又把人气跑了。”明郗头疼地看着宋凌微，“你到底做了什么，让她这么讨厌你？”

宋凌微笑而不语，脚上还留着火辣辣的痛感，这样学不乖的余鲤，还真有趣。

他见过乖巧听话的余鲤，温柔可人，却不如现在这般生动、撩人。

余鲤这几天在清原道馆当兼职教练，明知没有跟宋凌微抗衡的资本，还是做着垂死挣扎，不去三朝上班。

在清原，余鲤教授女子班，听她们八卦才知道来取景的电视剧是裴叙主演的，不过裴叙的戏份似乎和跆拳道无关，所以他没有出现在道馆。

直到电视剧在道馆最后一天拍摄，裴叙才出面拍摄几个镜头，余鲤和馆内的学员变成群众演员，充当戏中人肉背景。

这是余鲤第二次见裴叙，拍摄时，他是张扬霸道的戏中人，导演一喊“CUT”，他就整个人沉静下来，沉静得像他在美术馆展览的深海主题作品。

收工后，很多女学员变成粉丝将裴叙围得严严实实，向他要签名要合照。经纪人利哥是个中年胖子，费劲地想“解救”裴叙出包围圈，反而被挤到角落。

余鲤同情地看着包围圈内的裴叙，无法拒绝粉丝又摆脱不了，脸色都开始发白，有些粉丝还趁机拽着他的胳膊不放，利哥在圈外干着急。

余鲤渐渐就看不下去，交代利哥先去准备好到地下停车场的电梯，她带裴叙过去会合。

“各位姑奶奶，让一让，让小鲜肉透透气呀。”余鲤一边叫着，一边强势地拉开女学生，在她们的嗔怒中，她硬是将裴叙拉出包围圈，“跟我走，经纪人在电梯口等你。”

裴叙认出余鲤是上次在美术馆救他的人，就没有抗拒，跟着她突围，狂奔出道馆，利哥站在电梯口，按着开门键。

“你快进去。”余鲤推着裴叙进电梯，头疼地看着追过来的女学员，回头得建议宫清原增加训练量，要累得她们追不动星才好，“这群姑奶奶，我给你拦着。”

“谢谢。”

裴叙向余鲤颔首示意，看她“一夫当关”的样子，热血又仗义，他有些动容。

电梯快关上门时，瞥了眼紧追不舍的女粉丝，裴叙突然鬼使神差地将余鲤拉进来。

“呃？”余鲤讶然地盯着裴叙拉着她的手，反射性地抽回来，“我不用一起走吧？”

“嗯……”裴叙也意识到做了奇怪的事，有点尴尬道，“你帮了我两次，我还不知道你的名字。”

“就当我是雷锋呗。”余鲤不在意道。

上次在美术馆碰到裴叙，她都没告诉王沐春，免得被问一堆裴叙的事，她不像王沐春那样爱八卦。

“我叫裴叙，今年二十四岁，主业画画，副业演戏。”裴叙却一本正经地自我介绍起来，“我喜欢画画，希望早日引退专心画画。”

余鲤傻眼，该说他耿直，还是耿直呢？

明明是当红小生，有热播的电视剧和口碑票房俱佳的电影，却不当自已是职业演员，难道是被经纪人骗签了卖身契吗？

她看向裴叙身后的经纪人利哥，他扶额无语，显然习惯裴叙的怨念，懒得多说。

余鲤不是裴叙粉丝，并不想知道他的隐私八卦，出于礼貌，只好回应："我叫余鲤，年年有余的余，鲤鱼的鲤。"

"余鲤。"裴叙重复一遍，点头，"我记住了。"

电梯到达地下停车场，余鲤并没有跟裴叙和利哥出电梯，打算坐电梯回清原道馆，换下身上的道服。

但裴叙和利哥一出电梯，就有戴黑色口罩的男人打开车门冲过来，似乎守株待兔很久了。

利哥替裴叙挡了一拳，就被口罩男撂倒在地，口罩男转而攻击裴叙。

余鲤忙不迭地冲出电梯，一记前踢阻止了口罩男靠近裴叙，将裴叙推到一旁，让他和利哥快上车，她跟口罩男打起来。

口罩男落于下风，就掏出匕首刺来，余鲤收手不及，左小臂被匕首划到，瞬间见红。

余鲤正想调整攻势，有辆车突然冲过来，横在她和口罩男之间，车上的人下来，出手又快又狠，直接将口罩男拿匕首的手打折。

匕首落地时，口罩男腹部也中招，痛得弯腰，背部又受到猛击，直接瘫倒在地。

余鲤呆若木鸡，难以置信地看着瞬间制服口罩男的宋凌微，他怎么在这里？

"剩下的，你们处理。"宋凌微指着昏过去的口罩男，对裴叙和利哥说，"有需要联系我。"

他顺手递了张名片过去，然后抱起发愣的余鲤："走，去医院。"

"放开我！"余鲤一反应过来就挣扎。

"年年。"宋凌微将她放在副驾驶座上，拉过安全带将她固定，眼神充满威胁，“你在流血，别乱动，不要闹。”

余鲤一时被他的气势压倒，咽了咽口水，乖乖不动了。

宋凌微车上有备急救箱，他先帮她止血，然后以让她心惊肉跳的车速飙往医院。

第二章

教你如何打败我

JIAO NI RU HE DA BAI WO

医生卷起被划破染血的跆拳道服袖子，剪掉临时止血处理包裹的纱布，给余鲤的左小臂做清创，匕首划出一道六七厘米长的伤口，需要缝合。

宋凌微的脸色黑沉，盯着医生缝针的动作，眼睛眨也不眨。

余鲤疼得暗暗咬牙，但不想在宋凌微面前示弱，硬是装痛觉神经迟钝，一脸凛然。

“哟，面不改色。”宋凌微瞥了眼余鲤，“不错，有关公当年刮骨疗伤的风范。”

“一点儿皮肉伤，劳烦你大惊小怪送医院。”余鲤故意嘲讽道，“现在你可以走了。”

她比较在意他为什么刚好出现在停车场，直觉答案不会是她乐见的，就想赶快离他远点，眼不见为净。

“我习惯送佛送到西。”宋凌微很有原则道，顺便提醒，“丢下伤患，是你的作风。”

“可惜当年丢下的不是死人。”

余鲤后悔那时没多踩两脚将他“送到西”，免得他如今出来碍她的眼。

宋凌微不怒反笑：“我不介意你叫我‘死鬼’的。”

“死鬼？”余鲤看着口头吃她豆腐的宋凌微，抬起空闲的右手，冲他比拳头，“我不介意现在就把你打死变成鬼。”

闻言，戴口罩的医生不小心笑出声，按住余鲤蠢蠢欲动的左手，还没有包扎完：“两位打情骂俏，请注意下场合。”

“什么打情骂俏注意场合？我和他是不合！”余鲤不满道，“医生，你眼睛又没戴口罩，不要瞎说。”

医生停下手中的动作，看了看余鲤，又看了看宋凌微：“好吧，你们继续。”

“不好意思，医生，她在跟我闹脾气，你别跟她一般见识。”宋凌微打圆场。

余鲤烦他摆出两人关系匪浅的样子，想踢他一脚出气，被他闪开了。

医生大概受不了他们两人,加快速度,处理好伤口开了药,让他们走人。

余鲤迫不及待地离开急诊室去药房取药。

宋凌微慢悠悠地跟在她身后，提醒她往医院停车场方向走，他要“送佛送到西”。

看看自己刚包扎好的伤，再想想她和宋凌微之间的武力值差，余鲤只得忍气吞声地上车，满足他当司机的“愿望”。

余鲤坐副驾驶座后面，尽可能离宋凌微远点儿，看着车窗外，不理他。

“年年，我建议你雇个保镖。”

宋凌微开着车，瞥了眼观后镜中的余鲤，对她打不过他就避他如蛇蝎的姿态，不大习惯，也不想习惯。

“呵，雇个保镖给我练手吗？”余鲤嗤之以鼻，“还有，别叫我年年，很恶心的。”

她知道宋凌微是故意的，叫她“年年”像在提醒她那段蠢不可及的过去，又像在挑衅她，让她不痛快。

“不，年年。”宋凌微抬起手，对着后面的余鲤摆摆手指，“你这么喜欢行侠仗义，为了长命百岁，也得请个保镖，今天可以替给你挡刀，明天也能给你挡枪呀！”

他说的每个字准确地戳中余鲤的雷点，她恼道：“如果你想侮辱我，恭喜你，做到了。”

“请保镖算侮辱吗？”宋凌微表示关切，“年年，我是为你好。”

“你最好现在跟我的腰带道歉，我会考虑原谅你的。”

余鲤身穿跆拳道服，系着的黑色腰带，是她的实力象征。

“你的腰带，挡得住别人的刀吗？”宋凌微想到地下停车场的惊险画面，无名火就冒起了，“你以为自己刀枪不入吗？”

这几天，余鲤没有辞职，也不来培训，宋凌微觉得不能再放任她耍性子，带着伴手礼去王沐春工作的互联网公司，跟王沐春进行了一次亲切的交谈，双方就余鲤的情况交换了意见。

“宋凌微，你是不会伤害小鱼的吧？”王沐春虽然吃他的嘴软，但是真心在意余鲤的。

“以前，心有余而力不足。”他不置可否，“现在，心有余而鲤不足。”

他没有向王沐春解释这个拗口的答案，他很清楚自己对余鲤的想法……今天这种情况，他不想看到第二次。

“你脸皮倒厚得刀枪不入。”余鲤反唇相讥，“宋凌微，你算哪根葱？凭什么对我说教？哦，凭你在停车场制服歹徒吗？多管闲事。”

宋凌微觉得有必要跟余鲤好好沟通，于是靠边停车，从驾驶座下来，坐到后排。

“干吗？”余鲤嫌弃地挪了挪屁股，拉开距离。

他侧着身，定定地打量着她。

少女时期的清丽之色被时间雕琢得脱俗，盈盈若秋水的双眸显得她妩媚多情，即使在生气，依旧媚眼如丝，不见怒色只见倔强。

他记忆中的清新百合花长成了鲜活玫瑰花，浑身带刺，一碰就扎，实在有趣。

“年年，以前的你很温柔。”宋凌微若有所思道，“现在的你，是因为我长满刺吗？”

所以，面对他，她就变本加厉地刺人吧？

“你少自以为是！”提到以前，余鲤呛道，“你才是长满刺的仙人掌，见人就扎。”

受够宋凌微说话夹枪带棍，让她不痛快，余鲤只恨打不过他，打开车门想走人，以示立场。

“年年。”宋凌微却一把搂住她的腰，整个人靠过来，“你又想落荒而逃吗？”

“是你太碍眼，跟你待一起我怕长针眼！”余鲤用力去掰宋凌微的手，掰不开，气得直捶他的手，“浑蛋，放开我！”

扭动挣扎中，蹭到左小臂刚包扎好的伤，余鲤疼得龇牙咧嘴。

宋凌微见状松开手，为防止她逃跑，他拉住她右手手腕，迫使她跟他面对面，恼得余鲤抬脚踹他解气。

宋凌微一不做二不休，腿脚一伸，直接锁住她的腿脚，以孺子不可教的眼神看她：“年年，跟你说话就是费劲。”

“流氓，拿开你的脏手脏脚，我和你没话说！”

受制于宋凌微，余鲤脸都气红了，这个衣冠禽兽，每次都对她动手动脚，她却拿他没辙，简直是奇耻大辱。

“不。”宋凌微笑眯眯地凑近道，“我有话说。”

“说什么？还想逼我去三朝当保镖吗？”余鲤抬起左手，嫌恶地推开宋凌微的脸。

“明郗真的看走眼了。”宋凌微遗憾地摇头，“这样的你只能当打手，成不了保镖。”

“激将法对我没用。”余鲤不按他的套路走。

“专业保镖，除了过硬的身体素质，还要有冷静的头脑、强烈的责任感、老练的经验、灵敏的警觉等等，才能审时度势，减少冲突对抗，保护任务对象安全。”宋凌微审视的目光扫过余鲤，“余鲤，你随意旷工没有责任感，自负武力肆意跟人起冲突，武力解决不了问题就逃避不管，像随时会爆炸的火药包，怎么当得了保镖呢？”

余鲤并非冲动易怒的人，只是面对宋凌微，容易被情绪牵着鼻子走。

现在，听到他这样列举她的毛病，将她说得一无是处，她反而冷静下来，好胜心冒上来。

“宋凌微，像你这种人都当得了保镖，我为什么不可以？”

余鲤想起以前宋凌微被她打趴的样子，如今他却高高在上地羞辱她，她怎能认怂？

“所以，你要证明你可以？”宋凌微挑眉，放开她的手，“还是放完话，继续逃？”

她没有马上回答，而是正视宋凌微，将他看清楚。

他不再是她记忆中的清秀少年模样，面容轮廓变得明晰，眉目虽然清雅，但气质凌厉，看起来从容不迫，仿佛一切尽在掌握中。他摆明对当年的事耿耿于怀，不会让她成为“漏网之鱼”，那她也不怕再跟他翻翻旧账。

而且，她也好奇，八年前秀气的少年，是如何变成今日强势的青年？

“宋凌微，我会再一次打败你。”余鲤终于下定决心，“让你后悔遇见我。”

“理想是美好的。”宋凌微满意地笑道，“现实呢？请叫我师父，我才会教你如何打败我。”

余鲤冷哼一声，提醒某司机：“师傅，开车。”

余鲤进入三朝，接受为期一个月的职业保镖培训，宋凌微对她进行一对一的特训。

因为左小臂的伤，余鲤第一周只进行职业规范的培训。

余鲤毕业于重点大学，本身优势明显，又有不同行业的工作经验，比如广告策划、新闻编辑、健身教练、置业顾问、活动执行等，所以办公技能、公关礼仪、紧急救护、外语能力、驾驶技术等内容，她游刃有余。改行当保镖，除了身体素质的训练，她只需加强对行业相关法律法规的掌握，懂得规避职业风险。

“我国没有《保镖法》，在法律意义上，私人保镖是提供随身护卫、安全技术防范和安全风险评估服务的保安员。在商业意义上，私人保镖属于高风险的服务业，除了第三方的人身安全威胁，还要当心因自己的不当履责受到法律追究。”

宋凌微将《保安管理服务条例》《公安机关实施保安管理服务条例办法》《刑法》等摊在余鲤面前，让她熟悉其中的法律条文和规定。

第一周特训的地点是在宋凌微办公室，鉴于两人旧日恩怨和对宋凌微人品的不信任，余鲤一直提防着他公报私仇。

“私人保镖在执行任务时，面临很多法律禁区，比如超越法律权限侵害第三方隐私触犯侦查权；提供随身防卫过度对他人强制搜身拘禁触犯强制权；逾越保镖的行动范畴损害他人利益触犯刑法。”

不过，宋凌微倒是守住为人师表的节操，意外地中规中矩，手持教鞭，敲着小黑板让她记重点。

“这位同学，注意了，有考点。”宋凌微敲敲她的桌面，“要规避行动带来的法律风险，必须牢记三大自力救济的合法措施，即正当防卫、紧急避险、自助行为，把握好‘度’才能免担刑责。那么，要如何把握这个‘度’呢？”

余鲤翻看《刑法》中宋凌微划出的重点，想了一会儿，说：“敌不动我不动，敌动不得我留一手。”

简而言之，作为保镖在无法避免对抗时，也不能授人以柄，要后发制人，也要手下留情。

“看来你的脑子装的并非肌肉。”宋凌微用教鞭指着她的手，意有所指，“但你若出手，至少留两手，才能让我这个法律顾问没有用武之地。”

“早知我当初留两脚,有人的脑子就不会长肌肉上了。”余鲤没好气道。

“这样夸我文武双全，真是好徒弟。”宋凌微放下教鞭，故作慈爱地揉着她的脑袋，“下周开始，我就给你的肌肉补点儿脑子，让你大展身手前懂得三思。”

余鲤嫌弃地推开他的手，提醒他：“为人师表，请自重。”

“年年，你这一脸讨厌我又干不掉我的表情，真有意思。”宋凌微不以为忤，看着她笑得意味深远，“明天，我陪你去医院复查，确认伤口恢复情况，再决定训练的强度。”

“多此一举。”余鲤不以为然地抬起还缠着纱布的左小臂，“这点儿皮肉伤好得快，再过两天就拆线了。”

“哦，原来你身体素质这么好。”宋凌微眯起眼，笑容变得有点儿假，“那我就不客气了。”

宋凌微真不客气，第二天就带余鲤到培训基地，对她进行近身格斗术特训。

余鲤有非常好的跆拳道基础，不过实战中，尤其是徒手格斗，跆拳道有力的高位踢击属于远距攻击，容易失去重心，命中率也低，并不实用。

根据余鲤的情况，宋凌微以散打和巴西柔术的训练为主，重点加强她的低位攻击能力。

散打是结合了拳、腿、摔的三种技能，从远距对峙到中距对抗，再到贴身投摔，全面培养她的攻防能力。而巴西柔术主要是扭打技巧，尤其是面对比她高大的对手，可以引导对方倒地再进行地面战略，可以最大限度发挥她的优势。

作为负责任的师父，宋凌微乐于亲力亲为，每一招每一式都手把手教余鲤，分解动作示范，不让她有任何囫囵吞枣的可能，一定按他的要求完成动作规范。

在余鲤看来，宋凌微要求之严格堪称魔鬼，每一个动作要求她一遍到位，不给她练习机会，让她直接跟他对打领会动作要领，美其名曰：“你容易头脑发热，还是让身体记住这种感觉比较好。”

这话“堵”得余鲤没法冲动跟他较劲，只能请师父多多指教。

散打的技巧好学，但碍于两人体格力量的差别，她在他面前毫无优势，每天摔得腰酸背疼，不过左小臂拆完线的伤口倒是恢复良好，只是身上青一块紫一块的，王沐春见了表情很复杂：“你和宋哥……这么激烈？经常肌肤相亲？”

“这是我用功的证明。”

余鲤回了一记白眼，不想承认技不如人，在训练中才会被宋凌微压制，她越用力越容易伤到自己。

跟着宋凌微训练久了，余鲤不得不对他刮目相看，八年的时间确实让他脱胎换骨，明明半路出家练武，各种格斗术却信手拈来，他这是骨骼清奇还是天赋异禀？

余鲤不甘心屈人之下，在宋凌微面前更不想示弱，反而越挫越勇，不断增加训练强度，跟宋凌微的回合可以越打越多。

她很中意宋凌微教的巴西柔术，这种专攻降伏和擒技的体术，有利于以弱制强。常年练习跆拳道让她拥有绝佳的柔韧性和灵活有力的腿脚功夫，很快就掌握了柔术诀窍，成功地将宋凌微摔倒在地。

她的双腿锁住他的颈部和胸部，双手将他的手臂压在她胸前，用力挺胯，以完美的上位十字固让他动弹不得。

“怎么样？”余鲤得意地问，“我可以出师了吧？”

“看来你喜欢在上面。”脑袋卡在她膝盖弯的宋凌微，明明无法动弹，却一脸欣慰又暧昧的表情，“年年，我们换个姿势？试试下位十字固？”

所谓下位十字固，是她仰躺在地，与上位的他缠斗，双手抓住他一只手臂锁在她颈边，双腿缠在他的颈部和腋下形成三角锁，牢牢制住他。

宋凌微似乎为了配合她，并未挣扎，让她完成一个标准的下位十字固。她有点儿恼火他放水，不由得意兴阑珊，放松了力道，姿势变形。

不料这一分心就被宋凌微抓住破绽，随即一阵天旋地转，她和他的位置完全颠覆。

宋凌微仰躺在地，她的双手被抓着，弯着手肘撑在他胸前，手脚一时发软使不上劲，以羞耻的姿势趴在他身上，跟他鼻对鼻，眼观眼，这就尴尬了。

宋凌微却好整以暇地松开一手，扯掉她的发圈，长发垂在他脸上，他以手为梳，穿过发丝，撩了一缕在鼻前嗅了嗅，用陶醉的口吻道：“这汗湿的发有点儿香呢，年年，你用什么洗发水？”

“流氓。”

余鲤恼羞，用力地撑着他的胸膛起身，瞪了他一眼，果然是衣冠禽兽，冷不防地露出尾巴，为人师表的节操就掉了。

“作为保镖，你的警戒心还有待加强。”宋凌微的手指转着她的发圈，弹指抛向她，笑容一收，“刚才那瞬间，我可以让你死一百遍。”

余鲤脸色不是很好看，她确实有瞬间被宋凌微迷惑，才着了他的道。

“受教了。”她接住发圈，迅速将头发扎好，然后摆出架势，“来吧，别怪我下手重了。”

她本来就有坚实的跆拳道基础，身体素质远胜一般人，左小臂也痊愈了，经过大半个月的专业训练，她现在处于最佳状态，有自信跟宋凌微对抗到底，至少不会再轻易受制于他。

宋凌微接受她的挑衅。

她是个聪明的徒弟，十几年的跆拳道功夫，让她学其他技能融会贯通，举一反三学得非常迅速。

你来我往的较量中，让宋凌微肯定她现在的身体素质足以胜任私人保镖。只是作为私人保镖，按照规定不能携带杀伤性武器，比如枪支和管制刀具之类。所以在确定余鲤身体素质过关之后，余下的时间，宋凌微又教了她一些菲律宾棍术，以便实战中就地取材，应对变化的状况。

为期一个月的职前培训，最后在余鲤和宋凌微拳拳到肉的对抗中结束。

不过，余鲤很清楚她和宋凌微之间的差距，他教她的技能，只有经过不间断的练习，才能成为她真正强大的武器，有朝一日像他那样一招制敌，现在要想赢他……还早了一两年。

三朝保镖的培训考核，是由总教练厉捷负责，考核方式很简单，就是跟厉捷打一场。

宋凌微作为场外教练，不给徒弟任何指导，从容地拿着手机录影，画面太美，值得回味。

穿着红色练功服的余鲤，像是正在跃龙门的红鲤鱼，身材婀娜惹人注目，动作灵活赏心悦目。面对曾经的全国武术冠军厉捷的进攻，她应对得聪明，一招一式举重若轻。她不能以力量取胜，便以柔韧的身手取巧，与厉捷缠斗，等待时机。

宋凌微看着余鲤的眼睛，渐渐有了笑意，仿佛鱼儿探出水面荡起的涟漪，漫到眼角眉梢。

不过厉捷的考核并非要分出胜负，重点是考察她的临场反应和应对策略。作为保镖，不仅要有保护目标的责任感，更要有自我保护的意识，最忌讳逞凶斗狠。

所以不到十分钟，厉捷就收势，反而是余鲤意犹未尽，一脸不过瘾的可惜。

“果然如明部所言，是好苗子。”厉捷给出考核合格的结论，“余鲤，欢迎你加入三朝，在这里，我送你一句话——优秀的保镖，并非取决于身手的高低，而在于能否保护目标。”

“谢谢，我记住了。”余鲤豪迈地拱手。

她明白，作为保镖，她最缺的并非武力值，而是经验值。

从厉捷手中接过合格书，余鲤正想要不要去特勤部报到时，明郗就来到培训基地，迫不及待地告诉她一个好消息，有人指名要她当保镖，酬劳丰厚。

余鲤很意外：“我还未出道，江湖就有我的传说了？”

“委托人不喜欢保镖，但喜欢你。”明郗笑道，“余鲤，我相信你会漂亮地完成任务，难得委托人这么信任，没有试用期，直接上岗，时间三个月，怎么样？”

三朝的私人保镖服务主要提供短期保镖业务，考虑到行业风险和职业压力，一次派遣期限最长不超过三个月，可续保。

“喜欢我？”余鲤有点儿不舒服，本能地反感有人将她当目标。

“哟，特勤部什么时候成了保媒部？”宋凌微似笑非笑地看着明郗。

“委托人的信任是三朝的荣幸。”明郗理所当然道，“如果算保媒，宋部，你也有份。”

“我家徒弟年纪还小呢。”宋凌微若有所思瞥了一眼余鲤，“谁在打主意？”

“裴叙。”明郗终于不兜圈子，“余鲤救过他两次，上次还是和你一起救的。”

三朝曾为裴叙画作展提供安保服务，明郗还亲自担任过裴叙的临时保镖。

这次，裴叙握着宋凌微的名片，直接找他了解宋凌微和余鲤的事，得知余鲤成为三朝保镖，裴叙就想聘她当私人保镖。

确定委托人兼保护对象是裴叙，了解他的“喜欢”是对她担当保镖的肯定后，余鲤表示愿意接受任务。

“看来裴叙还是有可取之处，眼光不错。”宋凌微一脸的不以为然，“不过，当他的保镖，年年，你得擦亮眼睛，识人不清会后患无穷。”

“我现在是经过认证的专业保镖。”余鲤向宋凌微亮出她的合格证书，“而且我的裸眼视力 5.2，看人可清了。”

唯一看不清的是宋凌微，才会受制于他，后患无穷呢。

“既然你这么自信，那先跟我去安全部，再做决定。”宋凌微意味深远道，“裴叙可是娱乐圈的泥石流。”

余鲤不懂宋凌微为何如此评价裴叙，不过按照流程是得跟他去安全部，安全部会针对这次任务做全面的评估，制定全方位的保护方案。

安全部除了部长宋凌微和转岗特勤部的耿界，还有长得着急的糙汉子陆观野和气质冷淡的娃娃脸姜云心，这两人负责收集情报整合数据，架构了三朝的信息网络。

裴叙是三朝的老客户，安全部有他的备案，宋凌微让姜云心打开客户信息系统，调出裴叙的档案。

姜云心的显示器屏幕上展示着裴叙的各项信息，巨细无遗。

余鲤看得目瞪口呆，忍不住问了句：“这么多信息……侵犯个人隐私了吧？”

三朝的信息网络有点儿恐怖，难怪宋凌微对她家熟门熟路，连她去清原道馆兼职也一清二楚……

余鲤心底打了个激灵。

“不。”宋凌微对她摆摆食指，“裴叙是公众人物，我们只是搬运工，将他公开的信息整合而已。”

余鲤撇了撇嘴，没有再说什么，看来三朝还是有底线的。

陆观野的显示器则出现奇怪的公式，他直接说明：“根据数据分析，裴叙面临的危险主要来自圈内同行、明星粉丝，还有他的脑残粉。”

“厉害了，圈里圈外都有他的仇人。”宋凌微冲余鲤挑了下眉，“作为保镖，对于这样的委托人，你有何感想？”

余鲤不解，镜头外的裴叙明明是个安静的美男子：“他做了什么天怒人怨的事？”

“观野，给她开开眼界。”

宋凌微拉着余鲤站在陆观野的身后，陆观野敲了几下键盘，屏幕上出现裴叙的视频。

探班现场

记者：“裴叙，张晨晨说跟你演对手戏时，经常笑场 NG，所以演戏时你会逗她吗？”

裴叙：“没有笑场，她忘记台词才 NG 的。”

综艺节目

主持人：“裴叙，朱绮和杨雪妮在剧中扮演你的红玫瑰和白玫瑰，让你左右摇摆。那回到现实，你喜欢红玫瑰还是白玫瑰？”

裴叙：“我不喜欢玫瑰。”

主持人：“我是说，朱绮和杨雪妮这两种类型，你选择哪种？”

裴叙：“我不选，她们都有男朋友。”

屏幕炸出一行特效字幕：裴叙惊爆女星恋情！

电影发布会

导演：“裴叙非常敬业，所有动作戏亲自上阵，坚决不用替身，值得很多年轻演员学习。”

主持人：“裴叙，拍动作戏很容易受伤的，你为什么不用替身？”

裴叙：“导演说替身很贵，剧组没钱。”

导演：“……”

迎面似有泥石流奔腾而来，余鲤扶着额头不忍再看下去。她和裴叙接触过，知道他性格直爽，但没料到他居然这么耿直。

在镜头前都能这样得罪人，镜头外……余鲤不敢想象，终于明白宋凌微为何说他是“娱乐圈的泥石流”了。

“情商如此感人的委托人。”宋凌微啧啧道，“安全部判定的危险等级不是 ABC，而是 S。”

“S？”余鲤不由得绷起神经，“特别危险等级？”

“不是SPECIAL的S。”宋凌微煞有介事地强调，“而是S-H-A-B-I的S。”

余鲤在脑中过了过“S-H-A-B-I”，慢慢发现是拼音，无语地看着宋凌微，他的损人能力才是 S 等级的，SUPER 的 S。

“裴叙这种性格确实会得罪人，不过罪不至死，可能会被讨厌，会被教做人，但不会引来杀身之祸的。”

余鲤得出自己的结论，想起裴叙被口罩男袭击的事情，是有人想教训他吧？

“虽无性命之忧，但他树敌无数，防不胜防。”宋凌微不置可否，“没有明确的防范目标，会给我们工作带来很大麻烦。”

“我想试试。”余鲤坚持，正视宋凌微，担心他会把她第一份任务搅黄了。

“年年想要，我就给你。”宋凌微故意说得暧昧，“但我有个条件。”

“什么条件？”余鲤受不了他故意压低的声音，耳朵听得痒痒的。

“年年。”宋凌微凑近她，“你需要向我报备，让我随时了解情况。”

“你要监督我？”余鲤嫌弃地推开宋凌微，“明部说三朝有一百多位保镖，他们执行任务时都要向你报备吗？”

“他们有他们的报备方式，而我的徒弟，我要亲自负责，免得出师未捷，有辱师门。”宋凌微的手按在余鲤头顶，微微笑着，“年年，师父给你当后盾，没意见吧？”

头顶着压力，她能有意见吗？

余鲤只能尊师重道：“那就……有劳师父了。”

机场聚集了一些媒体记者，翘首企盼，等待裴叙。

裴叙昨晚参加视频网站的年度盛典，在领奖时他怼了颁奖的乐坛小天后江丹橘，场面一度十分尴尬。

余鲤是和王沐春一起看的网络直播，那时江丹橘夸裴叙：“你是演员当中画技最好的，画家当中演技最好的，你能告诉我跨界成功的秘诀吗？”

裴叙：“逻辑不对。”

江丹橘就一脸蒙。

裴叙：“作为演员，我跟画家比演技？作为画家，我跟演员比画技？有可比性吗？”

江丹橘：“……”

现场出现可怕的安静，裴叙还一脸耿直地看着江丹橘，希望她对自己的逻辑进行说明。最后，还是靠主持人强行转话题，结束这尴尬的一幕。

江丹橘作为业界前辈，心很大就发了条微博：“我还是唱的比说的好听，哈哈哈！”

她的粉丝随她心大，只是跑到裴叙的微博观光，而其他被裴叙得罪过的明星的粉丝，趁机搞事情，在评论区刷“裴叙滚出娱乐圈”，列举裴叙各种怼人实录，送他上热门。

针对热门话题“裴叙滚出娱乐圈”，裴叙微博回复：“可以吗？”

于是，“裴叙得罪江丹橘想退圈”的消息就这样传开，记者就来机场逮人了。

余鲤作为裴叙保镖上班的第一天，还没跟他见着面，他就惹出事来。

“年年。”作为负责任的师父，宋凌微特地来给第一天上工的徒弟护航，“你的初次任务可能因为委托人滚出娱乐圈而结束，虽然没派上用场，你也不用气馁，毕竟长了见识。”

“瞧你这么闲，怕是三朝倒闭才会让我提前结束任务的。”余鲤瞥了眼身旁说风凉话的宋凌微，“据我所知，如果不是合约在身，裴叙早就退圈了。”

根据安全部针对裴叙制定的保护方案,她是以助理身份担当裴叙保镖，今天来接机，跟裴叙见面，正式上岗。

派遣在外的保镖会通过统一佩戴的手环，将各项实时数据传送回安全部终端。除了手环，余鲤还得向宋凌微报备相关事宜。作为部长，宋凌微只要坐镇安全部，就可以掌握一切信息，但他现在闲得跟她来接机。

“据你所知？”宋凌微挑眉，“你和裴叙很熟吗？”

“一回生两回熟啊。”余鲤理所当然道,“我救了他两次,能不熟吗？”

“年年，看来你还得再上一课。”宋凌微端起师父的架子，“这课叫做保镖忌讳的事，第一，保镖最忌讳跟保护对象有感——”

“你看！裴叙出来了！”

余鲤直接打断宋凌微，她的注意力放在出机口，一看到裴叙和经纪人利哥，她就甩掉宋凌微，迎身上前。

“裴叙，你想退出娱乐圈，是江丹橘方面给你压力吗？”

“裴叙，网友们叫你滚出娱乐圈，你真的会如他们所愿吗？”

“裴叙，你私下有向江丹橘道歉吗？”

……

等候的记者一窝蜂围上去，连珠炮似的问题砸向裴叙。

利哥不愧是见过大世面的人，圆滚滚的身体挡在裴叙身前，隔绝他和记者。

余鲤见状，挤开周围的记者，和利哥组成人墙保护裴叙，回头提醒他："裴叙，有我和利哥在，你什么都不要说。"

根据宋凌微制定的终极安保方案，保护裴叙的最好办法是给他的嘴巴装上拉链，让他闭嘴，别再增加仇人了。

"余鲤？"裴叙有些不确定地摘下她的棒球帽，不由得扬高声音，"余鲤，真的是你，太好了。"

余鲤是以助理身份来接机的，为了不引人注目，穿着宽松深灰色运动服，戴着同色系棒球帽，遮住大半个脸，头发随意地扎在脑后，站在利哥身边就很有助理的样子。

但裴叙把她的帽子一摘，又对着她两眼发亮，直接把记者的注意力引到她身上，他们像发现了新大陆，对着她狂拍照，仿佛挖到了裴叙的秘密似的。

余鲤头疼了，果然不能让裴叙开口。

她十分恼火记者对着她的脸拍照，只能伸手挡在面前，和利哥一起，努力甩开记者往停车场去。

裴叙不知哪根筋搭错了，慢吞吞地不着急走，反而将她拉进怀里，冲着记者说："她不是艺人，你们不要拍她。"

余鲤瞬间蒙圈，有点儿僵硬地靠在他怀里，如果不是看到人群里的宋凌微提醒她此刻的身份，她很想反手给裴叙一个过肩摔。

"裴叙，你这么护着她，她是你什么人？"

"她不是艺人吗？她看起来很像艺人，是新演员吗？"

"裴叙，她是你女朋友吗？"

……

显然记者们的八卦触角都很灵敏，不再追问裴叙退圈的事，对他的感情更感兴趣。

"她是我喜欢的人。"裴叙理所当然地说，"是我的——"

余鲤忍无可忍地抬起手，捂住裴叙的嘴巴，然后和一脸被雷到表情的利哥拖着他甩开记者，跑步进入地下停车场的电梯。

宋凌微不知从哪里冒出来，也进了电梯，关上门，挡住所有的记者。

“裴叙。”宋凌微将余鲤拉到他身边，“余鲤只是你的保镖，你为什么对记者那样说？如果没有合理解释，三朝和你的合作到此为止。”

“我选余鲤当保镖，因为我喜欢她。”裴叙不觉得有什么问题，“我说她是我喜欢的人，就像利哥是我讨厌的人，一样。”

余鲤又蒙圈，她听不出来哪里一样。

宋凌微一脸看智障的表情，指着利哥：“你是他的经纪人，翻译下他的话。”

“就是字面意思。”利哥无力道，“因为余鲤救过他，让他有安全感，所以喜欢她；而我总给他安排工作，让他不能专心画画，所以讨厌我。”

裴叙说话直接，不会考虑别人听完有什么想法，因为那是别人的事。

面对自己一手捧起来的裴叙，利哥也是很绝望的，怀疑自己带的是假明星，才会在镜头前各种怼人，花样作死。

“裴先生，真有趣。”宋凌微皮笑肉不笑，“年年，你觉得呢？”

“呵呵。”余鲤干笑，不得不认同宋凌微，保护裴叙的最好办法就是让他闭嘴。不然，以裴叙今天的表现，不仅她想对他过肩摔，宋凌微也想把他按地上摩擦吧？

一行人上了车，余鲤是司机，宋凌微理所当然地坐副驾驶座，向后排的裴叙伸手：“手机。”

“你干吗？”余鲤替裴叙问出来。

“发微博。”宋凌微说，“说明你的身份。”

裴叙不以为意，随手就将手机丢给宋凌微。

倒是一旁的利哥还想说什么，但想到宋凌微救过他们，他就作壁上观，反正他从来管不住裴叙的嘴巴。

不一会儿，裴叙的微博有了更新，转发记者发布的“绯闻”，表态：“讨厌经纪人，喜欢新助理。”

机场的“告白”闹剧，变成裴叙怼经纪人的杰作……看客们觉得这才是解题的正确思路。

第三章

那我就拭目以待

NA WO JIU SHI MU YI DAI

屏幕上手环传送回来的数据变化着，包括定位信息、运动轨迹、心率变化、热量消耗、定时抓拍等，由此可以判断佩戴者当时的状态。

宋凌微饶有兴味地调出余鲤的手环信息，即时监测数据显示，她现在距离三朝公司二十多公里的明珠影视城，运动轨迹在隋唐区，心率每分钟68次，消耗热量1256卡路里，定时抓拍到的最新照片是导演背影和监视器，监视器中有正在拍摄古装剧的裴叙。

一切都在掌握中，安全。

宋凌微扬了扬嘴角，这条鱼儿虽然在他规划的池塘里游弋，但并不配合他的工作。比如，他要求余鲤向他报备，当他联系她，让她告知当时情况时，她以“正在执行任务，不宜分心”为由敷衍他。他不满意她的敷衍，再次联系她，要求她详细报备时，她就说“将在外君命有所不受”，让他看手环数据，别影响她工作，结束对话。

面对他时，碍于武力值差异，余鲤会当识时务的俊杰；一旦隔着手机，余鲤对他相当不耐烦，摆明懒得理他。

对于这样阳奉阴违的余鲤，宋凌微也不跟她一般见识，折中一下，要求她下班后向他做当日工作总结。

“当日工作总结？”余鲤嫌他事多，“那我应该向直属上司汇报才是，哪敢劳烦师父。”

“明部说了，这是你我师徒的事。”宋凌微体贴地不让明郗背锅，顺便提醒余鲤，“年年，每日汇报，否则，扣你奖金。”

看在奖金的份上，余鲤乖乖地汇报工作，或许为了表示不甘愿，她每次都拖延到半夜，才把总结发到他微信上，绝不多说一句与工作无关的话。

想到“负隅顽抗”的余鲤，宋凌微摇头失笑，这时屏幕上的数据突然静止，没了变化。

这是余鲤在裴叙身边工作一周多，第一次出现这样的情况。

宋凌微感觉心脏的跳动停了停，忙向陆观野确认安全部后台和手环终端的信号连接问题。

陆观野说信号正常，手环数据不变，原因是没有监测到变量，可能是手环不在佩戴状态。

宋凌微的眼皮跳了下，有点儿紧张地拨通余鲤的电话。

铃声响了好一会儿才接通，宋凌微忙问：“年年，你在做什么？”

“我是裴叙。”手机那端传来的并非余鲤的声音。

“把手机给余鲤，我有话跟她说。”

“余鲤，你的电话。”裴叙直接扬声问，随后转达，“她说正忙着，忙完回你。”

盯着被挂断的电话，宋凌微心生恼火，裴叙什么时候成为余鲤的代言人了？

他霍地起身，穿上风衣，一边走出安全部，一边拨通利哥的号码，他倒要问问余鲤在裴叙身边忙什么？

余鲤确实在忙，以保镖身份担当裴叙的助理，除了安全防卫，利哥理所当然地让她负责裴叙的保姆工作。比如此刻，在拍摄下一场戏的空隙，裴叙变回安静的美男子，有空只想画画，余鲤就替他“守门”，保证不会有人妨碍到他。

不知是风太大，还是有人手太滑，裴叙的素描本卡到锦鲤池中央的假山上。

裴叙见了，二话不说就要跳进池中去取，余鲤眼明手快地阻止了。

锦鲤池的水深过膝，裴叙穿着唐式圆领长袍戏服，一入水就没法拍下一场戏。

作为助理，没有看好裴叙的私人物品，余鲤觉得是她的疏忽，取回素描本，她责无旁贷。

余鲤利落地脱掉长外套和马丁靴，将牛仔裤脚卷至膝盖，她嫌腕上手环碍事，取下和手机放一起，让裴叙在一旁看着。

十二月的南方，水已经凉飕飕了，余鲤一下水就忍不住打了个寒战。

池底积淤，每一步都是拖泥带水的，很是费劲。

“余鲤，你的电话。”裴叙在池边向她喊话，她不耐烦地摆摆手，“正忙着，先挂了，忙完我再打回去。”

她爬上假山，取回素描本，高举着素描本蹚水回到池边，身上的衣服湿了大半。

“拿着，看看有没有缺页少角的？”

余鲤将素描本塞到裴叙手中，赶紧套起长外套，穿上马丁靴，戴回手环，看到手机里的来电记录是宋凌微，心生逆反，不想马上回电话了。

“谢谢。”裴叙随意翻了翻素描本，“利哥经常把素描本藏起来，他讨厌我一有时间就画画，不跟其他人互动。”

“所以，是他把素描本藏假山的？”

两个小时前，利哥说要去电视台谈合作就离开了，把裴叙交给余鲤全权负责。

“也许。”裴叙打开素描本，无所谓道，“等合约结束，他就没机会了。”

“裴叙，你真的讨厌娱乐圈吗？”余鲤忍不住问。他现在处于上升期，利哥自然希望他专注演艺事业，他却一心想着退圈。

“我从来没有喜欢过。”裴叙拿起笔，熟练又快速地排画，画着海底漂浮的水母。

“我好友是你的粉丝，所以我跟着她看过一些你演的戏。”余鲤盯着他沉静的脸，坦言而非恭维，“你的演技很棒，特别有张力和感染力，不演戏很可惜的。”

“我并不讨厌演戏。”裴叙停下笔，与余鲤对视，“因为戏剧比生活真实。”

闻言，余鲤的心一震，似有所感，又不可言喻，让她想起一些事，心有戚戚焉，有时生活的狗血确实远胜过戏剧。

她想裴叙是喜欢演戏的，这跟他讨厌娱乐圈并不矛盾。

余鲤觉得她能理解裴叙了，他不讨厌演戏但想退圈的心态，正如她不讨厌当保镖但想远离宋凌微一样，无法随心所欲，只能憋屈地妥协。

如此一想，余鲤不由得对裴叙惺惺相惜起来。

“裴叙。”这时片场的执行导演冯羽走过来，手搭在裴叙肩膀上，“跟你借个人，肯吗？”

“什么人？”裴叙合上素描本，微微挺直身，肩膀有点儿僵硬。

“她是你的人吧？”冯羽挑眉看向余鲤，“我在现场记录视频看到她，非常上镜，想让她来客串角色，比如剧里协助你找到破案线索的世家千金，有三四场戏。”

“她是我助理，不演戏。”裴叙想也不想地拒绝。

“是吗？那我要问问本人。”冯羽的手从裴叙肩上收回，转向余鲤，“美女，有没有兴趣演戏？你要是愿意客串，我可以让编剧给你的角色加戏，也可以推荐你签约经纪公司，如何？”

年近四十的冯羽，精明干练，见惯娱乐圈的帅哥美女，反而对容貌出色的素人更感兴趣，乐于挖掘原石璞玉。

“我对现在的工作很满意。”余鲤克制住被“以貌取人”的不适感，冷淡道，“没有换工作的想法，不好意思。”

“改变主意的话，随时联系我。”冯羽掏出名片塞到余鲤手中，也不纠缠。

余鲤看着冯羽的背影，瞧了下名片，问裴叙：“不会联系的名片，该留着吗？”

“给我。”裴叙拿过冯羽的名片，往素描本里一夹了事，“余鲤，你真的不向往吗？在娱乐圈，不管是喜欢钱还是喜欢名，比做其他工作更容易获得。”

“我喜欢钱也不讨厌名。”余鲤从未觉得自己清高，“我只是厌恶自己靠脸吃饭。”

“不厌恶别人靠脸吃饭吗？”裴叙指着自己，“比如我这样？”

余鲤故意凑近端详，她一直没太注意裴叙的长相，印象里他是个安静的美男子。仔细看，裴叙的五官长得相当凌厉，眉眼上挑，鼻挺唇薄，自带艺术家的不羁感。然而他气质沉静，沉静得似乎掩饰了五官棱角，模糊了样貌。只有在扮演角色时，不再是裴叙，他才放开，难怪她会觉得镜头下的裴叙很张扬，判若两人。

“你这是老天爷赏饭吃的脸。”余鲤得出结论，“每人都有自己的活法，我不能以我的标准去评价。”

她只厌恶自己的长相，青春期时，面对跟母亲越来越像的脸，她特别烦躁，去医院咨询整容的事，医生反而建议她去精神科呢。

“我也不喜欢自己靠脸吃饭。”裴叙像是找到了共鸣，“利哥说，关注我脸的人越多，我的画就越受关注，我就越有价值，不管演戏还是画画，我都能名利双收。可在这个圈子待得越久，我就越无法忍受，却必须忍受。”

余鲤知道裴叙耿直，但很意外他这样对她推心置腹，仿佛忍耐许久，终于找到了树洞。

“裴叙。”余鲤定定地看着裴叙，问出疑惑，“你最初是为什么进娱乐圈的？”

“为了让一个人看到我。”裴叙第一次说起他的初心，“可我和她分开二十年了，她大概忘记我，即使我成为明星，她也认不出来的。”

裴叙的语气非常平静，平静得听不出这人对他的重要性，余鲤想起很多偶像剧的情节，就猜：“这人是你的青梅竹马？”

“我没有青梅竹马。”裴叙轻轻地摇头，表情有些迷茫，“她是……妈妈。”

“妈妈”这两个字，裴叙说得很不熟练，唇齿舌间，不知如何安放。

无可名状的感伤袭击了余鲤，在她心间掀起波澜，久久无法平静，忽然明白，裴叙为什么会信任她。

四岁后就没有妈妈庇护的孩子，将无意间救过他的她当成保护者信任，仿佛雏鸟破蛋时将第一眼所见之人当妈妈依赖。

余鲤不清楚裴叙母子为何分开二十年，但不会刨根究底揭人伤疤，只是更加明白他说的那句“戏剧比生活真实”。

下一场戏开拍了，余鲤怔怔地望着在镜头下扮演别人的裴叙，专心体验着更为“真实的人生”，肆意飞扬。

余鲤作为保护者的使命感油然而生，她的工作就是让裴叙更加放松地享受这种“人生”。

回过神来，余鲤以保镖的敏锐性和警觉性注意周边的环境，在片场忙前忙后，让裴叙不管是拍戏还是休息，都能心无旁骛，无所顾虑。

直到当天拍摄结束，裴叙收工，余鲤才想起来应该给宋凌微回电话时，却发现宋凌微就站在保姆车边，似乎在守株待兔。

“年年，来我这里。”宋凌微皮笑肉不笑地向余鲤招手，对她的保护对象视而不见。

像是看到给鸡拜年的黄鼠狼，余鲤心底打了个战，她知道她对宋凌微的工作配合度很低，以他爱记仇的个性，只怕是来找碴儿的。

余鲤瞥了眼身侧的裴叙，现在还是她的工作时间，不能擅离职守，她就岿然不动，直面宋凌微：“我在工作中，你有事吗？”

“真是爱岗敬业。”宋凌微上前，直接拎起她的左手腕，看到腕上的手环，“下午三点七分到二十三分，你是不是取下手环了？”

“三点七分到二十三分？”余鲤对这个时间没概念。

宋凌微提醒：“我给你打电话，你忙得没空的时候。”

裴叙补了一句：“余鲤，那时你在水中。”

“哦。”余鲤一脸恍然，抽回手，有理有据道，“我作为保镖，那时在维护委托人的财产安全，需要下水，担心手环进水，暂时取下。”

“手环是防水的。”宋凌微眯起眼睛，自带威胁感，“年年，记住，不要轻易取下手环。”

“上班时间，我会记住的。”

余鲤嫌宋凌微小题大做，按照规定，私人时间可以不佩戴手环，所以每次完成当天任务，她就会取下手环，不想下班后，睡个觉洗个澡都要被记录数据。

“下不为例。”宋凌微又从她口袋中掏出手机，放在她头顶，“还有，你手机是装饰吗？这样用吗？”

“我还在忙，忙完自然会回你电话。”余鲤抓下手机，讽刺道，“宋凌微，你很闲吧？”

“随意取下手环，拒绝接听电话，没有及时回电。”宋凌微闲闲地指出问题，“年年，做一份检讨。”

“我的工作是对委托人负责，除非委托人说我失职需要检讨。”面对宋凌微的“欲加之罪”，余鲤不买账，拉拢裴叙来怼他，“裴叙，我需要做检讨吗？”

“不需要。”裴叙理所当然道，“我对你的工作非常满意。”

“看来我在工作中的随机应变，出钱的委托人是没有意见的。”余鲤得意地挑衅宋凌微，“公司对此应该无可指责吧？”

“不仅懂得找靠山，还学会强词夺理，不愧是我的徒弟。”宋凌微故作欣慰地摸着余鲤的头，倾身靠近她耳畔说，“年年，再教你一课，所谓靠山山倒，靠人人跑，要想穿暖吃饱，多念师父的好。”

作为师父，余鲤觉得宋凌微越跑越偏，说教还带韵脚了，他应该去搞传销洗脑。

“那就多谢师父指教。”余鲤不以为然地敷衍。这课的重点，她懂，所以她才不会想着依靠他。

元旦剧组要放假，三十一号收工后，余鲤将裴叙从影视城送到家，等二号再来接他去拍戏即可。

裴叙不肯参加任何跨年活动，只想在家里画画，把利哥气得够呛，恼他不思进取，说没有曝光就没有热度，没有热度就会被淘汰。

看裴叙一脸“如我所愿”的表情，利哥只能放话：“不参加活动可以，我再给你多接一部戏！”

所以，余鲤送裴叙回家时，他就一副生无可恋的模样。

回去的路上，余鲤有些担心裴叙会怼利哥，打开微博看，他只发了张调色板的照片，情绪看来是稳定的。

余鲤正想发个评论，王沐春打来电话，说备好火锅，让她速回。

寒潮来袭的跨年夜，光是听到火锅两字，余鲤浑身都热起来。她回到公寓，一进门就闻到食物香气，瞬间搅得她饥肠辘辘。

不过，看清在调蘸料的人，余鲤有点恼火地瞪向王沐春，她又“引狼入室”！

“小鱼，快坐好。”王沐春热情地拉她入座，“这是宋哥点的海底捞，就等你回来开涮了。”

“年年。”宋凌微自然地打招呼，仿佛他是这里的主人，“你要哪种蘸料？麻辣葱花？沙茶酱蒜泥？酱油醋香菜？”

“我讨厌葱花，讨厌蒜泥，讨厌香菜。”余鲤故意找碴儿。

“那给你女神吧！”宋凌微就把老干妈放在她面前，请她自便。

“嗯哼。”余鲤瞥了眼宋凌微，不爽道，“你来做什么？”

“吃火锅。”宋凌微一脸的理所当然，“顺便听你汇报工作。”

在裴叙身边工作半个月，余鲤自认得心应手，裴叙对她很满意，乖乖配合她“闭嘴”，能让她“代言”他绝不会“多嘴”，她算是堵住泥石流的口了。

相比之下，余鲤觉得宋凌微管得太多，不相信她的能力，上班时她神经高度紧绷，下班时还不让她放松，时不时地搞突击查岗，让她烦不胜烦，消极以对，能躲就躲，能拖就拖。

现在还跑她家里来，要她面对面汇报工作，余鲤瞬间觉得火锅索然无味，往碗里加了一大勺老干妈，顺便从王沐春的漏勺中夹走牛百叶。

“早上八点到下午六点，裴叙在影视城拍了十二场戏，我作为助理，负责他的吃喝，帮他应付剧组人员，顺便陪他对台词，刚刚送他回家。今天一切正常，明天放假，报告完毕。”

裴叙目前主要工作是在X市影视城拍摄电视剧《御史台》，为期四个月。不过年底各种典礼活动多，利哥如果能说动裴叙，余鲤作为保镖就得“出差”了。

“年年，你知道裴叙几岁出道？”宋凌微突然问，“签约哪家公司？”

虽然安全部那边有裴叙完整的资料，但余鲤并没有看太仔细，她只关注裴叙的现状，对他的历史不甚了解，于是她朝王沐春使了使眼色。

“裴叙十四岁时签约傲世传媒，就在自家公司的戏里跑龙套，二十二岁经纪人带他转到如歌公司，他才演上主角，开始走红呢。”王沐春如数家珍，“小鱼，你和宋哥真要在我面前谈裴叙吗？我是他的粉丝，可能粉丝随主，口无遮拦哦。”

余鲤为裴叙工作的事，王沐春是看到“绯闻”才知道的，她就想让余鲤近水楼台给她谋福利。结果余鲤非常有职业道德，不肯泄露委托人的隐私，明确表示不会为她假公济私的。

要不是看在余鲤对她的偶像如此尽心，王沐春早翻了她们友谊的小船。

“你可以回避啊。”余鲤没好气道。对于裴叙的事，王沐春知道的可能比她多得多。

“你说什么？我听不清？”王沐春瞅了瞅宋凌微，见他没什么意见，佯装失聪，专心涮锅，“火锅在前，别管我，你们谈你们的。”

“大春说裴叙十四岁就签约？”余鲤想了想不对，“那时裴叙未成年吧？合法吗？”

“合约是他的法定监护人签的。”宋凌微解释，“签的是十二年长约，签约金非常可观。”

“这不是卖身契吗？”余鲤咂舌。

裴叙现在才二十四岁，竟“卖身”十年了，难怪他那么渴望合约结束，退圈。

宋凌微不置可否，反问：“所以，你想当他一辈子的保镖吗？”

“什么意思？”余鲤愣住。

“裴叙的合约是被傲世完整地转让给如歌，他已经履约十年，理所当然地认为再过两年他就能自由。”宋凌微遗憾地摇头，“裴叙还是天真了点，如歌是不会在合约结束时才提续约的，毕竟如歌付了昂贵的转让费给傲世，也花了心思捧红裴叙，正是收获果实的时候。据我所知，如歌已经在准备新合约，用来取代旧合约，新合约的年限至少五年。”

虽然想说宋凌微危言耸听，但想到他的律师身份，余鲤承认他说的很现实，有点心惊道：“裴叙不能提前解约，也不能自然完成合约？”

“对。”以裴叙的智慧，是无法解开这个局的，“年年，裴叙对你很满意，那么，三个月后，他肯定会跟三朝续约，让你继续当他的保镖。这样周而复始，你不就成了他一辈子的保镖吗？”

“裴叙想要的是自由，不是保镖。”余鲤皱眉，不喜欢宋凌微说的事态发展。

“年年，那我考考你。”宋凌微目露精光，“你觉得怎样才能真正保护裴叙，让他不再需要保镖？”

“满足他的愿望，退出娱乐圈？”余鲤说得不是很肯定，宋凌微一脸她也很天真的表情。

“之前袭击裴叙的口罩男，警方说法是口罩男并非任何明星的粉丝，纯粹看裴叙不顺眼。”宋凌微顺手把涮好的牛肉放到余鲤的碗中，“根据利哥说法，裴叙在圈内十年，圈内人都了解他的脾性，知道他耿直缺心眼儿，不至于雇人袭击他；再者，根据裴叙粉丝说法，他们认为裴叙真实不做作，专注演戏低调不争，虽然会调侃他是泥石流容易得罪人，但都是会维护他的亲妈粉，私下会跟其他明星的粉丝搞好关系，替裴叙背锅，化干戈为玉帛。”

“亲妈粉在此。”

忙着吃火锅的王沐春适时刷存在感，被余鲤瞪了一眼，她和宋凌微的交流可真多。

“所以呢？”

“娱乐圈带给裴叙的危险性有限，真正的危险另有所在。”

“真正的危险是什么？”

“暂时不能告诉你。”宋凌微还在调查，要对余鲤做些保留，“关于裴叙的安保方案，我已经做了调整。年年，只要你听话，我保证让你在三个月内圆满地完成任务，初战告捷。”

“是吗？”

余鲤半信半疑，绕了一圈，宋凌微是想让她唯他马首是瞻吧？

“还能让裴叙如愿退圈。”宋凌微胸有成竹，“年年，我的脑子和拳头，应该值得信任吧？”

宋凌微脑子好使，拳头还硬，更有为达目的不择手段的狡诈……余鲤想起自己被迫加入三朝的经过，她不相信宋凌微的人品，但相信他“耍流氓”的能耐。

“那我就拭目以待。”余鲤不甘愿地补充，“为了我的委托人。”

“宋哥，小鱼，你们真像为孩子操碎心的家长。”王沐春促狭的目光在宋凌微和余鲤之间来回，“作为裴叙的亲妈粉，我备感欣慰呢。”

“乖。”宋凌微笑道，“我不介意被叫爸爸的。”

“宋哥爸爸。”王沐春从善如流，“小鱼妈妈——”

“闭嘴！”余鲤夹起碗里的牛肉堵住王沐春的嘴巴。

公事谈完，她就不想跟宋凌微废话，也不想王沐春插科打诨，于是闷头涮火锅。

电视里的跨年晚会响起新年倒计时，零点来时，王沐春拱手作揖说“新年快乐”，宋凌微起身说该回家了，王沐春就推着余鲤去送客。

余鲤快步走去开门，不冷不热地对宋凌微说：“好走不送。”

“年年，新年快乐。”宋凌微倾身靠近她，说着话的空隙，自然而然地亲了她脸颊一记。

余鲤只觉得颊边一热，难以置信地望着宋凌微，他刚才耍流氓了吧？

宋凌微却笑得两眼弯弯，愉快地解释：“这是新年礼物。”

闻言，余鲤怒从中来，这个禽兽，她扬手就想给他一个巴掌回礼。

宋凌微轻松地扣住她的手腕，按在门上，另一只手抬起她的下颌，吻住她。

强势而热烈，如同不期而至的龙卷风。

余鲤浑身莫名地战栗，无法反抗他，陌生又熟悉的气息灌进来，瞬间攫取了她的神经，让她想起第一次吻宋凌微的情景，羞耻感骤起。

“你的回礼，我收到了。”宋凌微的声音在她耳边响起，等她回过神来，他已不见人影。

“哇喔，宋哥真是捕鱼高手，好想拜他为师。”王沐春对着她，一脸崇拜的样子，“小鱼，你还是从了他吧？”

“王沐春！你这个叛徒！”

一想到她被宋凌微吃豆腐而王沐春全程观看，她就恼羞成怒，扑过去，作势要掐死她。

“宋哥可是特地过来陪你跨年的，还给你带了新年礼物呢！”

吃了宋凌微嘴短的王沐春，时刻不忘当助攻，开始幻想宋余大婚时给她准备谢媒礼了。

“闭嘴！”

余鲤买回饮料，看到少年背靠树坐在草坪上，睡着了，手里还拿着她的英语书。

她半蹲在他面前，屏住呼吸，小心翼翼地伸出手，描绘他的眉眼，掠过长翘的睫毛，不由得手颤，双颊飞上绯色。

他长得斯文秀气，眉眼尤其清雅，看起来温柔极了，好似远山临水，让她一见，心湖止不住地荡起涟漪。

他睡着时，微抿的嘴角悄悄上扬，像是带着笑，引诱着她，想要碰触他的冲动，仿佛小猫在挠心，忍不了。

这里是学校偏僻的一角，路过的人少，让余鲤壮起胆，看着他的唇，咽了咽口水。

她倾身靠近，还是有点怂，蜻蜓点水似的亲了下他的脸颊。

他睡得很沉，没有发现她的动作，她胆子又肥起来，终于亲到他的唇，停留了一秒，感觉到的柔软令她意犹未尽，忍不住又亲了下，羞涩与欢喜在心间满溢。

当她第四次凑近，快要碰到他嘴唇时，有只手抬起来，钩住她的后颈，唇上随即传来动作，强势而热烈……她仿佛跌进龙卷风，阵阵眩晕。

……

余鲤脸红心跳地从梦里醒来，忍不住掩面自恼，她竟梦见第一次吻宋凌微的情景，难以言状的羞耻感涌上心头。

十六岁时喜欢宋凌微的感觉，好像心里有只小鹿在撞来撞去，让她面对他时蠢蠢欲动。

而今，那只小鹿早就撞死了，留下一对鹿角，让她看见宋凌微，就想顶撞他，离他远点儿。可宋凌微却像难缠的鬼，阴魂不散，害她处处受制于他，做梦都……

余鲤猛地从床上弹坐起身，甩了甩头，不允许情绪跟着宋凌微走，她还是去道馆找宫清原过几招，发泄下过剩的精力吧。

手机铃声响起，裴叙来电。

"余鲤，我需要你。"裴叙的声音很无力，"有人闯进我家，我招架不住，你快来。"

余鲤瞬间将扰乱心情的旧梦抛之脑后，无暇他想，匆匆赶往裴叙家。

裴叙住在翠星庭，是安保措施完善的酒店式公寓，怎么会有人闯进去呢？余鲤用裴叙给的门禁卡进入翠星庭大楼，输入开锁密码，悄悄打开他家的门，入目所见的情景，有些匪夷所思。

穿着黑西装的高壮男子守在洗手间外，在他面前，是个穿红裙子的女孩儿，她敲着洗手间的门："裴叙哥哥，你好了吗？我是认真的，我真的有很多钱，可以包养你……"

听到"包养"两个字，余鲤眼珠子差点儿惊掉，直觉这事很麻烦，赶紧知会宋凌微，然后故意大声打招呼：“裴叙，我来了。”

黑西装的高壮男子和红裙子女孩儿齐刷刷地望向她。

高壮男子摆出护卫的姿态，红裙子女孩儿似乎认出她，乖巧道：“你是裴叙哥哥的助理吧？我叫向小园，是裴叙哥哥的粉丝，今天刚搬到隔壁，来跟裴叙哥哥问好的。”

余鲤大开眼界，第一次见到自带保镖追星的粉丝，近水楼台当邻居，还想当金主……难怪裴叙要躲进洗手间了。

“谢谢你对裴叙的喜欢。”余鲤打量着向小园，俏丽张扬，微微上翘的眉眼竟跟裴叙有七八分像，“我来接裴叙上工，就不招待你们了。”

“今天元旦，我知道裴叙哥哥休息的。”向小园很笃定的语气，“我调查过了。”

“呃，是临时工作。”有钱开挂的女孩儿真不好对付。

裴叙听到余鲤的声音，终于打开洗手间的门，但一出来就被向小园抓住胳膊：“裴叙哥哥，我陪你一起工作好不好？”

“我有余鲤陪就可以。”在高壮男子的逼视中，裴叙一脸要疯的表情，但还是用力地掰开向小园，对余鲤下命令，“余鲤，带我走。”

余鲤一上前，高壮男子就拦她，余鲤二话不说直接肘击，顶开高壮男子，拉过向小园往高壮男子怀中一塞。她不想跟高壮男子硬碰硬，就抓着裴叙往外跑。

见向小园和高壮男子追上来，余鲤反手关上门，卡住，跟里面的人较劲，让裴叙先去按电梯。等电梯到位，快要合上门时，余鲤才松手进电梯，关门，下降。

余鲤和裴叙从电梯走出来没多久，向小园和高壮男子也乘坐另一部电梯下来，裴叙一见，像惊弓之鸟似的，拉着余鲤往大堂外跑。

宋凌微的车来得凑巧，刚要泊车，两人迅速上车，让他赶紧走，不要停。

“年年，你要带着裴叙亡命天涯吗？”宋凌微皱着眉头看观后镜，看见在路边跺脚的红裙子女孩子对着高壮男子在发泄什么，“给我解释。”

“我来解释。”裴叙刚才跑得急，说话还在喘气，“今天一早，新邻居来串门问好，然后她说是我的粉丝，比起看我演戏她更想看我画画，所以她想包养我，给我开画廊，在全世界办画展什么的。新年第一天，我觉得遇到神经病了，请她的保镖带她去看病，反而被保镖威胁要听话。她又说她是向氏集团董事长的独生女，真的有钱有势，可以帮我出违约金，让我退出娱乐圈，想做什么就做什么……我只能去洗手间冷静，请余鲤来救我了。”

听着原委，余鲤匪夷所思，这是真爱粉还是脑残粉呢？

“向氏集团啊。”宋凌微若有所思，在脑中搜索相关信息，“土豪追星果然不走寻常路，裴叙，既然有金主从天而降，你就跟着她退圈吧。”

“我不会卖身两次。”裴叙声音冷下来，“还有一年零十个月，我的合约就结束了。”

“是吗？”宋凌微不置可否。

余鲤想起宋知微说如歌在准备新合约的事，见状，赶紧转移话题：“裴叙，我觉得向小园不达目的不会罢休，你暂时要不要去酒店住段时间？”

隔壁住着个想要包养自己的狂热粉丝，对裴叙来说，像跟恐怖分子当邻居，太危险了。

“我需要升级安保规格。”裴叙对酒店不感兴趣，“我还是住家里，只要有余鲤二十四小时的贴身保护，就没问题。”

“然后体验每天被当猎物追捕的快感吗？”宋凌微不以为然地哼道，“我们三朝的宗旨是，以环保经济的方式，提供物超所值的服务，可不是带着保护对象玩末日逃杀的生存游戏。”

“我会正式向明郗部长提出安保升级的要求。”裴叙说，“安保升级的费用，我会承担。”

“作为保镖，我不介意跟保护对象同住。”余鲤表明立场，她是很有职业操守的。

宋凌微瞥了眼观后镜中的余鲤："我介意。"

"你介意什么？"余鲤不爽，"又不是让你当二十四小时贴身保镖。"

"男女有别，授受不亲。"宋凌微义正词严，除非他脑子坏掉，才会让她和裴叙同住，"作为师父，我要对你负责。"

"拜托，大清早的好不好？"余鲤差点儿翻白眼，"要不要我给你背一段社会主义核心价值观？"

"年年，谢谢你提醒我，我们都是社会主义接班人哦。"宋凌微皮笑肉不笑，"你要想和保护对象同住，也不是不可以。"

"有条件，对吧？"余鲤已经很懂他的套路了。

"不能住他家，也不能住你家。"

"那我们住哪里？"

宋凌微把车开到老城区，开进围墙垂挂着盛开三角梅的小院，请余鲤和裴叙下车，说："住这里。"

"这里？"余鲤看着眼前颇有年份的两层红砖房，挂个牌子都能当地区特色建筑参观了，"能住人的吗？"

"不仅能住人，而且冬暖夏凉，宽敞宜居。"宋凌微掏出钥匙开门，"我在此居住多年，最有发言权了。"

"你家？"余鲤很意外，古怪地看着宋凌微，"什么意思？"

"我们三人一起住。"宋凌微理所当然道，"于公于私，这是最好的安保措施，你们有意见吗？"

裴叙一进院子就被特色明显的红砖房吸引，听说要住这里，自顾自地打量起来，研究各种建筑细节，根本没听余鲤和宋凌微后续的谈话，显然没有任何意见。

"年年，你有意见吗？"

余鲤只觉得不对劲，到底哪里出了错？为什么变成要跟宋凌微同住了？

“你、我、裴叙……一起住？”余鲤指着宋凌微，又指了指自己和裴叙，终于提出疑问，“你不说男女有别，授受不亲了？”

宋凌微笑眯眯地为她答疑解惑：“因为，这是工作。”

所以，她能有意见吗？

第四章

你是我的吉祥物

NI SHI WO DE JI XIANG WU

独门独栋带小院的红砖房，外观看是地方特色老房子，内部却改造得相当现代化，各种功能齐全，确实宜居。

不过，余鲤很不情愿地跟着裴叙和宋凌微进入红砖房，目光扫视一圈，随即尴尬地顿住。

客厅中有个水族箱，里面游着两条肥美的红色鲤鱼。水族箱旁有位穿白色浴袍的短发女子，似乎刚冲完澡，头发还是湿漉漉的，她一边吃着吐司，一边撕着吐司喂红鲤。

白衣红鲤，十分醒目。

余鲤忍不住注视，短发女子高挑帅气，皎如玉树临风前，自有一番俊俏劲。

宋凌微说这里是他的家，那么出现在这里的女人……

胸口莫名地犯堵，余鲤表情微妙地瞅了瞅宋凌微，这是他现在的口味吗？

“嗨，来客人了。”

短发女子发现他们，顺手将半片吐司丢进水族箱喂鱼，迎上前，大大咧咧地打量着余鲤和裴叙，一脸的兴味。

“邬大大，说过多少次，我的鲤鱼还要跃龙门，别把它们当猪养。”对于某人屡教不改的恶习，宋凌微痛心疾首。

邬大大置若罔闻，看着余鲤和裴叙的眼睛在发亮，冲宋凌微挑眉道：“老三，有进步，我一回来，就送小花儿小鲜肉犒劳我了。”

“想得美。”宋凌微嫌弃地抬起手，把邬大大的脸转一边，“你注意点儿形象，能换身衣服再见客吗？”

“我不介意。”邬大大故意彬彬有礼地问余鲤和裴叙，“你们介意吗？”

余鲤瞥了眼有点儿低的浴袍领口，正想开口就听到裴叙说：“今天冷，头发不吹干会感冒的，我对此很介意，想打喷嚏。”

这是重点吗？

余鲤看向就事论事的裴叙，他没发现邬大大的事业线呼之欲出吗？

“大明星说话有点儿意思。”邬大大认出了裴叙，朝他吹了下口哨，“多谢关心，你稍等，我去去就来。”

邬大大愉快地转身，往二楼去了。

裴叙没意见，也没觉得有什么不对，在屋里转悠起来，看新的住家环境。不一会儿，他的注意力被水族箱吸引，对着红鲤，大眼瞪小眼。

“年年，请随意，以后我们要住在同一屋檐下，有什么想法尽管说。”宋凌微走向开放式厨房，利落地套上围裙，“我准备点儿早餐，一起吃。”

余鲤根本没心思看房子，一意识到邬大大住这里，她就浑身不自在，瞅宋凌微的目光充满怀疑，对他的人品极度不信任。

“请问，”余鲤盯着画风变居家的宋凌微，看着他熟练地起锅煎着荷包蛋，“这里究竟是谁的家？”

不要告诉她这里是他和女人同居的爱巢，让她和裴叙来当电灯泡，她会反手甩他一个煤气罐，让他原地爆炸的。

“虽然房产证写着我外公的名字，但现在是我的家。”宋凌微端出实事求是的态度，“年年，你要是想住我名下的房子，我可以去过户，以正视听，让你宾至如归。”

“宾至如归？”余鲤不以为然，“原来你家是‘宾馆’，开门迎接四方客啊。”

“确实有人将我家当宾馆，鸠占鹊巢，像个恶霸。”宋凌微从冰箱里取出吐司，开始做三明治，“你想知道恶霸是谁吗？”

“不想。”就算好奇，但见宋凌微一副钓鱼的样子，余鲤就不想知道了。

“就是邬大大，邬玉白大小姐。”宋凌微自顾自地揭晓答案，“年年，你别看邬大大长得帅是个女人就不设防，她的性格是出了名的恶劣，霸道又无赖，仗着自己是律师不怕告，一见好看的就耍流氓。”

“你有脸说别人性格恶劣？”余鲤嗤之以鼻，“仗着自己是律师不怕告，耍流氓……不是你吗？”

“既然你这么说，那我恭敬不如……”不如长臂一伸，揽过余鲤的肩膀，宋凌微倾身亲过去。

余鲤见状，飞快地捂住嘴巴，瞠目直视一言不合就“耍起流氓”的宋凌微，他从容不迫，淡定地吻在她的手背上，还故意发出声音。

“无耻！”

余鲤恼火地推开宋凌微，连步后退，想要离他远点儿，不小心撞到了下楼的邬玉白。

邬玉白顺手搂过她的腰带进怀里，对着宋凌微啧啧摇头：“老三，注意你的吃相，瞧你的小花儿都吓得失色了。”

“邬大大。”宋凌微指着邬玉白落在余鲤腰间的手，宣告主权，“那是我的鱼儿，不准你偷腥。”

“温香软玉在怀，我醉生梦死一下又怎样？”邬玉白故意凑近余鲤，在她颈边闻了闻，暧昧至极。

有些灼热的鼻息拂向肌肤，余鲤不由得打了个激灵，浑身不自在，赶紧从邬玉白怀中退出，他们的对话让她觉得误入贼窝，待价而沽。

余鲤警觉地跟他们拉开距离，邬玉白已经吹干短发换下浴袍，白色高领毛衣蓝色洗白牛仔裤，清爽利落，自然美好。

邬玉白和宋凌微站一起，赏心悦目，仿佛芝兰倚玉树，一个帅而俏，一个俊而秀……但一想到两人轻佻的举止，余鲤撇了撇嘴，物以类聚，流氓的同类不会是正经人。

“邬大大，正经点儿。”宋凌微好笑地看着一脸防备的余鲤，“别戏弄我的鱼儿。”

“姓宋的。”余鲤受不了道，“别乱说，我不是你的鱼儿。”

“年年，叫师父。”宋凌微提醒，“在外人面前，要懂得尊师重道。”

“你要说教，先有点儿为人师表的样子吧。”余鲤唱反调，心情微妙，对他来说，邬玉白是外人吗？

“师父？小花儿是你的徒弟？”邬玉白意味深远的目光在宋凌微和余鲤之间来回，“老三，你可是肌肉狂，不要误人子弟。”

“早餐我不蒸包子，也要争口气。”宋凌微端起师父架子，“徒弟，亮两手给她瞧瞧。”

余鲤假装没听到，懒得配合他演出，不过从宋凌微和邬玉白的互动中，看得出两人关系匪浅，这令她有些烦躁，她根本不想知道宋凌微跟谁好呢。

“那小鲜肉呢？”邬玉白的注意力转向水族箱旁研究红鲤的裴叙，“他也是你的徒弟？”

“不是。”宋凌微在扯淡间已经把早餐准备好了，“来，一边吃东西，我一边给你牵牵线。”

宋凌微把人都招呼到餐桌边，一人一份三明治，给邬玉白和裴叙配了咖啡，他和余鲤则是鲜榨橙汁，似乎很了解每个人的口味。

“她叫邬玉白，我的大学师姐，现在是达济律师事务所的王牌律师。”宋凌微指着邬玉白，却看着余鲤作介绍，“她一个月出差二十天，还有十天在我家蹭吃蹭喝，是个将这里当宾馆的恶霸，赶也赶不走，你们可以无视她。”

“老三，你这样在外人面前拆我的台，不厚道。”邬玉白挑出三明治中的蛋黄，才开始吃，“当初是谁觉得愧对我，说除了感情什么都可以给我的？”

闻言，余鲤放下手中的三明治，没了胃口，表情复杂地看向邬玉白，越来越觉得住红砖房是件糟糕透顶的事。

“邬大大，他们不是外人，是我的新房客。”宋凌微理所当然道，“你说的小花儿是我徒弟余鲤，也是三朝的保镖。小鲜肉你知道的，演员裴叙，他现在是余鲤的保护对象，因为某些麻烦，从今天开始，他们要住在这里。”

“为什么叫邬大大？”裴叙突然问。他不挑食，三明治配咖啡吃得香，整个人从被向小园的围堵阴影中放松下来了。

“她在学校称王称霸，强行认小弟，以老大自居呢。”宋凌微没好气地解释，夹走被邬玉白挑剔抛弃的蛋黄，动作熟稔得让余鲤不爽，很想横筷拦截，将那颗蛋黄抢过来，扔到水族箱喂红鲤。

“其实是我们哥们三个，宋凌微是老三，唐寂是老二，我是老大，他们自然要尊称我邬大大了。”邬玉白给出另一种解释，瞅着默默啃三明治的余鲤，“小鱼儿，唐寂唐二爷也是三朝的，你见过他吧？跟老三这个肌肉狂相比，高大威猛的唐二爷才是行走的荷尔蒙哦。”

“不好意思，我进三朝不久，暂时还没机会见到他。”余鲤不适应邬玉白亲昵地叫她“小鱼儿”，强行认小妹似的。

“为什么是肌肉狂？”裴叙发挥不懂就问的耿直品质，显然很适应新环境，积极地了解同一屋檐下的人。

“大学接新生时，我接到了老三，亲自带他办手续送他到宿舍，顺便帮他整理整理。结果，老三的行李箱让我大开眼界，他从泽城来的，不带家乡特色小吃就算了，居然带了四大罐蛋白粉和一堆健身小器材！我现在都记得，有哑铃、健腹轮、弹力绳、握力器、扭扭盘……甚至还有踏步机！”

“他一副秀气书生相，白净清瘦，当个斯文的美男子不好吗？非要追求肌肉，想把自己练成猿臂螳螂腿，天天将蛋白粉当饭吃，上课还不忘练哑铃，课余时间就往武馆跑，闷头苦练格斗技，我还以为他要参加武林大会光宗耀祖呢！实际呢，他就是个纯粹的肌肉狂，疯狂习武不为强身健体，练出一身肌肉不参加健美先生也不跟人切磋，自我满足得很。大好的青春他就跟肌肉死磕，多少妹子对他的脸一见钟情，却因他是肌肉狂而幻灭。如果没有我邬大大仗义相陪，他在别人眼中都要弯成回形针了。”

邬玉白提起宋凌微的校园往事，眉飞色舞，吐槽不止。

那是她完全陌生的宋凌微，余鲤听着有些恍惚，在宋凌微进入大学前的暑假，她和他分道扬镳，从此陌路，他成了她的心中刺，意难平，不愿再见。

时隔八年重逢，她记忆中清秀斯文的少年，已经变成四肢很发达头脑不简单的青年，坚若磐石稳如泰山，让她无法撂倒，恼他躲他，不屑与他为伍，偏偏受制于他。

现在听邬玉白说过去，她才明白，宋凌微为了今天能压制她，还真是疯狂，她实在无法想象他一边上课一边练哑铃的模样，是犯病了吧？

“为什么会当肌肉狂呢？”

裴叙看着对面的邬玉白和宋凌微，探究的目光转到宋凌微卷起衣袖的手臂上，肌肉的线条很好看，让他有拜师的冲动。

“为什么呀？”邬玉白抬起胳膊肘顶了顶宋凌微，戏谑道，“难道你是为了当个锄强扶弱匡扶正义的好律师吗？”

“对我来说，当律师有脑子足矣。”宋凌微看着余鲤笑，笑得暧昧，“如果当渔夫，光有脑子是抓不住大鱼的，练点肌肉既能蓄力又能防身，毕竟捕鱼是体力活嘛！”

裴叙有些费解，邬玉白却了然于心，冲着他挑下眉，指向他身侧的余鲤，裴叙这才抓到重点，恍然大悟。

于是，三双眼睛齐刷刷地落在余鲤身上。

这种被当猎物打量的感觉，让余鲤起鸡皮疙瘩，宋凌微丝毫不掩饰对她的企图，明目张胆地张网，捕鱼。

余鲤深切地体会到什么叫作“我为鱼肉”，宋凌微大概都想好清蒸还是红烧了。

“呃，那个，我和裴叙住哪里？”余鲤硬生生地转移话题，“如果房间不够的话，我们还是去住酒店。”

“裴叙和邬大大住二楼。”宋凌微直接安排，“年年和我住一楼。”

“我是裴叙的保镖，还是跟他住同一楼比较好。”余鲤直觉反对，跟宋凌微近水楼台只怕被骚扰呢。

“年年，我们住一楼是作为裴叙的第一层防护，凭借你我师徒的身手，可以挡住所有意图靠近裴叙的人，比如向小园和她的保镖。”宋凌微一本正经地解释，“邬大大在二楼可以当作第二层防护，想要越过她这道防线侵犯裴叙的人，得先考虑被王牌律师诉之法庭的后果。”

“邬大大不是裴叙的律师，保护裴叙不是她的责任。”余鲤皱眉，“而且你说邬大大一个月出差二十天，还是不要给她添麻烦了。”

“我刚完成一宗商业并购案从上海回来，年前这一个多月不会再安排出差的。”邬玉白摆摆手，愉悦地认小弟小妹，“所以，小裴裴，小鱼儿，让我们成为相亲相爱的一家人吧！”

“我无所谓。”裴叙想了想，还是补充了点儿意见，“邬大大，叫我裴叙就可以。”

“不喜欢小裴裴啊。”邬玉白表示遗憾，“既然你尊我为邬大大了，那我就叫你小叙。小鱼儿，你没意见吧？还是像老三一样叫你年年？”

“随便，你开心就好。”

余鲤无奈地认清现实，她就是个小保镖，前有上司，后有委托人，现在又来个邬大大，轮不到她做主的。

“不行，年年是我的专属称呼。”宋凌微驳回，“盗版必究。”

“老三，你确定拥有该称呼的知识产权吗？”邬玉白摆出专业的姿态找茬，“你是申请专利还是注册商标了？”

“宋氏出品，版权所有。”

“年年是小名，不属于版权，也不属于姓名权，不在法律保护范畴。”

“这是我取的小名，我对‘年年’两个字拥有绝对的最终解释权。”

“哦，《新华字典》该向你道歉吗？”

……

余鲤心情复杂地看着宋凌微和邬玉白斗嘴，他们间有种旁人无法介入的亲近氛围，感觉他离她很远很远，备感陌生，莫名失落……余鲤猛地收回心神，她巴不得离宋凌微远点儿，在想什么呢？

余鲤甩了甩头，她一点都不想看两个律师贫嘴好不好？

作为当事人，她只希望他们闭嘴，别再做她的文章了。

在导演满意的“CUT”声中，裴叙结束了当天的拍摄，快速卸妆换下戏服。

“余鲤，宋哥今天来接我们吗？”他一边问余鲤，一边探头查看，担心向小园冒出来。

“根据情报，向小园的学校今天期末考，她没空来探班，用不着宋凌微的。”余鲤不爽宋凌微对她的工作过度介入。

关于向小园，宋凌微让安全部做过调查，向小园今年十六岁，X 市青藤中学高一学生，向氏集团董事长向叔伦的独生女。向叔伦是 X 市知名企业家，他的向氏集团拥有庞大资产，涉及商业地产、连锁酒店、休闲庄园、投资基金等领域……简单地说，向小园确实有钱，有钱到她确实可以对裴叙肆无忌惮。

裴叙搬离公寓后，向小园失去近水楼台的优势，但有钱能使鬼推磨，她就堂而皇之跟着执行导演冯羽来片场见裴叙，美其名曰“探班”。

余鲤听场记八卦，冯羽正在为下部戏找投资商，似乎在争取向氏集团的投资，因此对向小园有求必应。

“有钱人，真是防不胜防。”余鲤对向小园小小年纪就能通过金钱玩转人心叹为观止。

“在钱的面前，我被当作一个可以玩弄的戏子了。”

裴叙对向小园的行为深恶痛绝，尽可能地躲着她，避免跟她有接触。探班时只能由她围观，休息时他直接躲洗手间让余鲤站岗。冯羽替向小园出面引线，让裴叙懂点儿人情世故，他干脆说拉肚子，就是对向小园避而不见。

为了隔绝这个危险的粉丝，余鲤不得不和宋凌微联动，通过安全部的信息网监控，随时关注向小园的动态，注意防范。

向小园想找出裴叙现在的住处，会让保镖开车尾随他们，为避开跟踪，余鲤会在宋凌微的远程定位监控中，绕很多路故布迷阵，甩掉之后再回红砖房。

在这一点上，安全部提供了强大的数据支持，宋凌微的反侦察工作也做得到位，他甚至充当司机接送裴叙，然后上演你追我赶的飞车戏码，把向小园保镖耍得团团转，没有暴露红砖房。

裴叙这人耿直又简单，谁让他烦，他就怼谁，比如之前的利哥，现在的向小园。谁对他好，他就信谁，比如之前的余鲤，现在的宋凌微。

对裴叙来说，于公，宋凌微为他提供安全保障服务；于私，宋凌微为他提供避难所，亲自上阵帮他远离向小园；回到红砖房，还能做一桌好菜投喂……所以，住进红砖房没几天，他就叫上“宋哥”，跟王沐春一个德行，唯宋凌微马首是瞻，真是有什么样的粉丝就有什么样的偶像。

“所以宋哥今天不来接我？”裴叙不掩失望之色。

“裴叙，你这样念着他，把我放哪里？”余鲤不得不声明立场，“作为你的保镖，我也要面子的。”

裴叙想了想，说：“把你放……宋哥家的水族箱？”

“一点儿都不好笑。”余鲤忍不住朝裴叙翻了下白眼，住在宋凌微的房子里，看着水族箱里的红鲤，就像看到了自己，浑身不自在。

“宋哥说红鲤是他的吉祥物，镇宅安家，为他开运，助他事成。”裴叙认真地解释着，“余鲤，你是我的吉祥物，驱魔辟邪，为我披荆，帮我斩棘。”

“鲤鱼就是吉祥物啊？”余鲤一脸他中了宋凌微毒的表情，“迷信！那转一转我这条鲤鱼，就有好事发生吗？”

“你转一转试试？”裴叙表示好奇，抬手画圈示意她原地转转。

余鲤没好气地配合他的要求，转了两圈，手机铃声就响了，宋凌微来电……一点儿都不好。

“年年，我有两个消息，一个好消息，一个坏消息，你想先听哪个？”

听到宋凌微这种将人当傻瓜逗弄的口气，余鲤懒得陪他演出：“对我来说，没有你的消息就是好消息。”

“那我只能遗憾地告诉你坏消息，我今天不能接你下班，你要怪就怪向小园这孩子突然懂事了，放弃对裴叙的跟踪。”

“看来要谢谢她，让我听到两个好消息。”

“那我就告诉你第三个好消息，向小园这孩子果然懂事了，她查出你是三朝的保镖后，我今天就接到向氏集团法务部的电话，向氏有意融资三朝，提高我们的工资待遇呢。”

“宋凌微，你想卖三朝？”

这个消息一点儿都不好，余鲤再次对向小园刮目相看，这孩子对裴叙真有执念，为接近裴叙费尽心思了。

“作为三朝的法律顾问，我不介意研究下他们的融资方案。”

“三朝有责任保护裴叙的安全，至少在合同期内。”余鲤意识到事情的麻烦，“作为裴叙的保镖，我不希望向小园这个危险分子靠近裴叙，更不希望三朝为她提供便利。”

“年年，我保证让你在三个月内圆满地完成任务，就不会让你失职。”宋凌微提起他的承诺，“所以，我不能去接你时，你更要跟我保持联系，让我随时了解你的状况。”

他太会玩套路，绕了一圈，又是耳提面命地强调要听他的话。

余鲤无语地挂掉电话，对上裴叙询问的眼神，她转述宋凌微的意思：“向小园不是一般的粉丝，她很会利用自家的资源来达成目的。不过，裴叙，你放心，我和三朝都会加强对她的防范。”

“我相信你，也相信宋哥。”裴叙理所当然道。

“好。”向小园是将裴叙当猎物了，余鲤并不想让裴叙知道她的具体做法，“裴叙，我们该去明珠电视台录节目了，利哥在那边安排好了。”

“最不值得信任的人就是利哥，只会给我接工作。”裴叙不爽道，“哼，我姑且再忍他一年。”

余鲤已经习惯裴叙怼利哥了，废话少说，直接推他上车，开工。

裴叙在明珠电视台录的是谈话节目《探幽寻微》，这期主题是探寻经典名画，于细微处，发掘历史趣味。

看到节目脚本内容与美术相关，裴叙就对这个通告上了心，没再怼利哥，专心做准备。

来到录制现场，余鲤的注意力却被主持人——明珠电视台当家主播宋探微吸引，长相清俊，气质高冷，不管是名字还是模样，一看就跟宋凌微有关系。

“宋主播。”打招呼时，裴叙直截了当地问，“你和宋凌微有什么关系？兄弟吗？”

“他是我堂弟。”宋探微若有所思地瞥了眼裴叙身边的余鲤，“你们认识他？”

“宋哥现在为我提供安保服务。”裴叙介绍余鲤，“她是余鲤，是宋哥派来保护我的人。”

“余鲤？”宋探微恍然，“年年有余的鲤鱼是你吧？年年？”

“年年”的称呼让余鲤打了个激灵，诡异地看着宋探微：“宋主播知道我？”

她和宋凌微交往时，从未听他说起有个堂哥，更没见过，但听宋探微的口气，他似乎对她闻名已久，清楚宋凌微对她的称呼，不会也知道她揍宋凌微的事吧？

“凌微大学第二年，从学校搬家到红砖房，他问我要了个水族箱当乔迁礼物，养了两条红鲤，一条叫小年，一条叫大年。”宋探微娓娓说起故事，不见高冷，只见兴味，“我说既然取年年有余之意，俩鱼一样大小，都是雌鱼，干脆叫年年和有余。凌微说已经有条鲤鱼叫年年，那不是普通的鲤鱼，是年年有余的鲤鱼。我很好奇这条鲤鱼，问他养在哪里？你猜，他养在哪里？”

这种吊人胃口的语气，确实是宋氏出品，余鲤就不想顺着套路走：“我猜不到。”

“凌微是这样回答我的。”宋探微故意清了清嗓门儿，模仿宋凌微的口吻，“心底有片湖，湖里游着鲤，鲤尾翻起浪，浪想溺死鲤。”

“呃……这打油诗还蛮溜的。”

槽点太多，余鲤不知该从哪里吐槽，“溺死”这两字直白地反映出诗人的恨意，宋凌微想要报复她的心情，强烈得都成为他作诗的灵感了。

“看来这位诗人心很大，大得能养鱼。”宋探微意有所指。

余鲤不以为然：“我倒觉得这位诗人心很小，小得容不下一条鱼。”

所以记仇记了这么多年，还自称渔夫要捕鱼，害她现在变成他的鱼肉，任由宰割。

“我们心脏的大小跟拳头差不多。”裴叙实事求是地举起拳头，“掏空心脏，只能容得下这么大一条鱼。”

“裴叙，你这一开口，文艺片就变成恐怖片了。”余鲤吐槽，暗暗松了一口气，趁机结束和宋凌微相关的话题，“导演在叫人了，你们要开始录制了吧？”

“嗯。”裴叙将脚本交给余鲤，“那我去工作。”

“余鲤，今天很高兴见到你，认识你。”宋探微面带揶揄之色，“还有谢谢你，解开我多年的疑惑，终于明白凌微为何在心里养鱼，改天我请你和凌微吃饭，聊聊养鱼心得。”

宋探微左一个“养鱼”，右一个“养鱼”，暴露了他并非高冷而是八卦的本质。而且从他话里透露出来的信息，让余鲤觉得她好像成了宋凌微养在水族箱的鲤鱼，他不仅想在心里溺死她，还想在水中淹死她呢。

“听你堂哥说，你很会养鱼，请问有什么养鱼心得可以分享吗？”余鲤越想越不爽，忍不住拿起手机发消息挑衅宋凌微。

“年年，你们现在电视台和宋探微在一起吗？”宋凌微秒回。

“裴叙在录宋探微的节目。”余鲤故意恭维他，“师父，作为养鱼专家，你分享点儿心得吧！”

“这么乖叫师父？那我得谦虚点儿，毕竟只养了两条鲤鱼算不上养鱼专家的，这鲤鱼好看又好养，给啥吃啥，水族箱自动过滤换水，省心省事，唯一要注意的是别把鲤鱼当猪养。”

“哦，原来是傻瓜养鱼啊。”余鲤问傻瓜，“你真的只养了两条吗？”

“其实，我只想养一条鲤鱼。”

“所以，宵夜是红烧鲤鱼还是清蒸鲤鱼？”

“小年和大年是红砖房的镇宅之宝，年年，相煎何太急呢。”

“哼，谁跟它们是同根生了，我又不是鲤鱼。”

“你跟它们不一样又一样。”

“什么意思？”

“你们是不一样的鲤鱼，一样是我想养的鲤鱼，而我只想养一条叫作‘年年’的鲤鱼。”

屏幕上的文字像带了电，酥麻感从指端直达心脏，有一瞬的战栗，仿佛心弦被撩动弹起的回响，在心间震荡。

余鲤差点儿握不住手机，深呼吸再深呼吸，硬是回了一行字：“天黑了，不要做白日梦。”

她才没有因为宋凌微的话动心，只是隔着手机被他戏弄觉得不甘，才心有所动罢了。

余鲤赶紧收起手机，工作期间就不该跟宋凌微联系，简直送上门给他当消遣。

裴叙录完节目，已经是晚上十一点多。

“宋哥，我和余鲤在回家的路上了，你会做宵夜吗？”裴叙坐在后排，理所当然地打电话问宋凌微要吃的。

半夜道路通畅，只有三三两两的车辆，余鲤一边开车，一边分心听裴叙和宋凌微聊天。裴叙心情不错，要到吃的后，就聊起宋探微，他对宋家堂兄弟似乎很感兴趣。

后视镜的反光引起余鲤的注意，她看向后视镜，发现后面有两辆黑色轿车，好像从电视台附近明珠路出现，就一直跟着他们了。

向小园的座驾是辆劳斯莱斯，安全部有这辆劳斯莱斯的定位信息，只要劳斯莱斯在她方圆一公里的地方出现，手环就会传来警示信息。

今天，安全部确认的劳斯莱斯定位信息都没有变化，说明这辆车没在使用。

那么，现在跟在他们后面的两辆车……难道是向小园那边换车了？

余鲤意识到有些不对劲，试着踩下油门加速，观察后面车辆的变化。

这一试就试出问题了。

那两辆车见她加速，也猛地加速，其中一辆飙到前方，以极其危险的方式急转，横在马路中间，挡住去路。

余鲤大惊，紧急刹车，刺耳的急刹声划破深夜的寂静，令人悚然。

后排没有绑安全带的裴叙撞到了椅背，手机脱手摔出去，砸裂了挡风玻璃，黑屏死机。

“余鲤，怎么了？”裴叙捂着额头坐直身，一脸茫然。

余鲤没时间解释，快速换挡，想要倒车掉头，另一辆车直接顶上她的车屁股，堵住后路，一前一后，形成夹击之势，让她无路可走。

那两辆车几乎同时开门，下来四五个人，围过来。

咚！咚咚！

他们敲着车窗玻璃。

“裴叙，你留在车里，我去处理。”

来者不善，余鲤迅速判断形势，向宋凌微发送紧急状态报备，将裴叙反锁在车上，她才下车面对。

作为保镖，她不会让危险靠近保护对象的。

听见急刹刺耳的声响，然后手机就挂断了。

再打裴叙的电话已经关机，宋凌微转而想打余鲤的手机时，手环终端APP就收到红色警报，意味着他们遇到危险了。

宋凌微眼皮随即跳个不停，余鲤毕竟是新手保镖，大半夜遇上状况，她可能应付不来的。

他穿上外套，拿着车钥匙就要出门。

邬玉白窝在客厅沙发上看裴叙主演的电视剧，见状忙问：“老三，大半夜去哪儿？不是要等小叙和小鱼儿回来涮火锅吗？”

“他们遇到麻烦了。”宋凌微试着联系余鲤，但她的手机无人接听，“师父得给徒弟护航去。”

“哼，什么麻烦敢找上我邬大大的人？”邬玉白腾地起身，“我跟你一起去。”

二十分钟后，宋凌微和邬玉白赶到手环定位的地方，迎面发现裴叙的保姆车停在路中央。

车前灯亮晃晃的，余鲤就坐在光亮的地方，背靠着车的保险杠。

宋凌微紧急掉头靠边停车，过去找余鲤，她的右手无力地垂在地上，左手按着右手的胳膊，尝试着扭动，却痛得龇牙咧嘴。

“年年，别动。”

宋凌微快速查看余鲤的伤势，她的右手臂关节明显是脱臼。他一边抱起余鲤去他车上，一边吩咐邬玉白把保姆车开到路边，虽然大半夜没什么车，但停在路中央很容易成为靶子。

“我先帮你复位，会痛，忍忍。”

余鲤像斗败的公鸡，满脸丧气和懊恼，仿佛没有听见宋凌微的话，任由他摸着关节骨头，“咔”的一声，她痛叫出口，动了动右手，整个人突然清醒过来。

“对不起。”对上宋凌微关切的眼睛，余鲤挫败又自责，“我把任务搞砸了。”

“小鱼儿，到底发生什么事？小叙呢？”邬玉白在保姆车上找了一圈，没发现裴叙的影子。

宋凌微又检查了遍余鲤的伤势，除了脱臼和一些淤青，没什么大碍，他不由得松了一口气，才正色道：“年年，裴叙现在在哪里？你怎么将任务搞砸的？一五一十地说清楚。”

“半个小时前，我们被两辆车前后拦截，他们有五个人，我打不过，被他们挟持成了人质。”余鲤只恨自己技不如人，“他们说有人要见裴叙，请他自愿跟他们走，保证不会伤害他。我让裴叙在车里不要出来，他们就把我的手掰脱臼，吓唬裴叙，裴叙怕我被他们打断手脚，就跟他们走了。他们说会把裴叙还回来，提醒我别报警，否则就不保证完璧归赵了。”

“这么说，裴叙没有生命危险。”宋凌微想了想，“他们是向小园的人吗？”

“我不知道。”余鲤摇头，痛恨自己无法保护裴叙，反而成了裴叙的软肋，“他们好像对裴叙很了解，非常清楚裴叙身边的情况。”

所以才会拿她要挟裴叙听话。

“这不是简单的绑架。”邬玉白分析，“请裴叙见面的人，一定认识裴叙，但不清楚那人的意图是什么？”

“也许这就是一直潜伏在裴叙周围真正的危险。”宋凌微若有所思道，“邬大大，看来我们要加快进度了。”

“这些人敢在我邬大大的山头动手，带走小叙，伤了小鱼儿，哼，真有意思。”邬玉白冷笑，“老三，小鱼儿就交给你，我去查些资料，确认一下。”

邬玉白开着保姆车先走了。

“你们是不是知道什么？”听着他们的对话，余鲤满脸疑惑。

“等邬大大确认后再告诉你。”宋凌微不置可否，“走，我带你去医院检查下。”

“等等。”余鲤咬了咬唇，不希望宋凌微当作什么都没有发生的样子，“我把裴叙弄丢，严重失职，你不惩罚我吗？”

宋凌微定定地看着她，马尾因为打斗有些凌乱，他伸手将发丝撩到她耳后，露出脸颊边的淤青，在衣物遮盖的地方恐怕也有很多淤青。

“你是保镖，却被保护对象保护，对你来说，这种屈辱，是最大的惩罚了。”

他知道她没有失职，只是寡不敌众而已。

余鲤咬着唇，没有再说什么。

宋凌微摸摸她的头，也没有再说什么。

被安慰了。

余鲤讨厌依赖他，可出了事，还是依赖他来善后，她不喜欢这样……

第五章

你的心不会痛吗

NI DE XIN BU HUI TONG MA

裴叙被带到一家会所包厢，里面有位正在抽雪茄的男人。

五十多岁，身材瘦削，五官凌厉，戴着银边半框眼镜，眉眼微挑，气质阴鸷。

像眼镜蛇的男人。

裴叙直觉不喜欢，四目相对时，他挑眉以示无畏：“你就是绑架我的人？”

“我是谢世昀。”他放下雪茄，走向裴叙，“请你过来说点儿事。”

“我不认识你。”裴叙直视他，以前也没见过他。

“但我知道你，裴叙，一个三流的戏子末流的画家。”谢世昀冷嘲，“我真希望永远不要见到你。”

“我现在就走。”裴叙厌烦他的高高在上，转身去开门，但锁住了。

“只要你答应我一件事，随时可以走。”谢世昀看着裴叙，眼中难掩厌恶之色。

“为什么我要答应绑匪的要求？”裴叙恼火起来，“你们伤害我的助理，要挟我来这里，就可以为所欲为吗？”

“我只是在法律允许的范围内，请你配合。”谢世昀强词夺理，“裴叙，不要逼我。”

“哼！”裴叙第一次见到如此无耻之人，“你要我配合什么？”

裴叙想起在他面前差点被掰断胳膊的余鲤,让他不得不“配合”来这里。

“退出娱乐圈。”谢世昀以命令的口吻道，“当你的画家去，别再抛头露面，引人注意。”

“我要是说不呢？”

虽然退出娱乐圈是他的愿望，但被人威胁着“退圈”，可不是什么有趣的事。

“你可以选择解除合约，博个淡泊名利之名，风光引退。”谢世昀冷冷建议，“你也可以选择在麻烦中，身败名裂，不得不从娱乐圈消失。”

裴叙怔住，冷意在心底泛起，有些事情突然在脑中变得清晰，美术馆洗手间和道馆地下停车场的口罩男，他们的袭击……是谢世昀的杰作吗？

“你到底是谁？”

裴叙满脸戒备，他不认识谢世昀，在此之前，两人没有任何交集，谢世昀没有理由这样逼迫他。

“为什么要逼我退出娱乐圈？”

“我是谢世昀。”谢世昀强调，“你的存在，太碍眼了。”

谢世昀眼中的狠辣，令裴叙心惊，他怎么碍眼了？

从医院回到红砖房，余鲤就坐在客厅等裴叙的消息，两眼放空，没有丝毫睡意。

宋凌微明白她在自责，让她静静，没有多说什么，他通过手机跟邬玉白沟通一番后，就去准备宵夜——快餐版火锅，冒菜。

将煮好的冒菜连锅端上餐桌，摆好碗筷，宋凌微不由分说地将余鲤拖到餐桌边来坐。

热腾腾的香辣味，似乎能驱走半夜的寒气，令人胃口大开。

余鲤心有所虑，胃口显然没打开，盯着前面的碗筷，没有动手的意思。

“年年。”宋凌微夹了块毛肚送到她嘴边，“来，张嘴。”

余鲤抬起眼皮，瞥了眼宋凌微，推开他的手，有点儿烦躁道：“现在不是吃东西的时候。”

一想到裴叙下落不明凶吉难定，她就忧心忡忡，整个人快要被失职的罪恶感吞噬。

“只要肚子饿，就是吃东西的时候。”宋凌微理所当然道，“填饱肚子，才有力气解决问题。”

“我不饿，不想吃。”

余鲤无法像宋凌微那般放松，她是保镖，必须对裴叙的安危负责。碍于威胁，暂时不能报警，又按照宋凌微的要求，她没有将裴叙被带走的事告诉利哥，只说裴叙身体不舒服，让他向《御史台》剧组请假一天。

她自责又懊恼，宋凌微却若无其事，弄得她心烦气躁。

“我这里有裴叙的消息。”宋凌微又把毛肚往余鲤嘴边送，“你吃，我就告诉你。”

余鲤愤愤地咬下毛肚，不想再被宋凌微喂食，自己动筷子。

“快说，裴叙有什么消息？”

热腾腾香辣辣的食物下肚，不仅暖和了她的胃，也缓解了焦躁的情绪。

“年年，你知道裴叙在哪里出生吗？”

郈玉白急着去确认的就是裴叙的出身，她的朋友圈能帮忙了解裴叙的户籍信息，包括原始的登记信息和后来的变动信息。

“X 市？”

根据裴叙公开的信息，他是 X 市人，余鲤作为助理见过他的证件，相关地址都在 X 市。

“裴叙的老家在鹭城。”宋凌微说，“他十四岁签约傲世，为了方便学习培训，傲世安排他在 X 市落户定居。”

鹭城这个地名让余鲤有瞬间的恍惚，眨了下眼睛，不自觉地回避宋凌微的目光，讪讪道：“他是哪里人跟他被带走有关系吗？”

“当然。”宋凌微肯定地点头，“年年，那你知道裴叙的母亲是谁吗？”

余鲤摇头，想起裴叙进娱乐圈的真正原因：“可能……裴叙也不知道。”

“裴叙确实可能不知道他母亲是什么人。”宋凌微瞅着余鲤，“不过，你怎么会觉得裴叙可能不知道呢？”

“这是裴叙的隐私。”余鲤不愿回答。

“事关裴叙安危，你也要隐瞒吗？”宋凌微眯起眼睛，提醒她，“年年，裴叙是我们的重要委托人，他的相关信息，我们应该互通有无。”

“你不是神通广大、无所不知吗？”余鲤撇撇嘴，还是不愿意揭裴叙的伤疤。

“年年，你这态度缺乏诚意，我拒绝继续说明裴叙的事情。”宋凌微摆起架子，“吃完宵夜，你还是去睡吧。”

“你……”余鲤放下筷子，很想对吊胃口的人挥拳相向。

“我怎么样？”宋凌微表示不爽，“于公于私，关于裴叙的事，我都有权知道。年年，你不想救裴叙吗？”

“你有办法救裴叙？”余鲤当然想了。

“前提是……”宋凌微强调，“你要对我言听计从、知无不言。”

“好吧。”余鲤想了想，宋凌微霸道起来，她只有听话的份，“裴叙说进娱乐圈是为了让母亲看见他，他们母子分开二十年了。”

“这就对了。”宋凌微一脸赞赏，“裴叙四岁时父母离婚，母亲就离开鹭城，没有再见。”

“所以他母亲到底是谁？”余鲤受够宋凌微卖关子，“跟他现在的遭遇有什么关系？”

“年年，你先去睡个好觉，养精蓄锐。”宋凌微又卖起关子，“醒来以后，见了向小园就会明白一切。”

“宋凌微，你觉得这样我睡得着吗？”余鲤恼火地瞪着宋凌微，“怎么扯上向小园了？究竟怎么回事？你给我说清楚。”

宋凌微看她恢复精神，故意逗弄她：“你求我，我就告诉你。”

“姓宋的，你不要给脸不要脸。”余鲤握起拳头，“你不说的话，我这就去找向小园，让她交出裴叙。”

余鲤起身就往外走，宋凌微忙不迭地往前一拦，顺势将她揽入怀中：“年年，求人不是这么求的。”

“谁要求你了？”这家伙一有机会就对她上下其手，防不胜防，“我命令你，放开我！”

“我凭本事让人投怀送抱，凭什么放开呀？”宋凌微凑到她耳畔，暧昧地吹了吹发丝，“我就不放，你能怎样？”

“无赖。”余鲤被抱个满怀，挣不开只能口头讨伐他，“流氓。”

“裴叙的母亲叫谢诗韵。”宋凌微欣赏着她生气勃勃的脸，善心大发，“向小园的母亲也叫谢诗韵。”

余鲤顿住，不可思议地望着宋凌微，真的假的？

裴叙主演的电视剧都不敢这么编吧？

第二天，余鲤跟着宋凌微来到青藤中学，电话联系到向小园，约她在体育馆看台见。

因为阻止她接近裴叙，向小园对他们憋了一肚子气，一见面就张牙舞爪地问罪。

“都怪你们，害我见不到裴叙哥哥，不能和裴叙哥哥培养感情。我还没找你们算账，你们倒是送上门了，现在向我道歉的话，我会考虑原谅你们的。”

“裴叙被绑架了。”宋凌微开门见山道，“你知道吗？”

“什么时候的事？”向小园瞬间收起了爪子，神情有些不自在，“你们以为我是绑匪？笑话，我怎么可能对裴叙哥哥做这样的事。”

“昨晚十二点左右。”余鲤觉得她的反应很微妙，“裴叙录完电视台的节目，我送他回家，在路上被人拦截。”

“那你怎么没事？你不是裴叙哥哥的保镖吗？为什么没有保护好裴叙哥哥？”向小园转而气冲冲地质问余鲤。

“没有保护好裴叙是我失职。”余鲤认错，“但我不是他们的目标，所以他们放过我。”

“那你们报警了吗？”向小园突然紧张起来，“不能报警的，不要报警啊。”

余鲤和宋凌微对视一眼，向小园果然知道什么。

“对方以裴叙安危威胁，所以我们暂时没有报警。”余鲤说，“对方到现在都没有联系我们，不知道他们的意图，我们很担心裴叙。”

“他们肯定是想逼裴叙哥哥退出娱乐圈的。”向小园攥起手，眼中有懊恼，“以前他们就袭击过裴叙哥哥，所以我才想包养裴叙哥哥，这样就能保护裴叙哥哥了。”

“他们是谁？”宋凌微立刻抓住她话中重点，有点儿意外她接近裴叙的目的。

“他们……”向小园抿了抿嘴，不愿意说，表情很纠结。

“向小园。”宋凌微放松语气，试探她，“你和裴叙，只是粉丝和偶像的关系吗？为什么你会想保护他？”

“这是我的事。”向小园突然倔强起来，“裴叙哥哥不会有事的，如果是他们绑架裴叙哥哥，我会想办法救裴叙哥哥的。”

“刚才你说以前他们袭击过裴叙，现在又绑架裴叙，那么，就算你这次救了裴叙，下次呢？下下次呢？”

“下次，下下次……”向小园两手攥着纠结，“以后我会越来越厉害的，所以，我能保护裴叙哥哥的。”

“向小园，其实你早就知道了吧？”宋凌微一开始就觉得向小园对裴叙的执着不正常，“你和裴叙的真正关系。”

向小园愣住，皱起眉头看了看宋凌微和余鲤，只见他们一脸了然于心的表情。

“你们也知道？”她以为这是她的秘密。

宋凌微和余鲤点头。

“那……”向小园有些迟疑，“裴叙哥哥知道吗？”

“他还不知道。”余鲤说。

向小园不由得松了一口气：“他不知道就好。”

“但他被他们带走，很快就会知道。”宋凌微提醒。

“不会。”向小园笃定地摇头，“他们一直当他不存在。”

“当他不存在？”余鲤听着很不是滋味，“裴叙说他进娱乐圈的初衷是为了让一个人看见他，他和这人分开二十年，但他不知道这人是怎样的人，在哪里，他想见到，因为这人是他的母亲。”

“可惜这人并不想见他。”向小园苦笑中带着嘲讽，眼中出现不合年龄的悲怆之色，“他们视他为家族污点。”

向小园从小被父亲向叔伦当作向氏集团继承人在培养，她没有时间像普通少女去迷恋偶像。只是追星的同学无意间提及她和裴叙长得有些像，她才注意到裴叙，让她莫名地想亲近他，后来才知道这种天然的亲近感是血缘的力量。

她有次随口向母亲谢诗韵说起这个和她有点儿像的明星，谢诗韵的反应很奇怪。谢诗韵向来养尊处优，优雅自处，听到裴叙的名字，如同惊弓之鸟，眼露惊慌，随即一脸厌恶的表情说她不专心学业关注什么戏子。

外公谢龄八十大寿时，向小园在谢家看到很多谢龄过去的照片，发现合影里年轻的舅舅谢世昀，神似现在的裴叙。这让向小园对裴叙充满了好奇，暗中请人调查，意外地发现他户籍上登记的母亲名字是谢诗韵，与她的母亲同名同姓。

那时向小园不愿深究，说服自己一切只是巧合，直到她听见谢诗韵和谢世昀在电话里争吵。谢诗韵责怪谢世昀办事靠不住，到现在还让“他”在电视里招摇，像在提醒她人生有污点。如果被向叔伦知道“他”和她的关系，她如今的生活就会毁掉，而谢家若没了向家的支持，老字号谢园春的招牌也会垮掉。

向小园无法再自欺欺人，面对裴叙是她同母异父哥哥的现实，重新调查一切与裴叙相关的事情。

裴叙的父亲叫裴熹，是个落魄的画家，在街头卖画为生，认识了大学毕业旅行的谢诗韵，她欣赏他的才华，他视她为缪斯，他为她作画，两人很快陷入热恋。但两人恋情遭到谢家反对，谢诗韵负气跟着裴熹私奔，在鹭城结婚生下裴叙。然而现实不是罗曼史，不得志的画家和吃不了苦的富家女，为了柴米油盐而挣扎，为了孩子而争吵，最终劳燕分飞。

裴叙四岁时，谢诗韵和裴熹离婚，回归家族，后来跟门当户对的向叔伦结婚，似乎将裴氏父子从她生命中抹去，从此过上幸福快乐的贵妇生活。

而裴熹在离婚后性情大变，酗酒成瘾，他不再画画，却逼着裴叙画画，两父子领着低保过活。直到裴叙十四岁时被利哥发掘，裴熹和利哥签了长约，将裴叙交给利哥，他拿着签约金消失。

这样自私不负责任的父母，让向小园不由得同情裴叙，甚至心疼他。当她知道谢世昀派人袭击裴叙想逼他退出娱乐圈时，她很震惊，更让她震惊的，这些事居然是谢诗韵默许的。

谢世昀和谢诗韵的做法，颠覆了她对亲人的认识，心凉之余，反而让她想保护一无所知的裴叙。

向小园知道裴叙是娱乐圈的泥石流，知道他怼天怼地的耿直个性，知道他得罪人而不自知，知道他正在被血缘上最亲的人算计……她也知道不能让向叔伦发现裴叙和谢诗韵的关系,所以她要想办法让裴叙退出娱乐圈,由她来保护这个哥哥,保护这个伤人的秘密。

可她毕竟太年轻,无法掌控事态,也低估了人性的自私。

“向小园,你不想被裴叙知道你和他的关系吗?”

余鲤本以为向小园是个不知人间疾苦的任性大小姐,但听完她的秘密,背负了十六岁少女不该有的沉重,粉饰着两个家族的太平,保护着不明真相的裴叙,心有触动。

“与其让他知道自己被母亲如此厌恶,不如让他抱有期待,幻想与母亲重逢。”

向小园虽然年纪小,但看得很通透。

谢诗韵发现娱乐圈有个裴叙时,就知道这是她抛弃的儿子,从未想过与他相认,只恨他在聚光灯下引人注意,担心他身世曝光,牵扯到她,破坏她现在的生活。

“我想这世界上最爱裴叙的人,一定是你。”余鲤感慨,如果裴叙知道这个让他避而不见的疯狂粉丝,原来是心心念念想着保护他的妹妹,该有多高兴。

“他不要知道比较好。”向小园眼中有一闪而过的感伤,转而正色问宋凌微,“我要怎么做,才能真正帮到裴叙哥哥?”

“带我们去见你母亲。”

向小园跟学校请了假,直接带他们去向家,谢诗韵正在日光室伺候她的宝贝兰花。

谢诗韵身着藕色改良旗袍,绾发露出白皙颈项,柳叶眉丹凤眼悬胆鼻花瓣唇,五官出挑明媚,保养得看不出真实年龄,风姿绰约。

余鲤悄悄地打量着谢诗韵,举手投足间是精致的贵妇范,线条清晰的眉眼看得出有裴叙和向小园的影子。

“妈妈，这是宋凌微和余鲤。”向小园简单地作介绍，“他们有事想跟您谈。”

“什么事？”谢诗韵柳眉微蹙，略显不悦，“让你课都不上，把人带家里来？”

“裴叙的事。”向小园表现得很平静，然后向宋凌微和余鲤颔首示意，离开日光室。

谢诗韵顿住，望着向小园的背影，表情复杂。

“你们是什么人？”谢诗韵戒备地看向宋凌微和余鲤，“对小园说了什么？”

“我们是三朝安全顾问公司的，为裴叙提供安保服务。”宋凌微掏出名片递过去。

“我不知道你们说的人。”谢诗韵瞥了眼名片，没有去接，“我对安保什么的也不感兴趣，你们不用向我推销业务，请离开我家。”

裴叙这个名字显然是谢诗韵的禁忌，一提就被否定的存在。

“向夫人，您再想一下。”宋凌微友善地提醒，“对裴叙没有任何印象吗？”

“没有。”谢诗韵露出不耐烦之色，“我不认识你们，跟你们没有话说，你们走吧。”

“裴叙就是你和裴熹的儿子。”余鲤看不惯谢诗韵抹杀裴叙存在的态度，直接戳破她的谎言，“二十多年前，你在鹭城生下的孩子——”

“闭嘴！”谢诗韵恼火地打断余鲤的话，“马上滚出我家，否则我就报警了！”

“裴叙是个活生生的人，你打开电视就能看到的人，你真的可以无视他吗？”

“向小园！”谢诗韵怒瞪余鲤，冲着门外大喊，“你给我进来！”

向小园一直守在门外，不想介入他们的谈话，听到谢诗韵激动的声音，才推门进来。

“你哪里找的疯狗？快把他们带走！”谢诗韵气急败坏，“我不想见他们！”

“妈妈。”向小园并不想跟她摊牌，“爸爸还不知道裴叙的事，您就和他们谈谈，我不会告诉爸爸的。”

“你……”谢诗韵瞬间慌张起来，难以置信地看着威胁她的向小园，“你都知道了？所以找人来为难我？”

“我可什么都不知道。”向小园异常冷静，“裴叙哥哥也什么都不知道。”

“裴叙哥哥……哥哥……”谢诗韵忍不住咬牙切齿起来，“向小园，你到底是谁生的？有你这样吃里扒外的女儿吗？”

“我是您生的，裴叙哥哥也是您生的。”向小园直面谢诗韵的怒气，“您已经抛弃他，就别再伤害他。”

谢诗韵没料到她真的什么都知道，被抓住软肋，只得忍气：“好，你出去，我和他们谈，可以了吧！”

向小园离开之后，谢诗韵有点儿烦躁地揉了揉眉心，问：“你们想做什么？”

“裴叙昨晚被人带走了。”余鲤直截了当地问，“他现在哪里？人怎么样？”

“我不知道。”谢诗韵瞥了下余鲤，“我也不想知道。”

“你就是这样对他不闻不问二十年吗？”余鲤想起裴叙说到“妈妈”两个字的无所适从，那是谢诗韵从来不给他熟悉“妈妈”的机会，“他是你的儿子，为了让你能看见他，逼自己留在不喜欢的娱乐圈，可你……为什么无视他呢？作为母亲，你的心不会痛吗？”

“闭嘴！”谢诗韵再次呵斥余鲤，“他的事早与我无关，我的事轮不到你来指手画脚。”

“无关？”余鲤的怒气值在积聚，“到如今你还否认和他的关系？”

“过去是个错误。”谢诗韵冷下脸，“留恋过去的人没有未来，我只是放下过去往前走而已。”

“放下过去的错误，说得真好听。”余鲤嗤之以鼻，“父母相爱时，孩子就是你们爱情的结晶。父母不爱时，孩子变成你们人生的错误。凭什么，孩子做错了什么？凭什么把你们的失败怪罪到孩子身上？”

“这与你无关。”谢诗韵指着余鲤的鼻子，怒目圆睁，“作为外人，你以为站在道德高地就可以评价我吗？少自以为是了！”

“我就要自以为是！”余鲤像是压抑许久的火山，突然爆发了，“裴叙是你的儿子，不是可以抹杀的过去，他是一个人，一个实实在在的人！他从过去走到现在，这二十年，你知道他怎么过来的吗？你知道他对母亲抱有多大的幻想吗？你明知道他就在那里，可你不去见他不肯承认他，为了自己富贵的生活，反而去伤害他，有你这样的母亲吗？如果不能对他负责，为什么要把他带到这个世界？你说过去是个错误，这个错误也不是裴叙造成的，为什么要让他来承担后果？你所谓的放下过去往前走，不就是为了一己之私抛夫弃子吗？不能对孩子负责的人，根本不配为人父母——”

“闭嘴！”谢诗韵被激怒，失控地挥手。

宋凌微眼疾手快，抓住谢诗韵的手，将余鲤拉到身后。

他没想到余鲤会爆发，直接把谢诗韵怼到失去贵妇人的姿态动手了。

“向夫人，有话好说。”宋凌微握着谢诗韵的手腕，假笑道，“我这个徒弟说话不会转弯，请见谅，毕竟我们是来解决裴叙的问题，不是来寻衅滋事的。”

“放开我。”谢诗韵深吸一口气，甩掉宋凌微的手，以眼神警告后面的余鲤，“让她不要再开口，否则没得谈。”

“年年，冷静点儿。”宋凌微回身，摸摸余鲤的头，安抚情绪激动的她，“剩下的交给我。”

余鲤自知冲动，撇了撇嘴没再说什么，乖乖地作壁上观。她只是受不了谢诗韵对裴叙的冷漠，受不了母亲不去保护孩子……她讨厌不负责任的母亲。

“向夫人，您跟裴叙有何关系，与我无关，我只想跟你做个交易。”

通过余鲤和谢诗韵的一番唇舌来往，宋凌微已经清楚谢诗韵的立场和态度，对她晓之以理动之以情毫无用处，现实世故的人，只能告之利害诉之利益。

“什么交易？”谢诗韵也冷静下来，摆出高冷的姿态。

“双赢……不，多赢的交易。”宋凌微笑道，“比如解决您的顾虑，完成我们的任务，满足裴叙的愿望等等。”

“是吗？”谢诗韵目光闪烁了一下，不置可否，“把你的想法说出来听听。”

“裴叙个性耿直，口无遮拦，确实容易得罪人，请保镖很正常。不过，根据我们的调查发现，他真正面临的危险并非来自娱乐圈，而在于跟他没有直接交集的人。”宋凌微故意不说破，“根据我们的进一步调查发现，那些人的目的并非伤害裴叙，而是逼他退出娱乐圈，粉饰太平。向夫人，我说得对吧？”

宋凌微刻意维护她面子的说辞，让谢诗韵的态度有所软化：“你要怎么多赢？”

“您知道裴叙的愿望是什么吗？”

谢诗韵瞅了余鲤一眼，想起裴叙留在娱乐圈的原因，没有回答宋凌微。

“裴叙十四岁时，裴熹代他签了十二年的长约，将他‘卖’了，拿着签约金消失。如今，裴叙履约快十一年，他一心想着合约结束后退出娱乐圈。”宋凌微陈述事实，“那些人即使什么都不做，裴叙也想退出娱乐圈的。但是现实不会如他所愿，他越来越红，公司不可能让他引退。所以，既然那些人的目的和裴叙的愿望一样，我们要做的是促使这件事发生，只要裴叙退出娱乐圈，他的人身安全就有保障，我们自然完成任务。”

或许被裴叙“卖身”的事情触动，谢诗韵沉默了一会儿，才说：“怎么做？”

“如果有向氏集团的助力，我们就能让裴叙提前解除合约。”宋凌微早就想好帮裴叙脱身的办法，只是一直在考虑选择哪方助力。

“不能牵扯到我先生。”谢诗韵直觉反对，不愿意让向叔伦知道她的过去。

“向小园可以代表向氏集团的。”宋凌微提醒，向小园刚才对谢诗韵摆明态度了。

谢诗韵想起向小园说的话，她说她可以什么都不知道的，也不会让向叔伦知道的。

“你能保证，他……什么都不会知道吗？”谢诗韵还是无法说出“裴叙”这个名字。

“我说过，您跟裴叙有何关系，与我无关。”宋凌微再次强调，“我们只想解决问题，不想制造事端。”

宋凌微冷静笃定的姿态，看破不说破的迂回，维护谢诗韵尊严的同时，让她正视其中的利害关系，愿意合作，说出一个地名：“云间会所，雅字包厢。”

“向夫人，谢谢。”

宋凌微带着余鲤离开谢家，随即拨通邬玉白的电话，告知裴叙的所在。

宋凌微开着车，副驾驶座的余鲤神情恍惚地望着他，陷入沉思。

“年年。”宋凌微似笑非笑地瞥了她一眼，“突然发现爱我爱得不可自拔了吗？”

“不，是发现你脸皮厚得不可估量。”余鲤回过神，习惯性地反唇相讥，然后才问，“我不懂，你为什么要为虎作伥呢？”

“为虎作伥？”宋凌微挑眉，“谁是虎？谢诗韵？”

“对。”余鲤替裴叙不满，“你为什么要维护谢诗韵的面子，配合她掩耳盗铃呢？”

“年年，我们是保镖。”宋凌微提醒，“我们的目标是保护对象的安全，减少冲突，避免对抗，并不是消极地应对，而是最实际的做法。”

“我还是不喜欢谢诗韵对裴叙的态度。”余鲤难以接受。

“明知那是不愿意面对现实的人，为什么要逼她去正视呢？”宋凌微摇头，“年年，你永远喊不醒装睡的人。”

“那也不用惯着她。”余鲤就是看不惯谢诗韵，“不负责任的人凭什么让别人替她掩饰过错呢？”

“我能理解谢诗韵的做法，她是自私，但并没有泯灭人性，她也不愿伤害裴叙。”宋凌微说，“所以我们给出解决方案，她就很配合地告知裴叙的所在。”

“你想说天下无不是的父母吗？”余鲤不以为然，谢诗韵让她想到自己的母亲，无法认同宋凌微的观点，谢诗韵已经在伤害裴叙了。

“年年,你为什么这么激动?”宋凌微有点儿疑惑,今天的余鲤很反常。

“我就是激动又怎样？你能理解她，可我无法理解她。”余鲤一想到裴叙进娱乐圈的初衷，就无法淡定，“二十年，整整二十年，为什么她能做到对裴叙不闻不问呢？她看得见裴叙的，明知那是她的孩子，为什么无动于衷呢？而她现在又对裴叙做了什么？她是贵妇人，所以裴叙只能当被父母抛弃的孤儿吗？”

“每个人都有自己的立场，我们无权去评价别人。”

宋凌微说得中肯，但余鲤并不认同，干脆转开脸看窗外，不想再跟他讨论。

手机铃声响起，余鲤一看，是祖父余攸的电话。

“阿鲤，笔试的成绩是不是出来了？你考得怎么样？”

余攸问她教师资格证考试的结果。

“对不起。”余鲤没有告诉余攸她的新工作是当保镖，“这次也没有过分数线。”

“唉……”余攸叹了口气，没有再追问，“阿鲤，什么时候回来过年？”

“爷爷，等我买好票再告诉您吧。”余鲤有点儿心虚地敷衍着，挂了电话。

“老校长还好吗？”宋凌微趁机问候。

“谢谢关心，爷爷很好。”

余鲤想起在泽城二中的时光，她曾是仗着爷爷余攸是校长在学校里横行的问题少女，而宋凌微则是年年为学校争取荣耀的模范学生。余攸发现她和宋凌微交往时，一边担心宋凌微被她带坏，一边又感激宋凌微把她从叛逆的道上拉回来，还偷偷去拜托宋凌微辅导她的功课呢。

余攸若知道她现在被宋凌微带歪，变成靠身手吃饭的保镖，而不能继承书香门第的传统当老师，会怎么想呢？

“裴叙的任务完成后，我们一起回泽城过年。”宋凌微建议，“我父母都在国外，我去你家吃年夜饭。”

余鲤斜眼看他，他说得太理所当然了吧？

“不要。”

余鲤直接拒绝，余攸问她为什么跟宋凌微分手，她实话实说某人见色起意，余攸激动地拍桌子说“打得好”，如果现在见到宋凌微，估计会往他身上拍板砖了。

“我父母从事外交工作，常年驻外，很少回来。”宋凌微突然说起家事，“年年，你父母呢？”

余鲤根本不想和他谈私事，有点儿不耐地应道：“都死了。”

宋凌微愣住，车内的空气突然安静下来。

余鲤盯着车前方，眼神有些放空，像被触碰了伤口，疼了一会儿就麻木了。

“对不起。”宋凌微沉默了一会儿道歉，“年年，我不知道……抱歉。”

“宋凌微，我以为你把我调查得很清楚了。”余鲤故意嘲讽，“三朝的信息网络不是很厉害吗？”

“你希望这样吗？”宋凌微知道他碰到了她的逆鳞。

“我希望你别再过问我的隐私。”余鲤不掩饰她的反感，她不想了解他的家庭情况，也不希望他来探寻她的家庭情况，除了工作内容，她不想和他聊别的。

“作为你过去的一部分，我属于你的隐私吗？”宋凌微反问。

余鲤定定地看着他，久久不语，他不是她的隐私，而是她的隐疾，讳疾忌医，不得安宁。

她没有回答他，也不知道怎么回答他，任由沉默在两人间蔓延。

宋凌微聪明地不再追问，默默地将车开回红砖房。

余鲤一进红砖房，就发现邬玉白已经把裴叙带回来了。

第六章

我来当你的对手

WO LAI DANG NI DE DUI SHOU

“裴叙，有没有哪里受伤？”

余鲤一见着裴叙就变成护崽的老母鸡，围着他，仔细检查他周身，除了没睡好的黑眼圈，其他完好无损。

“我没有受伤。”裴叙摇头，“但是很伤神，非常困惑。”

谢世昀大费周章将他“请”过去，一边对他冷嘲热讽，一边又威胁恐吓，要他退出娱乐圈，却只言不提他们有何恩怨。裴叙想不通，他怎么惹到谢世昀的？

裴叙不接受谢世昀蛮横的要求，就被单独留在包厢里面壁，谢世昀说：“娱乐圈不缺小鲜肉，就缺识时务的急流勇退者，你考虑清楚后，我会安排引退记者会的。”

“我考虑清楚后，会告你非法拘禁的。”裴叙相信余鲤会想办法来救他。

“无知者无畏。”谢世昀却讽刺他，“裴叙，你告不了我，我不是拘禁你，而是跟你谈合作，只要你配合，随时可以走。”

谢世昀无耻得让裴叙大开眼界，颠倒黑白如同翻覆手掌，他无法理论，不愿屈服，沉默以对，等待外援。

被关在包厢里，裴叙一夜无眠，回顾过去，但想不起为何得罪谢世昀。第二天，包厢的门打开，出现的不是谢世昀，而是邬玉白，她来接他回家。

“邬大大，怎么回事？”裴叙不明所以。

“老三让我来这里接你。”邬玉白说，“究竟怎么回事，得问老三和小鱼儿。”

裴叙就这样晕乎乎地跟着邬玉白回红砖房，过去十几个小时发生的事，仿佛梦一场，没有真实感。直到他看见余鲤脸颊残留的淤青，才猛地清醒，想起昨晚余鲤差点儿被折断胳臂的情景，怒从中来。

“余鲤，这里会很疼吗？”裴叙忍不住伸手轻戳她的淤青处，“脱臼的手呢？去医院了吗？”

“不疼，我去过医院，没什么大碍。”余鲤愧疚道，“裴叙，对不起，我没能保护好你。”

“没关系，我没事。”裴叙放下手，看向宋凌微，才问，“余鲤，宋哥，你们知道谢世昀是谁吗？告诉我，这到底是怎么回事？”

“谢世昀？”

余鲤重复这个名字，想起向小园说的，这人是谢诗韵的哥哥，她正要开口解释，宋凌微突然拉住她的手，阻止她。

“邬大大，你没跟他说吗？”宋凌微冲邬玉白挑眉，考验默契的时间到了。

“老三，我要说什么？”邬玉白表示不满，“我也想知道欺负小叙的人是何方神圣呢。”

余鲤抽回手，奇怪地看了看宋凌微和邬玉白，问裴叙：“你见到绑架你的人？谢世昀？”

“对。”裴叙点头，“一个五十多岁的男人，可能以前也派人袭击过我，他要逼我退出娱乐圈，但我不懂他为何这么做。我现在能顺利回来，宋哥，余鲤，是你们在帮我吧？”

裴叙果然什么都不知道，谢世昀并没有暴露他们的舅甥关系，余鲤表情有点儿复杂地望向宋凌微，他要怎么对裴叙解释原委呢？

“首先，裴叙，我要向你道歉，我们的安保措施不够完善，才让你遭遇危险。”宋凌微郑重其事道，“其次，我要向你说明，这是一起粉丝追星不当引起的事件。这位粉丝就是向小园，谢世昀是她的舅舅，她对你的狂热举止影响了谢世昀对你的观感，认为你的存在会误导向小园，毁掉她的未来。”

宋凌微一本正经地胡说八道，让余鲤目瞪口呆，他怎么就这样把锅甩给向小园背呢？

“因为向小园吗？”裴叙皱起眉，“我已经尽量回避她了。”

“向小园是向氏集团董事长向叔伦的独生女，一直被当作继承人在培养，她拥有向氏27%的股权，是仅次于向叔伦的第二大股东。谢世昀是老字号谢园春食品公司的总经理，十几年前差点儿破产，通过联姻，依靠向氏融资才解除危机，所以现在向氏是谢园春最大的股东。换句话说，谢家依赖向家，向小园是维系两家最强大的血缘纽带，所以谢世昀对向小园的重视可想而知。但自从向小园迷上你后，她疯狂的追星行为，在谢世昀看来是玩物丧志，担心她玩脱了，让向叔伦失望，只能当个领分红不管事的股东，就会失去对向氏的主控权，无权给谢家提供支持，这不是谢世昀乐见的。谢世昀没法让向小园回到正轨，只能曲线救国，请你从娱乐圈消失，断了令向小园疯狂的根源，她自然就收心了。”

余鲤听得一愣一愣的，没想到向小园这么有分量，难怪宋凌微会对谢诗韵说向小园可以代表向氏集团，她手中的股权给了她话语权。

“虽然是商业机密，但可以告诉你们一些花絮。”邬玉白突然补充，“我在上海参与的商业并购案就是向氏集团旗下的投资公司主导，负责人曾说这个并购案是向董女儿提议的，向董很相信女儿的商业触觉。我不久前才知道向董女儿就是你们避之唯恐不及的向小园，看她追星的架势，年纪虽小，但魄力十足，未来不可小觑。”

裴叙再次意识到向小园的“恐怖”，他果真招惹到不得了的粉丝，足以翻云覆雨，她说“包养”不是玩笑，而是完全有能力做到的事。

“宋哥，向小园这么厉害的话，是不是意味着我无法摆脱她？谢世昀还会找我麻烦？”裴叙头疼了，“你们这次怎么帮我解围的？”

“我们跟向家和谢家进行沟通，达成合作的意向。”宋凌微修饰用词，余鲤不以为然地撇下嘴角，“裴叙，你愿意提前解约退出娱乐圈吗？”

“什么意思？”裴叙不解，“公司不会让我提前解约的。”

“为了一劳永逸，让你不再受到人身威胁，我调整了安保方案。”宋凌微说，“所以，我要先确认你的意愿，才能进行下一步的操作。”

“我想退出娱乐圈，越快越好。”裴叙的意愿很明确，顾虑也很明显，“不过当初预付的签约金很高，所以出道后收入的分成公司占大头，如果提前解约至少要付八位数的违约金，而我的存款不到七位数。”

余鲤很意外，新闻报道称像裴叙这样当红的小鲜肉，片酬都是上千万，他拍了那么多部戏，存款都没有百万？

“你和公司的分成什么比例？签约金多少？”邬玉白瞬间发现合约的问题，这是“卖身契”，预付的签约金等于买断他未来十几年大部分的工作收入。

“二八，我二公司八。”裴叙也不隐瞒，“十一年前的签约金是两百万，四年前我的合约从傲世转到如歌，如歌支付了九百万的转让费。”

“傲世签你时眼光很好，但将你转给如歌时，眼睛估计瞎了。”

宋凌微做过调查，如歌之所以会从傲世挖走裴叙，是因为如歌总裁耿放歌，他曾是傲世艺人经纪部总监，娱乐圈有名的金牌经纪人。耿放歌目光毒辣，捧谁谁红，为傲世捧出好几个影帝影后。他离开傲世后，与电影明星郝如菲结婚，成立如歌公司，从其他公司挖来一些不受捧的艺人，比如在傲世被冷藏的越野和坐冷板凳的裴叙，进入如歌，经过耿放歌的手都红了。裴叙这几年为如歌带来的收益，远远大于如歌对他的投资，而今是裴叙最值钱的时候，如歌不会轻易让他解约的。

“小叙。”邬玉白怜爱地拍拍裴叙的肩膀，“看来你缺的不是有力的保镖，而是厉害的律师。”

“有力的保镖有我和年年，至于厉害的律师……”宋凌微意味深远地看着邬玉白，“邬大大，你说呢？”

“舍我其谁。”邬玉白毫不客气地认下，“小叙，你要聘请律师吗？”

“邬大大，你贵不贵？”裴叙问得实际。

“我感兴趣的案子，百万律师费不算贵，我也会接的。”邬玉白故作玄虚，“我不感兴趣的案子，千万律师费有点儿贵，我还是接的。”

“总之，你的律师费很贵就是了。”裴叙咂舌，他不是很了解律师的收费标准。

“也有例外的时候。”邬玉白笑眯眯地看着裴叙。

“那我的案子，多少钱你会接？”

“你能出多少律师费？”

“我有九十几万存款，一套两百平房子，一辆奔驰 S600，还有两三百万未到账的片酬。”裴叙报出他的财产，这是他用来解约的全部资本了。

邬玉白思索一会儿，问：“你愿意都给我吗？”

“可以。”裴叙没有犹豫，“如果你能帮我获得自由身。”

“爽快，我喜欢！”邬玉白龙心大悦，“小叙，你是我邬大大罩着的人，所以，你的案子，免费我也会接的。”

“不愧是邬大大。”宋凌微适时鼓掌称道，“要不要挑战零违约金的解约任务？”

“有何不可？”邬玉白自信满满，“小的们，是时候让你们见识金牌律师的厉害了。”

裴叙就这样不费吹灰之力，获得金牌律师相助，余鲤在一旁看得目瞪口呆，她终于明白为什么宋凌微会把邬玉白当成裴叙的防线之一，他早就算好让邬玉白当裴叙的代理律师，处理解约问题。

余鲤不得不对宋凌微刮目相看，他心思慎密，步步为营，他想要知道的事情没什么能瞒过他。看他这样不动声色地把邬玉白拉入局，让她乐得自愿提供免费法律服务，余鲤竟有些心慌，似乎预见了被他当猎物的结局，落入网中，无处可逃。

“零违约金？”裴叙一脸天方夜谭的表情，“耿总虽然不是周扒皮，但绝不是慈善家，如歌也不是福利院。”

“解约当然需要有人买单，比如向小园。”宋凌微笑了笑，“谁惹出的麻烦，就让谁付出代价。”

“怎么让向小园买单？”裴叙很好奇。

“裴叙，解约前，你如常工作即可。”宋凌微故作神秘道，“其他的事，交给专业人士，比如邬大大和我。”

“小叙，从现在起我就是你的代理律师，全权负责解约事宜。”邬玉白拍着裴叙的肩膀，“不管是向小园那边，还是如歌公司，都由我出面，你就等着吧。”

裴叙相信他们，就不多问，余鲤却感到不安。

“你们要对向小园做什么？”

余鲤知道裴叙要提前解约是件很棘手的事，但宋凌微和邬玉白把向小园当成目标，她不希望向小园受到伤害……向小园明明是最想保护裴叙的人，已经替谢诗韵和谢世昀做的事背锅了，还要她付出什么代价？

“年年，我们跟向小园谈些合作而已。”宋凌微轻描淡写道，“在裴叙解约前，你只需履行保镖职责，其他事情都交给我。”

余鲤不喜欢宋凌微这种大包大揽又粉饰太平的态度，一想到他的做法是在“包庇”谢诗韵，她忍不住冲到裴叙面前说：“裴叙，向小园很喜欢你，非常非常喜欢你，你不能讨厌她的，因为她是你的……”

"年年！"宋凌微打断她，"向小园是裴叙的狂热粉丝，我们都知道。"

"对，我们都知道向小园是谁。"余鲤不满地瞪着宋凌微，"可只有裴叙不知道，这不公平。"

该付出代价的人不是向小园，而是谢诗韵！

"年年，冷静点儿。"宋凌微按住她的肩膀，强硬地提醒她，"向小园很清楚她对裴叙的做法，这是她的选择，没有什么不公平。"

余鲤心有不甘，倔强地咬着唇。

"你们在说什么？"裴叙满头雾水地看着余鲤和宋凌微，"我知道向小园是谁，害我有家归不得的狂热粉丝。"

"不是的，裴叙。"余鲤摇头，想为向小园说话，不想裴叙误会她。

"不是什么？"裴叙觉得余鲤有些失常。

"年年。"宋凌微按着她肩膀的手，施加了力道，"向小园不是一般人，我们也知道。"

在宋凌微的压力下，余鲤嘲讽地笑了笑，她知道宋凌微和向小园的做法都是为了保护裴叙，她只是接受不了罪魁祸首受到袒护，真正在意裴叙的人却要当恶人。

"裴叙，我想说的是，向小园不是普通的粉丝。"余鲤深吸一口气，压下那些不满，"她是一个把你当成哥哥喜欢的人，不管她对你做什么，都是因为她喜欢你。可能年纪小，她表达喜欢的方式让你不适，但我希望你不要讨厌她，她对你从来没有恶意，她只是想对你好。"

"余鲤，我不讨厌她的。"裴叙想了想，坦白他对向小园的想法，有点儿无奈，"她就像个外星生物，让我不懂如何跟她相处。"

向小园何尝懂得如何跟裴叙相处呢？

她知道一切，在裴叙面前却只能把自己伪装成脑残粉，才能表达她的喜欢。

"你不讨厌她就好。"

余鲤暗暗舒了一口气，作为保镖，她真是太操心了。

她希望有天这对兄妹能相认，又不希望裴叙面对那样自私的母亲。

清原道馆。

穿着道服的余鲤，出脚又快又狠，浑身似乎有使不完的劲，咄咄逼人地向宫清原进攻。

宫清原却只拿出两分的认真，巧妙地避开余鲤的攻势，适时接招，只防不攻，甘当陪练，让余鲤尽情发泄她的情绪。

几个回合下来，面对不给力任她予取予求的宫清原，余鲤觉得意兴阑珊，收势，休息。

“师兄，你这样放水，我赢你也没意思。”余鲤直接坐地垫上，按摩腿部做些放松。

宫清原在她面前坐下，好笑地看着她：“从小到大，你什么时候赢过我？”

余鲤五岁被送进道馆时，十岁的宫清原已经系着红色腰带，他是馆长的儿子，专门带初学者练习。余鲤最初不乐意学，动作各种不规范，经常被宫清原留下来补习，气得她对他又抓又挠，宫清原对她也不客气，拎起她就摔垫子上。

“你是鱼，又不是猫，别用爪子挠人。”宫清原训她，“只要你打赢我，我就不管你。”

为了打赢宫清原，她才认真跟他学，可惜从来都是手下败将，只好乖乖地叫师兄，受他管教。

“师兄，这话扎心了。”余鲤指了指自己的胸口，提醒他，“对待失业人士，请温柔点儿。”

作为裴叙的保镖，余鲤本想大展拳脚，奈何宋凌微和邬玉白太给力，让她没了用武之地，提前完成任务，变成“失业人士”。

原以为裴叙提前解约是件棘手的事，结果顺利得让余鲤目瞪口呆，根据解约协议，裴叙完成《御史台》拍摄后会正式宣布引退。他的戏份三月杀青，只剩下一个月多，因为人身威胁解除，就不再需要她这个保镖助理，后续事情由利哥处理即可。裴叙很满意她近两个月的工作，于是，就奖励她提前回家过年了。

余鲤觉得自己领了空饷，受之有愧，希望明郗给她安排新任务，结果被宋凌微阻止，说："年年，你还在裴叙的任务期，虽然不用出外勤，但是你可以在家一边喂鲤鱼，一边研究我为裴叙量身定制的安保方案，长长见识。"

她确实长见识了，在裴叙解约的事上，她是没想到会有这样的操作方式。宋凌微所谓的安保方案，就是裴叙的解约方案，由邬玉白担当裴叙的代理律师，出面跟如歌公司谈判，而谈判的资本来自向小园提供的利益置换。

宋凌微为向小园提供如歌公司相关资料和数据支持，帮她完成商业计划书。然后，向小园将计划书提交给向叔伦。向叔伦对这份计划书很满意，让她成立专案组，完成这项商业计划。

根据向小园的商业计划书，在未来五年内，向氏集团将对如歌公司的影视项目进行投资，投资额高达五个亿，保守估计投资回报率高达两位数。不管向叔伦是出于对女儿商业触觉的信任，还是有意拿几个亿给女儿练手，至少向小园计划书中的如歌公司确实有值得投资的潜力。

向小园主导这项商业计划，专案组成员由她亲自挑选，邬玉白就成了她聘请的商务谈判律师，出面与如歌公司谈合作。

作为裴叙代理律师和向氏谈判律师的邬玉白，以出乎意料的速度搞定裴叙的解约协议和向氏对如歌的投资协议，完成共赢。

对如歌公司来说，裴叙正处于上升期，可以给公司带来可观的收益，自然不会轻易放手；而向氏集团提出的合作，未来五年的持续投资以及相关广告代言，不管是对如歌公司本身的发展，还是对如歌艺人的提升，都有着立竿见影的效果。

与向氏集团长期合作的利益，远远大于裴叙解约的损失，如歌总裁耿放歌向来以眼光毒辣而著称，乐得做个顺水人情，皆大欢喜。

以共赢为基础的谈判，让裴叙提前一年顺利解约，他只需完成正在进行的相关工作，其他签约未进行的工作和正在洽谈的工作，由如歌公司出面解决，不需要他支付任何违约金。

余鲤知道这对裴叙来说是最好的结果，但想到他对真相一无所知，她心里就不是滋味，为他不平，为不能告诉他真相而懊恼，还会为向小园感到憋屈。

裴叙签完解约协议后，他们在红砖房举行庆功宴，裴叙喝得醉醺醺的，一个劲地感谢他们帮他获得自由身……余鲤觉得裴叙最该感谢的人应该是向小园。

余鲤忍不住问裴叙："引退以后，你想找的人可能看不见你了，你还要找吗？"

她始终无法认同宋凌微姑息谢诗韵的做法，他那是慷向小园之慨，成为裴叙最感谢的人，而向小园对裴叙来说，依然无足轻重。

"也许我生来没有亲人缘。"裴叙似乎看开了，"但老天爷很公平，给了我贵人缘，让我认识你们，重获自由，我很知足。"

对余鲤来说，这不是圆满的结局，她希望裴叙能拥有真正爱他的亲人。想到裴叙和向小园无法相认，她就恼火宋凌微的投机取巧，无法忍受他对谢诗韵的妥协做法。

余鲤心有不甘，一直憋着气，被裴叙放假提前结束保镖工作后，她就想从红砖房搬走。宋凌微却以她仍在任务期内为由，不准她擅离职守，离保护对象太远。

面对宋凌微，她是胳膊扭不过大腿，就找王沐春抱怨宋凌微欺人太甚，却不能说裴叙和向小园的事，只能说裴叙让她带薪休假了。

“小鱼，你是身在福中不知福。”王沐春敲着她的脑袋说，“你现在的工作钱多事少离家近，还有宋哥这样负责的上司，我偶像那样单纯的委托人，你不要翻白眼，要懂得感恩呢！”

没在王沐春那里求得“同仇敌忾”，反而被说成“白眼狼”，余鲤的气憋得更多了，还是来找宫清原过几招，通通气。

结果宫清原根本不使全力，像包容发泄情绪的孩子一样接她的招，无法尽兴。

“小鱼，要不要当全职教练？”宫清原建议，他知道她经常失业的原因，“我保证不会让你随便失业的。”

“师兄，我不想天天体会挫败感。”余鲤敬谢不敏，“在你手下，我会变成包身工的。”

可能从来没有打赢过宫清原，她早就习惯这种挫败感，但不会有打不过宋凌微的屈辱感，毕竟她曾把他打趴，现在在他手下当包身工，实在意难平。

“你喜欢保镖工作吗？”

宫清原之前在新闻里看到余鲤和裴叙在一起，知道她给裴叙当保镖，今天她来道馆找他切磋，才说结束裴叙的保镖工作，暂时没有新任务，所以憋得慌。

“我不讨厌保镖工作，只是……”想到大包大揽的宋凌微，余鲤就有些心烦，“只是上司干涉太多，让我觉得自己像个半吊子保镖，感觉有点儿糟糕。”

“所以你要认输吗？”宫清原太了解余鲤的性格，“你想认输吗？”

虽然余鲤在他这边一直认输，但她不会因为没有赢的希望就放弃。

“不要，也不想。”余鲤讨厌对宋凌微认输的感觉，她站起身，蠢蠢欲动道，“师兄，我心里不爽，你就加把劲，认真陪我过几招吧？”

宫清原这人太务实太无趣，他长得人如其名，五官清爽像不显山露水的原野，身材高大肌肉分明，个性沉稳又深藏不露，是个看起来可靠实际上非常可靠的人。

他知道她的过去，明白她的禁忌，不管她发生什么事，他都能以平常心视之，让她在他面前特别放松，无所顾忌。

“小鱼，习武重在修身养性。”宫清原也起身，并没有跟她较量的心思。

“道理我都懂。”余鲤撇了撇嘴，“可我还是不爽。”

“不爽的话，我来当你的对手。”

不速之客的声音突然响起，熟悉得让余鲤皱眉，循声望向信步而来的宋凌微。

他边走边脱下西装外套，挽起衬衣袖子，脱了鞋子，走上道垫，理所当然地问宫清原：“我需要换道服吗？”

宫清原若有所思地打量宋凌微，又瞥了眼余鲤，才问：“你是哪位？”

“年年。”宋凌微笑眯眯地把球抛给余鲤，“你来给我们做个介绍吧。”

“年年？”宫清原重复这个称呼，看向余鲤，“小鱼，你的熟人？”

“公司同事，他是三朝安全顾问公司安全部部长宋凌微。”余鲤尽量简化她和宋凌微的关系，“这位是清原道馆馆长宫清原，教我跆拳道的师兄。”

余鲤和宫清原认识二十年，期间他们失联了五年，因为她十三岁时被带到泽城生活，那时宫清原来 X 市上大学。直到她考上 X 大来到 X 市，找兼职找到清原道馆两人才重逢。她很少跟宫清原说起在泽城的事，不想让他知道她脱离了他“管教”后的样子，更不想让他知道她和宋凌微的纠葛。

可惜宋凌微不会如她所愿撇清关系，当着宫清原的面，伸手揽过她的腰，直接带到怀里，强势霸道，不容她反抗。

“姓宋的，放开我。”余鲤掰着他的手，掰不开，恼得掐他的腰出气。

“年年，你的介绍太含糊，会让宫师兄误会我们的关系。”宋凌微面不改色，心想被她掐得生痛，他就更不能放手了。

“你这样才会让师兄误会的。”余鲤又掐他的腰，忍不住抬脚踹他，被他闪过了，就向宫清原求助，“师兄，帮我。”

“小鱼，你们……”宫清原难掩惊讶之色，非常意外余鲤会这样跟异性贴身亲近，而且她似乎已经习惯宋凌微这种动作，并没有全力反抗。

“宫师兄，不好意思，我家年年爱闹，让你见笑了。”宋凌微收收手，搂得更紧，像在跟宫清原宣示主权，“我来正式介绍下自己，我是宋凌微，比年年长两岁，以前是她的高中师兄，现在是教她格斗术的师父。我们确实是熟人，还是因某些意外分开的恋人，如今破镜重圆，正在努力磨合适应彼此。”

余鲤被宋凌微的厚脸皮震惊了，听他胡说八道，把他们的纠葛说得如此清新脱俗，她赶紧对宫清原澄清：“师兄，不是这样的，我和他不是那种关系。”

“年年，我们什么时候不是那种关系了？”宋凌微一不做二不休，飞快地亲了她一记，眉眼暧昧到极致。

“宋凌微，你给我适可而止！”余鲤红起脸，无法忍受他在宫清原面前如此消遣她，气得挥拳相向。

宋凌微轻轻松松地接住她的拳头，还故意吻了吻她的手背，笑道：“年年，打情骂俏我们回家做，别让宫师兄看笑话了。”

“你——”余鲤恼羞成怒，奈何技不如人，再次向宫清原投去求助的目光。

宫清原这次没有作壁上观，直接向宋凌微出手，宋凌微见状，放开余鲤应对。

下一瞬，余鲤已经被宫清原护到身后，将她与宋凌微隔开。

“宫师兄，什么意思？”宋凌微挑眉，“我和年年闹着玩的，你以为我在欺负她吗？”

“小鱼不喜欢跟异性有肢体接触。”宫清原非常清楚余鲤对异性碰触的厌恶，宋凌微的举止太轻佻了，“宋凌微，既然小鱼说你们不是那种关系，请你保持距离。”

“宫师兄，不管是以前，还是现在，或者未来，我和她只有那种关系。”宋凌微正色，眼神笃定，“我和她的距离，由我定义。”

余鲤怔住，突然意识到宋凌微对她的占有欲强烈得不容置喙，才会对宫清原这样表态，宣示所有权，不允许她撇清关系。

感受到某种无形的压迫感，心跳瞬间混乱起来，余鲤一时竟无法直视宋凌微，不管他是以“算账”为由，还是以“捕鱼”为名，他都不打算放过她，也不会让她逃开的。

余鲤不由得往后退了两步，躲在宫清原背后，有些东西，她不愿意面对。

宫清原回头看了下抿嘴不语的余鲤，察觉得到她对宋凌微的微妙心态，宋凌微之于她，不是普通的异性。

他熟知余鲤的一切，唯一不清楚的是她在泽城生活的五年，发生了什么事，遇见了什么人，为什么她对这五年只字不提呢？

宋凌微的出现，让宫清原觉得他或许就是余鲤对泽城生活避而不谈的原因。

“从小鱼叫我师兄起，她就归我管。”宫清原望向宋凌微的眼神带有挑衅，“宋凌微，如果你打赢我，我就不管小鱼。”

“师兄！”余鲤惊呼，难以置信宫清原这么不稳重，“别拿我当赌注，我又不是东西。”

“你当然不是东西，你是年年有余的鲤鱼，是祥瑞呢。”宋凌微还有心情玩笑，拱手向宫清原请示，“宫师兄，怎么打？”

“随意。”宫清原没有用跆拳道的礼仪，简单地比了个请的手势。

余鲤根本没有发言权，眼睁睁地看着宫清原和宋凌微打起来，从最初的试探，到拳脚放开，不拘泥于形式和套路，势均力敌，打得虎虎生风。

毕竟都是练家子，没有花架子，一招一式干脆利落，张弛有度，充满了力量和美感。两人气质不同，出手风格迥异，宫清原稳重，宋凌微灵巧，两人过招，你来我往，有攻有守，如同行云流水，打得非常漂亮。

余鲤作为同道中人，本来还恼火他们拿她当借口开打，渐渐看得着迷，欣赏起高质量的对打，差点儿给他们鼓掌喝彩了。

宫清原在最初的试探后，就没有保存实力，全力以赴跟宋凌微较量起来，结果越打越惺惺相惜起来，他就主动收势，无心争高下。

“宫师兄，我可没有认输。”宋凌微表示可以再战三百回合，瞥了眼旁观的余鲤，她倒是一脸的意犹未尽。

“以武会友，没有输赢。”宫清原试过宋凌微的身手后就有了决定，“海阔凭鱼跃，我也管不了太多。”

“你不管海阔，我就管着龙门等鱼跃。”宋凌微举起手示意，“宫师兄，交个朋友？”

“当然。”宫清原跟他击掌。

看着不打不相识的宫清原和宋凌微，余鲤一脸蒙，无法理解男人的脑回路，他们打着打着，没分出胜负，反而把她给“卖”了？

“师兄，你真不管我的事？”余鲤有点儿慌，宋凌微跑来打一架，结果把她的朋友抢走了？

“小鱼。”宫清原看了眼宋凌微，他识趣地走到窗边看风景，没有听他们说话，“我不问你和宋凌微发生过什么事，你想说的时候，我随时听你说。我也不会不管你的事，你需要我时，我一定在你身边。”

“我不喜欢他，他总让我觉得不爽。”余鲤小声说，连她来找宫清原纾解情绪，他都要跑来捣乱，害她都不能尽兴地跟宫清原过几招。

“他是个霸道的人，确实会让人不爽。”宫清原附和她。

“他逼我跟着他当保镖，逮着机会就欺负我，我又打不过他，心里憋屈。”余鲤忍不住撒娇，“我想离他远点儿的，师兄，你说我该怎么办？”

“虽然今天我才第一次见到他，但我相信他会带你走很远的。”宫清原又看了眼宋凌微，心底感慨万千，他是唯一一个可以强行靠近余鲤的异性，“小鱼，别害怕过去，只管往前走。”

余鲤想起十三岁时，她满身狼狈地逃到道馆找宫清原，他想给她一个安慰的拥抱，却被她歇斯底里地推开，她以为会被讨厌，但是他没有。

宫清原站在她看得到的地方，说：“小鱼，别害怕，我不碰你，我陪着你。”

他陪她度过最黑暗的时光，直到分开，重逢后他们不说过去，但宫清原保留了当初的陪伴习惯，除了过招较量时，他都会跟她保持距离，尽量不跟她有肢体接触，给她足够的安全感，让她能够依赖他。

现在他见到宋凌微，看见她和宋凌微的相处模样，他就明白了一切，想推着她往前走。

在宫清原面前，她无所遁形，所以她一直不愿意告知宋凌微的事。

余鲤有些恍惚地跟着宋凌微离开清原道馆，快回到红砖房时，她才想起来问：“你来道馆做什么？”

“接你回家。”宋凌微理所当然道。

“那真是谢谢你。”余鲤哼声，“抢了我和师兄过招的份额。”

“年年，我知道在裴叙和向小园的事上你不痛快，不认可我的做法，心里有气想发泄。”宋凌微心知肚明，“宫师兄有那么多徒子徒孙要管，你怎么可以给他添麻烦呢？你想活动筋骨，我随时奉陪，别给宫师兄增加负担。”

“那是我的师兄，不会觉得我是负担，我可以给他添麻烦的。”

跟他活动筋骨，他只会趁机动手动脚耍流氓，她不会蠢得羊入虎口。

“看来我需要跟宫师兄再做些沟通。”

宫清原对余鲤的特殊性，宋凌微之前就从王沐春口中知道，他是余鲤的防空洞，是会让余鲤想撒娇的人。

今日见到宫清原，看见在他面前放松的余鲤，宋凌微就不打算再慢悠悠地捕鱼，他要将她收入网中，让她无处可逃，想要撒娇想要发泄，只能找他。

“你不准给师兄添麻烦。”余鲤警告，那是她的师兄。

“不麻烦。”宋凌微理所当然道，“我们是朋友嘛。”

余鲤很想给他一拳，试试他的脸皮到底有多厚。

第七章

做点戏又有何妨

ZUO DIAN XI YOU YOU HE FANG

余鲤回泽城过年前，宋凌微建议小年夜聚聚，在红砖房涮火锅围炉，把唐寂和明郗这两位三朝部长也请来。

邬玉白下班后直接去片场接裴叙，余鲤则在红砖房给宋凌微打下手，准备火锅。

有人送来海鲜，加拿大象鼻蚌、澳大利亚鲍鱼、阿拉斯加帝王蟹、波士顿龙虾、南极磷虾、太平洋扇贝……都是高级进口食材，宋凌微让余鲤签字查收。

“这是你的手笔？”余鲤咂舌，海鲜只挑贵的买，“还是假公济私？三朝报销？”

“应该说是某位贵客的心意。”宋凌微抓起一只帝王蟹掂量，“心意十足。”

“某位贵客？”余鲤想起未曾谋面的唐寂，“唐二爷吗？”

“待到围炉时，自然见分晓。”宋凌微卖关子，将帝王蟹放在砧板上，“年年，来，我教你怎么给霸王卸甲。”

看着帝王蟹浑身的硬刺和粗壮的长腿，余鲤心里有点儿尿，但不愿示弱，学着宋凌微把这些海鲜处理成火锅食材。

宋凌微煮好火锅汤底时，唐寂和明郗两位客人上门，邬玉白打回电话说堵车，让他们等一等，不准擅自开涮。

余鲤第一次见唐寂,看他高大威猛的模样,想起邬玉白对他的形容——“行走的荷尔蒙”，确实有着名副其实的成熟男人味。细瞧他的眉眼，如高山之巅，似深水之渊，有种君临天下的雍容贵气，令人不由得仰望。

三朝三位部长的气质太分明，唐寂雍容，宋凌微雅致，明郗爽朗，简直是公司门面，余鲤怀疑三朝成立的宗旨是“以貌取人”。

“你就是余鲤？”唐寂似乎对她闻名已久，“那只年年有余的鲤鱼？”

“唐部，你好。”余鲤瞥了宋凌微一眼，感谢他替她出名呢。

“这次任务完成不错。”唐寂表示肯定，“我这边属意女保镖的委托人颇多，但三朝女保镖紧缺，无法满足所有委托人的需求。余鲤，以后我要请你多关照了。”

“职责所在，唐部不用客气。”被如此看重，余鲤不禁挺直了背。

“唐部，这是我家的鱼。”宋凌微靠过来，搭着她的肩，冲唐寂挑眉，“你想钓鱼，得请我多关照。”

唐寂失笑：“她是特勤部的，归明部管吧？”

“宋部是用醋来养鱼的。”明郗摆手笑道，“这只鱼，我可管不了。”

余鲤嫌弃地拍开宋凌微的手，不爽他的消遣，就问唐寂：“这算职场骚扰吗？”

唐寂看向宋凌微，说：“算不算得问我们的法律顾问。”

“年年，你又淘气了。”法律顾问笑眯眯地看着余鲤，“我们这是在夸你呢。”

“巧言令色。”

余鲤不想跟他耍嘴皮子，见邬玉白和裴叙回来，就张罗着涮火锅了。

邬玉白、唐寂、宋凌微所谓哥俩三个凑一块儿，节奏就被邬大大带着走，活跃气氛她最拿手了。

“唐二爷，你看现在的老三贤惠吗？”邬玉白对一盘盘去壳切片的海鲜甚为满意，涮得开心，“上得厅堂下得厨房，打得官司养得鲤鱼，以后也带得孩子吧？”

“何止贤惠。”唐寂顺着邬大大，“还文武双全。”

“宋哥是居家旅行驱邪避祸的必备良品。”裴叙跟着捧场，“余鲤，你说对吧？”

余鲤只想专心涮火锅，不想刷存在感，对于这些吃了火锅嘴短的家伙，她只想问：“今天的锅底放糖了吗？”

瞧他们对宋凌微的吹捧样，余鲤想到他“为虎作伥”的处事方式，就怀疑他的人品，对于向小园的事，她还是歉意难平。

“知我者年年也，今天的锅底确实放糖了。”宋凌微给她夹了两片象鼻蚌，“尝尝，甜不甜？”

一桌子人的眼睛，都暧昧地瞅着她和宋凌微。

余鲤有种搬石头砸自己脚的感觉，挖苦不成，反而被宋凌微当众调戏，盯着象鼻蚌，吃也不是，不吃也奇怪，于是硬生生地转移话题：“呃嗯，这些海鲜是谁买的？唐部还是明部？”

唐寂和明郗面面相觑，明郗说：“我们只管过来涮火锅的。”

“邬大大呢？”余鲤又问，“谁买了送过来的？”

“不是你和老三负责的吗？”邬玉白奇怪地看着余鲤和宋凌微。

“某位贵客为表心意，慷慨相赠。”宋凌微一脸神秘，抬手看表，“差不多该来了。”

响应宋凌微的话似的，红砖房外传来汽车的声响，有贵客上门。

余鲤十分意外向小园会出现在红砖房。

裴叙一见她就不自在，以眼神询问宋凌微，怎么回事？

裴叙解约的整个过程，向小园都没有见他，打定主意不让他知道真相，只在背后为他披荆斩棘，给他自由。

在一切快要尘埃落定时，向小园来到裴叙的面前……余鲤莫名地紧张起来，频频看向宋凌微，他一副静观其变的样子，不做解释。

“裴叙哥哥，我是来跟你道歉的。”向小园面对裴叙有点儿手足无措，但还是直接诚恳地说明来意，“对不起，之前给你添了很多麻烦。”

“我接受你的道歉。”裴叙认真对待，想了想，“还有，我要谢谢你。”

“不客气，我也要谢谢你。”向小园眼睛一亮，“裴叙哥哥，那以后我能和你做朋友吗？”

想到她之前疯狂追星的样子，裴叙心有余悸，又想到她为改善关系做的努力，他轻轻点头：“可以试试。”

“太好了，我会试着用你喜欢的方式跟你来往的。”向小园放弃伪装的脑残粉样子，“裴叙哥哥，我现在能和你一起吃火锅吗？”

“嗯。”

裴叙指着他身边的空位，向小园眉开眼笑地坐过去。

坦率真诚的向小园颇得邬大大欢心，她调节气氛，很快就让向小园融入，开心地涮起火锅。唐寂和明郗虽然对向小园了解不多，但她一口一个“哥哥”叫得溜，两人对她这个小妹妹很照顾，其乐融融。

“这样的发展，你能接受吗？”宋凌微凑到余鲤耳边，低声问。

“什么？”余鲤一时不解。

“年年，我无法向你保证兄妹相认的大团圆结局。”宋凌微说，“但我确定她对哥哥的情意不会被埋没，以朋友之名相处，时间会给出答案。”

余鲤豁然开朗，宋凌微安排这次聚餐，是为了让她不纠结裴叙和向小园的事，他以行动告诉她，他在意她的感受。

意识到他对她的在意，余鲤的心忽然有些慌，她习惯他们针锋相对的状态，习惯被他当成猎物追捕，习惯两人之间有账要算……不习惯他对她越来越外露的占有欲，也不习惯他这般取悦她的用心。

“你……”余鲤动了动唇，掩饰被触动的情绪，故意说，“多管闲事。”

“和你有关的……”宋凌微歪头，笑看着她，“都不是闲事。”

他的眼睛像是湖泊，澄澈明净，粼粼波光便是荡漾的笑意，闪闪发亮，晃了她的神，想起当初喜欢的他是什么样子，心跳忽而紧促，怦然而动。

不管过去现在，她喜欢的样子，他始终都有。

这让她害怕，害怕再次被迷惑，心中的小鹿因他乱撞，不知所措。

泽城二中与龙溪寺毗邻，寺后有龙溪岩，登高可以俯视全城。

余鲤很喜欢看日落，常常在放学后拉着宋凌微穿过龙溪寺，踩着山间石阶，拾级而上，登顶龙溪岩，遥看云卷云舒，日暮西沉。

白净书生样的宋凌微，上山就气喘腿软，全凭一腔少年意气撑着，保持云淡风轻样，看着汗水淋漓的余鲤，就笑着将她的湿发撩到耳后说：“年年，你真是鱼，上山都离不开水呢。”

“不公平，我们一样的运动量，为什么你总是神清气爽？”

余鲤端详着他白皙泛红但清爽的脸，青山绿林间，越发显得斯文秀气，是她喜欢的样子。

“心静自然凉。”宋凌微拿出纸巾给她擦汗。

“怎么静得下心呢？”

余鲤有些痴痴地望着宋凌微，喜欢他对她的温柔，顺了她青春期的毛，却安抚不了她为他躁动的心。

“想象下，我们是宇宙中的一粒尘埃，身处无边无际中，渺小得没有存在感……这样心就凉了吧？”宋凌微煞有介事地传授“心静之道”。

“你在身边，静不下来。”余鲤小声嗫嚅，看他的目光有些闪烁不定。

“为什么？”

宋凌微拉着她的手，并肩坐在岩石上，望向随风轻移的绯云，像她红扑扑的脸颊。

“现在心跳得很厉害，更静不下来了。”余鲤歪头看他，含羞带笑，悄悄地动了动手指，与他十指相扣。

他扬起嘴角，心照不宣地握紧。

暮阳映红了半空，晚风吹散了余霞，流光溢彩，浮絮若绮。

眼前依然是龙溪岩的落日散霞，只是身边已非意中人，而是退休老校长——余攸，每日都要爬爬龙溪岩，数数这九百九十九级的山间石阶。

余鲤回到泽城过年，傍晚就陪余攸来锻炼身体，提着他的保温壶，亦步亦趋地跟着他。

“爷爷，要不要歇歇？”余鲤问，“喝点儿水？”

余攸年近七十，常年锻炼保持身形似鹤，面容瘦削但精神矍铄，看起来仙风道骨。

“好。”余攸说着话就在石阶坐下，拍拍石阶示意，“阿鲤也累了吧。”

迎着落日的方向，余鲤也坐下，将保温壶递给余攸。

夕光透过枝叶间隙，漏下斑驳光影，余鲤摊开手，掌心有光斑随风晃动。

她想起午后在树下睡着的宋凌微，斑驳光影落在他脸上，半明半昧，忽静忽动，可爱又暧昧，诱惑着她伸出手去描绘他的眉眼，感受自己的心动。

他闭着眼睛，却抓住她的手，放在唇边亲了亲，然后睁开眼看她满脸飞红，笑着将她拥入怀里说：“年年是鲤鱼，脸红显得更秀色可餐呢。”

她红脸不语，埋头直往他怀里钻，喜欢他叫她“年年”，喜欢他将她抱满怀，喜欢他身上清爽的味道，让她自然而然地安心。

十六岁的她像一匹脱缰许久的野马，横冲直撞不肯安分，直到认识宋凌微，仿佛被驯养了。她在他面前温温顺顺，毫不设防，他的一举一动总是轻易地撩动她的心弦，让她情不自禁地想靠近他，鬼迷心窍地迷恋着他。

他享受她的迷恋和依赖，放任她沉浸在虚假的梦境中……如果不曾醒来就好。

宋凌微让她做了六个月的梦，她却花了很多年才清醒，清醒地发现他变成在她心结上加锁的人，变成她的隐疾，不可触碰。

她不想再见到宋凌微，不想再喜欢宋凌微，不想再被驯养了。

“阿鲤，留下来吧。”余攸的声音拉回了晃神的余鲤，“你不想当老师的话，二中还有行政职位。”

“爷爷。”余鲤甩开脑中的回忆，“我现在的工作还不错。”

她不想留在泽城，十三岁被余攸接来泽城，到十八岁去 X 市上大学，在这里的五年，是她埋葬过去逃避现实的五年，可也是让她有了隐疾的五年。

那个隐疾叫宋凌微，只要回到这里，那些被谎言安慰的记忆就席卷而来，让她更加无法面对现实，面对现在的宋凌微。

“阿鲤，这里是你的家。”余攸叹了口气，“你在介意阿沅的冷淡吗？”

阿沅是余攸的妻子苏沅，也是泽城二中的退休教师，因儿子余绰早逝而迁怒孙女余鲤，同一屋檐下五年，对余鲤疏离冷漠，祖孙间的感情全靠余攸从中平衡。

“不。”余鲤摇头，“奶奶不喜欢我，我一直都知道，我不会怨她的。”

余鲤想到自己神似母亲的脸，仿佛时刻在提醒苏沅，余绰为何而死，自然就不待见她。

“阿沅不是不喜欢你，只是放不下。”余攸又叹了口气，“当初是她让我去鹭城接你的。”

“爷爷，新年不说旧事啦。”提到鹭城，余鲤本能地回避，“天色晚了，我们下山吧。”

聊过去对她来说无疑是撕伤疤，里面只会流出陈年的脓。

“好。”余攸清楚余鲤以前受的罪，就顺着她，“阿沅说晚上做姜母鸭，是你喜欢吃的。”

“那我多吃点儿。”

余鲤笑了笑，或许因为她在外地太久，现在回来，苏沅会对她和颜悦色些。

在泽城过年，余鲤自动进入屏蔽状态，不接宋凌微的电话，不回他的微信，也不领他发的红包，非工作期间，不想跟他接触，受他影响。

这个春节，在家她早起练练功，帮余攸招待拜年的师生，陪他爬爬龙溪岩，在厨房给苏沅打下手，倒也是岁月静好。

余鲤这种静好的状态，没有持续太久，就被初五登门的客人打破。

宋凌微双手拎着礼盒，穿着崭新的西装，仪表堂堂又喜气洋洋，仿佛女婿上门给岳丈岳母拜年似的。

“老校长，学生宋凌微给你拜年了。”宋凌微恭敬地向余攸作揖，“祝您新春快乐，身体健康。”

余鲤开门见到他的瞬间，满脸意外，来不及关门，他侧身就闪进来，跟余攸打上招呼。

“宋凌微？”余攸特地上前打量着他，“毕业生代表宋凌微？”

“老校长的记性真好。”

宋凌微话音刚落，老校长一记右勾拳就招呼到他脸上，快狠准，打得他措手不及，一个趔趄，后退两步才稳住。

余鲤本来还恼火宋凌微不请自来，但余攸的举动让她蒙了，赶紧拦在两人中间，如果大打出手，她和余攸联合起来都不会是对手呢。

“爷爷。”余鲤瞥了眼嘴角破皮出血的宋凌微，提醒余攸，“这位优秀毕业生是个有律师资格证的练家子。”

余攸向来稳重，这么冲动，肯定是宋凌微太欠揍的缘故。

“老校长老当益壮哪。”宋凌微也不尴尬，反而笑呵呵道，“这么热情地招呼，学生受宠若惊。”

余鲤再次见识到宋凌微的厚脸皮，同时也暗松一口气。

“阿鲤，我这是替你教训下见色起意的家伙。”余攸若有所思地盯着宋凌微，“我们家的孩子可不是好欺负的。”

“爷爷……”余鲤扶额，没想到余攸会把陈年旧事翻出来，“过去的事别再提了。”

“老校长教训的是。”宋凌微却乖乖认错，“年少无知，确实该打。”

余攸把余鲤推到一边，看宋凌微宠辱不惊的从容样，颇有大将之风，对他大为改观。

“小子，你现在来干吗？”

当年宋凌微去X市念大学，余鲤失魂落魄很长一段时间，余攸才知道两人分手，理由是宋凌微见色起意，接近她是居心不良，他就是个斯文败类。

余鲤口中的斯文败类是曾为泽城二中争取诸多荣誉的模范学生，余攸私下还拜托他照顾余鲤，没料到结局如此，余攸有些失望，还有些遗憾，遗憾余鲤没了可以亲近的朋友。

时隔多年，再见宋凌微，已不再是当年斯文秀气的少年，而是俊雅疏朗的青年，不卑不亢，进退有度。

“老校长，余鲤没告诉你吗？”宋凌微顺手就把礼盒交给余鲤，“我现在是她的师父。”

“阿鲤，怎么回事？”余攸转眼看向余鲤，他们什么时候又凑一块儿去了？

“我换了新工作，进入他所在的公司，他给我做入职培训，现在指导我业务。”

余鲤抱着礼盒，以眼神警告宋凌微别说多余的话，她不想让余攸知道她在做保镖这种有危险性的工作。

“老校长，就是这么一回事。”宋凌微笑道，“我今天来，主要是给老校长拜年，顺便跟余鲤沟通下年后工作安排。”

“原来你们是同事。”余攸的表情有点儿复杂，忽然明白余鲤为什么不愿留在泽城工作，“阿鲤，你去和阿沅准备午饭，我和宋凌微说些话。”

“爷爷，只是普通同事关系，年后工作安排回公司再说也行。”余鲤瞪了眼宋凌微，拜完年赶紧走，她并不想留他吃饭的，“我们不要耽误他去给其他人拜年。”

“不耽误。”宋凌微摇头，“今天只给老校长拜年。”

“阿鲤，我们要好好招待客人。”余攸示意，“去吧。”

余鲤只好去找苏沅，频频回首，就见余攸把宋凌微带进他的书房。

“宋凌微，说说你的目的。”余攸直截了当地问，“拜年只是借口吧？”

“老校长明察秋毫。”宋凌微说，“余鲤回家后就玩失踪，不跟我联系，所以，山不来就我，我便来就山了。”

“你想跟她复合？”余攸皱眉，“还是你们已经在一起了？”

“我正在执行捕鱼计划，可惜鲤鱼不肯配合。”这条鲤鱼太顽固，总让计划赶不上变化。

“她为鱼肉，你想当刀俎，为所欲为吗？”他的说辞刺激到余攸，“宋凌微，你们早就分手，别再打她的主意。”

“老校长，当年分手并非我所愿。”在余鲤的重要亲人面前，宋凌微不想迂回，“余鲤说我见色起意，这是诛心。直到现在，我也不觉得喜欢她的容貌有什么错。她的容貌会吸引我靠近她了解她，而她的性格会决定我跟她在一起多久。”

“色令智昏。”余攸不以为然，“别把好色说得如此冠冕堂皇。”

“孔子都说，食色性也，美食、美色、美景……喜欢这些东西，是人的本性，有什么难以启齿的？”宋凌微说得坦荡，“每个人都有自己的审美取向，余鲤正好符合我的审美取向，她自然会吸引我，我自然会喜欢她。可是，余鲤因此否定一切，认为我对她是虚情假意，肆意任性，诉诸暴力，撂下狠话，把我踢出她的世界。老校长，我当时年少，情感受挫，自尊受辱，即便喜欢她，也无法跟她在一起的。”

“巧言令色。”余攸这才想起余鲤说宋凌微有律师资格证，说话一套一套的，逻辑无懈可击，“不过，你说的也有道理，分手不全是你的错。”

宋凌微见余攸神色缓和许多，卖乖道：“我比余鲤年长，那时却不成熟，出现问题无法妥善处理，所以分手的主要责任在我。”

“那你现在怎么想？”余攸了解余鲤的个性，也知道她为何会那样对待宋凌微。

“我以为只要拥有足够的力量，就能征服余鲤。”宋凌微自嘲地笑了笑，“我已经足够强大，困得住余鲤的人，却无法再走进她的心。老校长，以前在学校你也这样跟我私聊，你让我照顾她，包容她，陪伴她，我现在也愿意这样，可她在抗拒，消极应对，我只能紧紧抓牢她，强迫她接受我，习惯我的存在。”

“唉……”余攸叹气，“也只有你才能强迫她了。”

“老校长，我不懂你的意思。”

余攸从书桌抽屉中翻出一张照片，递给宋凌微。

“这是阿鲤和父母的合影，你看下，大概会明白。”

照片中的余鲤只有六七岁，穿着红色连衣裙，梳着两个小辫子，依偎在父亲的怀里，抬头看着父亲，笑得弯弯的眼睛里，依然看得出对父亲的仰赖和喜欢。

她的父亲眉眼温柔，长得斯文秀气，她的母亲娇媚动人，双眼含情脉脉……从照片上看，是一对容貌极为出色的夫妻。

而照片中母亲的样子，正是余鲤长大后的模样，母女俩太像了。

只是她父亲……

“你的样子跟我儿子有些像。”

宋凌微和余绰都是白净书生样，所以他明白余鲤为什么愿意亲近宋凌微，而对其他异性要么暴力以对，要么退避三舍。就连对他这个祖父，余鲤都会保持距离。

当初刚将余鲤接回泽城，她对异性的排斥非常厉害。余攸向医生咨询，医生说是创伤后应激障碍，恢复时间可长可短，严重的会伴随终生。

余攸只好顺其自然，怕刺激到余鲤就不敢约束她，任由她在叛逆期成了问题少女，作为校长，他只能谋私，对她的行为睁一眼闭一眼。

所以，看到她和宋凌微在一起，变得温顺，余攸深感欣慰，也对宋凌微寄予厚望，才会私下去拜托他照顾余鲤，将他当成余鲤的归宿看待。

“阿鲤非常喜欢父亲，父亲是她仰赖的高山，是她心灵的支柱。”余攸想起早逝的儿子不免感伤，“她十岁时，父亲过劳猝死，对她影响很大，后来又发生一些事，我才把她接回泽城，但那时她已经无法跟异性正常相处了。”

短短几句话，宋凌微就感受到父亲在余鲤心中的分量，沉重又尖锐，刺痛心脏。

“老校长，你说余鲤会把我当成父亲的替身吗？”问出这话，宋凌微的感觉很复杂。

“不，父亲在她心中是独一无二的。”余攸摇头，“只是像父亲的异性，容易让阿鲤放下防备，愿意亲近。”

“如此说，我有天然优势。”宋凌微想他对余鲤来说是特别的存在，足够了。

“对，这是你独有的优势。”余攸不在意“出卖”孙女，“你说阿鲤是你的审美取向，那么，同样的，你也是阿鲤的审美取向。”

“原来她也会以貌取人。”宋凌微失笑，“却不许我对她以貌取人，真是双重标准呢。”

“不是双重标准。”余攸想起那个跟余鲤长相相似的人，“阿鲤对母亲有心结，因此讨厌自己的脸，也介意别人关注她的脸。”

宋凌微愣住，想起余鲤对谢诗韵的过激反应，她说讨厌不负责任的母亲，她母亲也不负责吗？

“余鲤说父母都过世了，但她的心结也放不下吗？”

“不，她母亲还活着，虽然对阿鲤来说像是不存在。”余攸苦笑，那个女人的不负责任行为差点儿毁了余鲤，“至于她们母女的心结，我不能跟你说，要等阿鲤愿意告诉你。今天，你愿意向我坦诚对阿鲤的想法，我很高兴，也很庆幸当年没有看错你，现在还能拜托你照顾阿鲤，包容她，不要放弃她。”

“老校长，不……爷爷，我可以叫你爷爷吧？”宋凌微顺势改口，余攸欣慰地点头，“谢谢你告诉我这么多，已经足够了。虽然当年意气用事，分手后就不相往来，但是这些年，我一直在努力织网，织出天罗地网，就为了抓牢这只鲤鱼，清蒸还是红烧我都考虑好了呢。”

“好，好。”余攸感慨地拍着宋凌微的肩膀，“阿微，我家阿鲤就麻烦你了。”

余鲤来请余攸和宋凌微吃饭时，就看到他俩聊得热火朝天，挥拳相向没多久，已经好得像亲爷孙似的。

饭桌上，宋凌微一口一个“爷爷”叫得热络，而余攸一口一个“阿微”也回得亲切，爷俩把酒言欢，不要太惬意。

余鲤被肉麻得直起鸡皮疙瘩，这种场面让她想起王沐春和裴叙一口一个“宋哥”叫得欢快的情景，宋凌微笼络人心的手段太高明，余攸看来也没能扛住他的糖衣炮弹。

当宋凌微提出因为工作需要，希望余鲤提前回 X 市时，余鲤还来不及反对，余攸就发话，让她马上收拾行李，直接坐宋凌微的车回 X 市。

余鲤傻眼，前不久还希望她留泽城的余攸，宋凌微一来，就把她“扫地出门”，他是被宋凌微下蛊了吗？

“姓宋的，你拿什么收买爷爷的？”上了车，余鲤就问，“还是威胁爷爷了？”

“听到爷爷叫我阿微，我开始怀念你以前对我的称呼。”宋凌微答非所问，“年年，你忘了吗？要不要我帮你回想？”

他和余鲤交往以后，余鲤才说他的名字谐音怪怪的，她不想叫。他让她给他取个专属称呼，只给她叫，就像他叫她年年一样。然后，她选中了他名字的第二个字，叫他“阿凌”，今天他才知道，她是用家人的方式称呼他。

“你不要顾左右而言他。”余鲤瞪了他一眼，“快说，你在书房里跟爷爷说什么了？”

“你。”宋凌微就直说，“除了你，我还能和爷爷说什么？”

“你！”余鲤被梗住，想得出他可能和余攸谈论她什么事，“宋凌微，你不要干涉我的事。”

“你的事？”宋凌微眉尾一挑，“年年，你的事和我的事，需要分清吗？”

“不需要。”余鲤怼回去，“因为我的事和你无关。”

“是吗？”

宋凌微突然在路边停下车，放下车窗。

“你看，我们到云泽路口了，九年前的寒假，你在这里救了我。”

云泽路口有家跆拳道馆，距离泽城二中有两站公交的距离，余鲤课外很多时间都花在这里，寒暑假每天都会过来练习，有天就在路口碰见宋凌微被两个混混按在墙壁上，强行搜身。

“不是你自导自演的好戏吗？”余鲤嘲讽道，难怪她觉得两个混混不耐打，才过了几招，就落荒而逃。

“为了你，做点儿戏又有何妨？”宋凌微大方承认，“这种细节，无须介意。”

余鲤高中一入学，宋凌微就注意到，娇媚又不失清新的少女，是他意中人的模样。

不过，他很快就发现余鲤不是清流，而是泥石流。她个性耿直，为人处世有些粗暴，仗着会跆拳道，对意图靠近她的男生基本飞踢伺候。但她有正义感，遇事会出头，就成了会打架滋事的问题少女。

宋凌微观察了她一个学期，投其所好，让她变成他的恩人，他就以报恩为由接近她，夸她乐于助人有正义感，欣赏她有好身手让他有安全感，让她充满自信，不会将他跟其他男生混为一谈，自然而然就跟他在一起了。

“从来没有见过……比你脸皮更厚的人。”余鲤撇了撇嘴，不想多说。

宋凌微启动车子，经过龙溪寺时，他又靠边停下。

“不是要回 X 市吗？”余鲤皱眉，这开开停停算什么？

“以前我们经常一起爬后面的龙溪岩，看看日落，吹吹山风，真是惬意。”宋凌微用怀念的口吻道，“高考前，你还在龙溪寺给我求了张护身符，我想等拿到录取通知书就跟你去还愿呢。”

可惜，在他拿到通知书前，余鲤就给他过肩摔，把他踩地上，分道扬镳。

当初和他在一起的余鲤，跟其他少女不一样，她不热衷追星不研究星座也不会讨论流行时尚，她喜欢跆拳道，喜欢爬山看日落，喜欢和他在一起……成为他女朋友的余鲤，就像《小王子》里那只被驯养的狐狸，把他当成特别的存在，温顺地依赖着他。

很多同学问他：“那个问题少女，性格那么麻烦，又讨厌男生，你怎么会跟她在一起？没被打吗？”

最初他回答：“我女朋友虽然武功高，但颜值更高啊，我都臣服在她的颜值下，哪需要她动手呢？”

后来他腻了同学的八卦，他们再问起余鲤的事，他懒得告诉他们余鲤在他面前有多可爱，千言万语汇成一句“因为她好看”。

当余鲤拿这句话来问他时，他更是把她夸成天仙下凡，她却变脸了：“你不是说喜欢我身手好，让你有安全感吗？”

“年年，你这么好看，我怎么会有安全感呢？”女朋友太漂亮，他要防着全世界的贼，“我对你可是一见钟情，总担心其他人见色起意，把你抢走呢。”

“什么一见钟情？根本就是见色起意！”余鲤勃然大怒，“你只喜欢我的脸，其他的都是在说谎！”

他不懂余鲤为何生气，想要问清楚，却被她一个过肩摔，直接摔蒙了。她还气不过，踩了他胸口几脚，骂他是“斯文败类”，撂下狠话，让他滚远点儿，别让她再见到，否则“见一次打一次。”

他的尊严被余鲤踩在脚下，他的感情被她全盘否定。当时的他不懂自己有什么错，他的骄傲和自尊让他如她所愿，滚远点儿。

他心里对她有怨愤，严重受挫的男性尊严让他变成肌肉狂，他想要力量，想要足够征服余鲤的力量。

他每天一边锻炼，一边计划要怎么报复余鲤，心中总是意难平。

时隔八年，再见到她时，她依然是他意中人的模样，依然让他心动。

现在他明白了，当初分手，没有挽回，反而转身就走，是因为他太弱了，他不是伤了自尊，而是没了自信。

对他不再温顺的余鲤，他束手无策，潜意识里觉得无法驾驭，才会选择逃避，而不去面对解决。

所以余鲤说得对，那时他见色起意，喜欢她的脸，享受她的温顺，却不去了解真正的她，才会像其他异性一样，害怕她，逃跑了。

直至今日，跟余攸的一番彻谈，他才找到症结，他不会再逃避，也不允许余鲤逃避了。

余鲤望着龙溪寺，想起高考前她到龙溪寺为宋凌微许愿的情景。

庄严肃穆的大殿，慈眉善目的菩萨，在香案下的蒲团上，她虔诚地三跪九叩，才面向菩萨，双手合十，闭上眼睛，向菩萨祈求。

“菩萨，阿凌成绩一直都很好，我只求您保佑他正常发挥。然后，等阿凌进了大学，请您保佑我和他的恋情正常发展，我不怕异地恋的。”

菩萨没有听到她的祈求，她和他没有异地恋，只有失恋。

“宋凌微。”余鲤转头看向驾驶座的人，“一切都过去了，这样故地重游有意思吗？”

重逢之后，口口声声要找她算账的人，突然变得这般温情脉脉，路过他们走过的地方，说起他们共同的回忆，是想死灰复燃，还是重温旧梦？

“年年，你说得对，一切都过去了，我也不是以前的宋凌微。”

宋凌微探过身，轻轻地握起余鲤的手，然后双手合握，仿佛失而复得，想牢牢地握住。

“所以，我们重新开始吧。”

余鲤怔怔地望着他，目光有些迷离，他确实不是以前的宋凌微，不再是白净文弱的秀气少年，而是让她无力反抗的强劲青年。

可他的眉眼还是她喜欢的模样，他依然是她会动心的人。

然而，她不敢再为他动心了。

年少时随心而动的依恋，戛然而止，曾让她辗转反侧不得安宁，但还是有后路可退的。

而今，他这般强势，天罗地网，要让她成为网中鱼，完全不给她留后路了。

宋凌微不懂，有些过去是过不去的，如果他真的了解过去的她，他会再一次离开她的。

余鲤没有回答他，默默地抽回手。

第八章

我会保护你的心

WO HUI BAO HU NI DE XIN

营销部的唐寂签了份紧急的安保委托合约，不走程序强行“插队”，拜托宋凌微让余鲤来执行这次安保任务，裴叙那边不需要余鲤继续待命了。

宋凌微从泽城接回余鲤，直接去见委托人祁蔚，她指名要女保镖的。

“祁蔚现年三十二岁，明珠电视台的王牌制作人，探微主持的谈话节目就是她制作的，裴叙去录的那期收视率很不错。”

在路上，宋凌微向余鲤介绍委托人的相关情况。

“祁蔚能力强颜值高，追求者非常多，她都是拒绝的，但拒绝的方式很得罪人，惹到麻烦了。”宋凌微瞥了眼余鲤，这种事她也是驾轻就熟，“年年，你猜她是怎么得罪人的？”

“不管怎么拒绝，只要不如人所愿，就会被怨恨的。”

余鲤有些心不在焉，想着不久前宋凌微说“我们重新开始吧”，她抽回了手，沉默以对，这种拒绝方式也会得罪他吧？

或许当时是气氛使然，他才那么问，她不愿回应，他不再多说，静静地开着车，出了高速收费站，进入 X 市，才提起工作的事。

“她拒绝的方式很简单，一句话而已。”余鲤拒绝的方式也很简单，一个动作而已，“她最常对追求者说的话就是‘不要浪费我的时间’。”

“不合适确实不要浪费时间。”余鲤不觉得这话有多惹人恨。

“她还会说‘不要污染我的眼睛’‘不要影响我的胃口’‘不要侮辱我的品位’，诸如此类。”宋凌微挑眉，“男性的自尊，有时很脆弱的。”

“所以，女性不能有拒绝的权利吗？”余鲤不以为然道，“你想提醒我什么？”

“提醒你对我温柔点儿。”宋凌微笑起来，“我的自尊也很脆弱的。”

“厚脸皮会增加自尊的韧性。”余鲤嗤之以鼻，“你无须妄自菲薄。”

“年年，那我要谢谢你的肯定——”

“不要跑题，说正事。”余鲤打断他，“祁蔚惹到什么麻烦？需要我做什么？”

“有人在搞事情，曝光祁蔚有私生女的秘密，虽然明珠电视台采取紧急措施，及时防止祁蔚的隐私扩散，但还是造成伤害，甚至影响到她女儿的人身安全。”宋凌微开车进入微光岛酒店的地下停车场，“所以，你这次要保护的对象就是祁蔚七岁的女儿，祁念念。”

祁蔚的隐私在社交网络曝光时，有记者提前得知消息，去她家蹲点，追拍在小区里喂流浪猫的祁念念，祁念念受到很大惊吓，摔伤。

事发后，祁蔚就向明珠电视台提出辞职申请，想带女儿离开 X 市，但明珠高层不肯放人，积极协调处理，拦下记者报道，删除网络信息，封锁相关舆论，保证不让祁念念的样子曝光。

祁蔚不愿女儿再受到任何骚扰，住家曝光，就带着女儿暂住微光岛酒店。这次的意外让祁蔚特别自责，对女儿的保护也变得草木皆兵，虽然明珠电视台控制了事态，但没有揪出幕后搞事情的人，祁蔚始终悬着心。

在这敏感时期，明珠电视台的工作又离不开她，无法一直让她休假陪在女儿身边，宋探微就建议祁蔚聘请私人保镖，向她推荐了余鲤。

“她女儿的伤……”余鲤跟着宋凌微进入电梯，“严重吗？”

“对祁蔚来说，即使女儿只伤了根头发，都是严重的。”这份委托来得紧急，宋凌微在见祁蔚之前，还是对她做了一定的了解，“祁蔚十分注意隐私，这些年将女儿保护得很好，她是个负责任的母亲，我想你应该会喜欢她的。”

跟余攸谈过后，宋凌微有点儿理解余鲤对母亲这个身份的纠结心态，她不喜欢谢诗韵那样自私的母亲，而像祁蔚这样会保护孩子的母亲，会让她乐于亲近吧？

“是吗？”想到祁蔚是位异性缘好的单身妈妈，余鲤的心情就很微妙，“可孩子遭受的危险，也是她带来的。”

“所以，她现在需要你。”宋凌微笑了笑，故意挑衅，“年年，你在害怕这次任务吗？”

余鲤斜睨他一眼，走出电梯，她的回答是直接敲响祁蔚入住的酒店套房门。

宋凌微的手机适时响起，虽然跟祁蔚约好，但祁蔚还是谨慎地打来电话确认，才开门请他们入内详谈。

余鲤对祁蔚的第一印象是高挑明艳，像一簇燃烧的火焰，光彩照人，无法忽视。

“你就是保镖余鲤？”祁蔚见到余鲤，就用不客气的目光评估她，“骨相和身段都长得极好，还有张适合上镜的脸，当保镖有点儿暴殄天物了。”

“她的身手更漂亮。”明白余鲤的雷点，宋凌微忙说，“她的能力足够胜任保镖工作。”

余鲤瞥了眼过度敏感的宋凌微，她并不介意同性的以貌取人，直问祁蔚：“祁小姐，你需要我做什么？”

“对我来说，孩子是最重要的。”祁蔚强调，“基本情况你们已经了解，我的决定仍是带孩子离开X市，远离是非。因此，我会继续跟电视台交涉，进行工作交接，这期间，我要确保孩子不受任何骚扰和伤害，做得到吗？”

祁蔚一切以孩子为重的表态，瞬间击中余鲤，当即动容地保证："我可以做到二十四小时的贴身保护。"

"有魄力，很好。"祁蔚满意地点头，转而问宋凌微，"宋部，唐部说你会向我说明具体安保方案，请吧。"

"我为你制定的安保方案，简单地说就两点：第一，三朝公司会协助你找出幕后黑手；第二，派遣私人保镖为你女儿提供贴身保护。"宋凌微直截了当地说明，"如果你希望是二十四小时的贴身保护，那么我会调整相关安排，不建议你们继续住酒店。"

余鲤的眼皮突然跳了下，她狐疑地盯着宋凌微，隐约闻到熟悉的配方味道。

"我们该住在哪里？"祁蔚眉头微皱，她不会冒险住在被曝光的家里。

"这里。"宋凌微打开手机照片，递给祁蔚看，"距离明珠电视台半个小时车程的新华路，有很多传统民居，独栋独院，保证隐私。我是其中一栋红砖房的主人，安保措施齐全，还有保镖常驻，你们可以暂居此处。"

这套路……没有意外，也没有惊喜。

余鲤扶额，无语地看着宋凌微，她变成常驻保镖，只能在红砖房执行任务了吗？

"宋部愿意与人方便，我就恭敬不如从命，谢谢。"祁蔚爽快地接受，酒店确实不宜久居。

"不客气，这是三朝为你提供的安保服务。"宋凌微瞅了眼余鲤，她一脸的不以为然。

"三朝的服务真人性化。"祁蔚见余鲤不作声，就问她，"余鲤，宋部说的常驻保镖是你吗？如果不是，我会投诉的。"

"祁小姐，既然由我执行这次安保任务，你入住红砖房，我自然是常驻保镖。"

对于宋凌微的霸道，余鲤懒得废口舌抗议，尽管心底很不爽他的强势，恼火他的控制欲将她变成温室里的保镖。

突然传来声响，套房卧室的门打开，刚睡醒的女孩儿揉着眼睛走出来，看见余鲤和宋凌微时，顿时惊醒，停下脚步，有些紧张地问祁蔚。

“妈妈，是客人吗？”

“宝贝醒啦。”

祁蔚马上迎过去，仿佛火焰化成微风，眉眼尽是温柔，俯身抱了抱她，牵着她坐在余鲤和宋凌微面前，认真地向她介绍：“他叫宋凌微，她叫余鲤，他们是来保护我们的人。”

“宋哥哥，余姐姐，你们好。”祁念念乖巧地起身打招呼，声音软糯，“我叫祁念念，最喜欢妈妈了，谢谢你们来保护我和妈妈。”

祁蔚一脸快要融化的表情，接着祁念念的话说：“妈妈也最喜欢宝贝了。”

余鲤也被“余姐姐”叫得一脸要融化的表情，目光无法从祁念念身上转移，七岁的女孩儿，人如其声的软糯，仿佛棉花糖，见着她，心里就一片柔软和甜蜜。

而祁念念左脸颊明显擦伤破皮的结痂，余鲤看得心疼，想到这是被记者追拍摔伤所致，她就有将那人按在地上摩擦的冲动。

“念念，很高兴认识你。”余鲤与祁念念握手，声音不自觉地放轻，“以后我会保护你，你做什么我都会陪你，保证不会再让你受伤的。”

“真的吗？”祁念念的眼睛亮起来，“妈妈去工作时，余姐姐也会陪我吗？”

“我会陪你的。”余鲤点头，“我们还会住在一起。”

“小念念，哥哥和姐姐的家很安全。”宋凌微半蹲在祁念念面前，笑着邀请，“所以，你和妈妈来我们家住吧。”

“嗯。”祁念念满脸欣喜，转头问祁蔚，“妈妈，我们真的可以不用住酒店了吗？”

“真的。”祁蔚肯定道，“宝贝，我们随时可以离开酒店的。”

“宋哥哥，余姐姐，今天就能去你们家住吗？”祁念念扑闪着眼睛，她最近都住在酒店，哪儿都去不了，住怕了。

“当然。”

宋凌微表示欢迎。

于是，祁念念高兴地催着祁蔚收拾行李，准备退房，直接坐宋凌微的车去红砖房。

宋凌微“招”房客的效率高得让余鲤目瞪口呆，不得不提醒他：“你知会邬大大和裴叙了吗？”

“为什么要知会他们？”宋凌微反问，“他们又不住红砖房。”

“你要把他们赶出红砖房吗？”余鲤皱眉。

“我是那种人吗？”宋凌微挑眉，“应该是邬大大和裴叙过河拆桥，有异性就没人性。”

“什么意思？”余鲤觉得跟他说话真费劲。

“除夕我去了外公家，而邬大大留在红砖房和裴叙一起过年。初三我回来时，邬大大和裴叙留了张便笺，已经搬出红砖房。”

“他们去哪里了？”

“翠星庭。”

余鲤一脸蒙，翠星庭不就是裴叙家吗？

“你的意思是，邬大大和裴叙一起住在翠星庭？”

“正确地说，他们正在同居，享受二人世界。”宋凌微顺便恭维邬玉白，“不愧是邬大大，魄力十足，一出手就拿下小鲜肉了。”

“邬大大和裴叙……他们……”余鲤咂舌，她回家过了个年，感觉有点儿跟不上剧情发展。

“爱情来得太快，就像龙卷风。”宋凌微笑起来。

“这哪是龙卷风，倒像是妖风。”

余鲤越想越奇怪，裴叙毕竟是她第一个保护的人，对他会有种护犊的心态，想到原本需要她保护的裴叙，突然就成了邬玉白的人，她莫名地觉得不放心，毕竟邬玉白可不是一般人。

“裴叙，听说你和邬大大搬去翠星庭了，真的吗？”余鲤忍不住拨通裴叙的电话，“你们真的……在一起？”

“嗯，我现在正和邬大大交往。”裴叙直言不讳，“利哥不准我公开，不懂他在顾虑什么，我下个月就要引退了。”

“你喜欢邬大大吗？”

在邬玉白面前，裴叙常常被她牵着鼻子走，他们在一起也是邬玉白主导的吗？

“余鲤，我喜欢你，喜欢宋哥，也喜欢邬大大。”裴叙的声音带点儿困惑，“我不知道这些喜欢有什么区别，我只知道邬大大很厉害，让我无所畏惧。既然她愿意接受我的一切，我也愿意给她我的一切，这算爱情吗？”

余鲤无法定义他们之间是不是爱情，她想确认：“你和她在一起开心吗？”

“安心，和她在一起我很安心。”裴叙轻轻叹了一口气，“虽然她很霸道地进入我的世界，但是在她面前，我无需任何光环，她让我觉得生活很真实，我想和她一起过这样真实的生活。”

爱情有很多样子，轰轰烈烈也好，平平淡淡也罢，只要两人想在一起，那便是爱情最美的样子。

余鲤放下了手机，若有所思地问宋凌微：“你认识邬大大那么久，她是喜新厌旧的人吗？”

当初说“戏剧比生活真实”的裴叙，开始面对真实的生活，对他来说，邬玉白就是那个对的人吧？让他无需演戏，只需做真实的自己。

“你担心邬大大对裴叙始乱终弃吗？”宋凌微反问。

“裴叙很单纯。”

余鲤委婉表示，邬玉白张扬又强势，习惯掌控主导权，跟邬玉白相比，裴叙就显得被动。

“年年，裴叙不是小孩子，而是能为自己言行负责的成年人。”宋凌微提醒她，“他和邬大大在一起，原因很简单，两人互相吸引而已。至于未来，是否会有新欢旧爱，无人能预知，我也无法替邬大大保证什么。”

“是吗？”余鲤有些失望，“所以，你也不能保证邬大大不会伤害裴叙吗？”

想到裴叙过去的遭遇，余鲤惺惺相惜，她理解他的没安全感，才会依赖给他保护的人，比如她、宋凌微，还有邬玉白，也意味着容易受伤害。

“年年，对你来说，我的保证很重要吗？”宋凌微定定地看着她，她对裴叙太上心了。

“对裴叙很重要的。”余鲤说，“我不希望他受到伤害。”

“哦，对你不重要吗？”宋凌微不以为然地笑了笑，“裴叙是否会受到伤害，与我无关，我无法保证。”

“那什么跟你有关呢？”余鲤哼声，他不是喜欢大包大揽吗？

“你。”宋凌微抬手摸上她的头，看她的目光像看傻瓜似的充满了怜爱，“年年，我只能保证不会伤害你。”

心间的弦，被撩了下。

余鲤感觉心跳有瞬间的停滞，随即又狂跳起来。

她不自在地撂开他的手，声音有些急促：“我跟你说裴叙和邬大大的事，你不要跑题。”

“邬玉白的肩膀很可靠，值得信赖。”宋凌微撩完就收手，给她解题思路，“或许我们给裴叙的最佳安保方案，就是让他遇见邬玉白。”

宋凌微的话，余鲤在很久以后才明白，他比她更了解裴叙，对于裴叙，他并非保一时之危，而是解一世之忧。

从某种意义上说，他是最厉害的保镖，让她难望其项背。

祁蔚带着祁念念搬进红砖房，住在二楼的房间，她对宋凌微提供的安保措施很满意，终于放心地销假回明珠电视台上班，继续跟高层讨价还价。

安全部的陆观野和姜云心最近开发出的三朝终端应用，宋凌微率先安装到祁蔚的手机上，传输安全部后台数据，让她实时了解祁念念的情况。

祁念念入住红砖房不久，宋凌微和余鲤就发现她有两副面孔：在祁蔚面前，她是乖巧贴心的小天使；祁蔚不在面前，她就变成精明早熟的小大人。

余鲤与其说是她的保镖，不如说被她当成玩伴了。

“妈妈为了养我，辛苦工作，我希望不上班时她能在家好好休息。”

因此，祁念念总表现出对出门玩没兴趣的样子，小天使只想在家看书喂流浪猫。现在有了保镖，祁蔚能安心工作，祁念念就不客气地对保镖物尽其用：她想看同学们都在看的动画电影；想去游乐园坐翻滚过山车；想参加元宵灯会猜灯谜；想到电视台当观众录祁蔚制作的节目……

“宋哥哥，余姐姐，不是我想玩，是你们非要带我玩哦。”祁念念不忘强调，她一直体贴妈妈，会努力克制想要妈妈陪伴的心情。

余鲤对这样会算计还傲娇的祁念念反而心生怜惜，乐于陪她释放孩子好玩天性。

宋凌微对祁念念也是有求必应，买来各种家庭套票，带着余鲤和祁念念一起玩，还煞有介事地问余鲤：“年年，在外人眼中，我们像一家三口吧？”

“哪里像了，念念可是叫我姐姐的。”

余鲤对他的不务正业颇有微词，怀疑三朝快要倒闭了，他这个安全部部长才热衷玩过家家的游戏。

“要这样才像。”祁念念一脸权威的表情，牵起宋凌微和余鲤的手，“大手牵小手，才像爸爸妈妈带着宝宝的样子，宋爸爸，余妈妈，对吧？”

“念念，我还是喜欢你叫我姐姐。”余鲤扶额，祁念念的脑子转得有点儿快。

“对，小念念这么聪明，说什么都对。”宋凌微心花怒放，一手抱起祁念念，一手拉住余鲤的手，“爸爸这样抱着宝宝，牵着妈妈，就更像相亲相爱的一家人了。”

“别动手动脚的，谁跟你是一家人？”余鲤恼火地瞪着趁机吃豆腐的宋凌微，抽回手。

“宝宝，妈妈抛弃我们了。”宋凌微很无耻地对着祁念念“哭诉”，“我们家要散了，怎么办呢？”

祁念念从宋凌微怀里下来，仰起头，扑闪扑闪着眼睛看她：“余姐姐，你讨厌念念吗？”

她的眼神太无辜，瞬间让余鲤心软。

“我怎么会讨厌念念呢？”余鲤又瞪了宋凌微一眼，真会演，他应该去接裴叙的衣钵才是。

“我从小就好羡慕别人能和爸爸妈妈一起玩，可我没有爸爸，妈妈工作又忙，只能自己玩了。”祁念念可怜兮兮地拉起余鲤的手，“余姐姐，你可以假装余妈妈吗？这样我就是有余妈妈和宋爸爸的宝宝，别人也会羡慕我的。”

“我没有爸爸”这话刺痛了余鲤，她很早没有爸爸，理解祁念念所说的那种“羡慕”，所以一认识祁念念就心有戚戚焉，仿佛看见幼年的自己，努力忍耐装作很懂事的样子。

“好，我当你的余妈妈。”

余鲤不忍拒绝祁念念，不甘愿地握住宋凌微伸来的手，他回握的力道很足，灼热感传来，蹿到心脏，不由得一阵战栗。

她看着宋凌微伸手一捞，抱起祁念念，一脸的温柔和慈爱，让她产生错觉，仿佛看见自己的爸爸余绰。

她七岁大的时候，余绰仍然会这样把她抱在怀里，她会不好意思地问："爸爸，我不是小宝宝了，是不是很重呀？"

"在爸爸心里，你永远是小宝宝，是爸爸的宝贝心肝。"余绰亲亲她的额头，"你不是很重，而是很重要。"

"宋爸爸，念念是不是很重呀？"祁念念软声问宋凌微，"妈妈现在抱我有点儿吃力呢。"

"宋爸爸有武功，力气大得很哦。"宋凌微笑道，"小念念，你不是很重，而是很重要。"

熟悉的答案让余鲤回神，有些动容地看着宋凌微，他以后会是个好爸爸吧？

"孩子她妈，我们走吧。"

余鲤难得没有反驳他的戏谑，乖乖地跟着他。

于是，宋凌微一手抱着祁念念，一手牵着余鲤，进入电视台演播厅的观众席。

前方聚光灯处，祁蔚正在和宋探微、现场导演沟通节目效果，母女间似乎有感应，她忽然抬头望向观众席，发现了他们三人，他们向她挥手，她轻轻地颔首示意。

祁蔚知道宋凌微和余鲤怕祁念念待在红砖房无聊，趁寒假还没有开学，会带着她出去玩，这让祁蔚意识到自己的失职，备感愧疚。

祁蔚害怕祁念念曝光，工作又忙碌，一直没有机会带她出门玩。祁念又特别体贴懂事，乖乖在家看书，跟着保姆学做家务，从来不会哭闹要她陪，反而是她工作压力大时，总抱着女儿求安慰。

这次出事时，祁念念是独自在家，因为保姆回家过年碰巧家里有事就辞职了，祁蔚还没有找到新的保姆，所以非常感激宋凌微的安排，让她没有后顾之忧地工作，更想说服高层辞职，带女儿离开 X 市开始新生活。

节目录到一半时，宋凌微收到祁蔚的信息，于是偷偷和余鲤带着祁念念离开观众席，前往后台见祁蔚。

“妈妈认真工作的样子真好看。”祁念念一见到祁蔚就不吝溢美之词，这是她第一次看到工作中的妈妈，“长大后，我想变成像妈妈这样厉害的人。”

“我也喜欢你工作时的样子。”

余鲤附和祁念念，工作中的祁蔚，干练爽快，闪闪发光，那是为女儿努力的母亲模样，她很羡慕祁念念有这样耀眼的母亲。

“看来宋部今天做的菜加了很多糖吧？”祁蔚亲亲祁念念的额头，“瞧你们嘴甜的，可以当我加班的能量。”

“有人厨艺不精，今天的糖醋排骨确实加了很多糖。”余鲤故意挤对宋凌微，“祁蔚姐，我都要担心念念会长蛀牙呢。”

余鲤跟祁蔚接触后，对她们母女特别有好感，受了祁念念嘴甜的影响，就叫起祁蔚姐来，自然而然地跟她们亲近起来。

“我好好刷牙，不会蛀牙的。”祁念念认真地说，“宋哥哥做的菜很好吃，我很喜欢，余姐姐也喜欢，每次都吃光光呢。”

“我是不想浪费，才不是喜欢。”余鲤忙对祁念念洗脑，“念念，我是大人，不能挑食，给什么都会吃光的。”

“就算余姐姐这么说，我还是喜欢宋哥哥的菜。”祁念念有点儿小苦恼，“妈妈，等你不加班时，我们一起吃宋哥哥的菜，你就能知道余姐姐喜不喜欢了。”

“宋部，到时麻烦你多准备一双筷子。”

祁蔚虽然住在红砖房，但因为工作早出晚归，三餐不定，没有在红砖房吃过饭。

“没问题。”宋凌微瞥了眼余鲤，“厨艺不精，要请你多担待了。”

“我也是大人，不挑食的。”祁蔚笑起来，搬进红砖房后，她就发现宋凌微和余鲤的暧昧，“余鲤，不喜欢吃宋部的饭，来试试明珠电视台的食堂，怎么样？”

“祁蔚姐，你这是建议我换饭碗吗？”余鲤眼睛一亮。

“有兴趣吗？”祁蔚仍觉得余鲤当保镖是暴殄天物，但又很庆幸她是女儿的保镖。

“祁蔚，挖墙脚挖到我家，不厚道了。”

宋凌微出声提醒，看着对祁蔚两眼放光的余鲤，她真心喜欢这对母女，不掩饰对祁蔚的欣赏，对祁念念予取予求，愿意扮演“余妈妈”配合“宋爸爸”。

不管是对裴叙，还是祁蔚母女，她总是以保护者自居，轻易投入感情，个人喜恶明显，离优秀保镖差太远……看来，他得继续护航呢。

“职业习惯，见到好苗子就不想放过。”祁蔚坦荡道，明珠电视台很缺人的。

余鲤还没有表态，有工作人员来找祁蔚，他们就结束了谈话。宋凌微带着余鲤和祁念念离开电视台，直接回红砖房。

在车上，余鲤想着祁蔚的话显得心不在焉，祁念念却一脸的蠢蠢欲动。

“宋哥哥，余姐姐，我想和你们谈一谈。”祁念念郑重地提出要求。

“小念念，你想谈什么呢？”宋凌微开着车，看着后视镜中后排的余鲤和祁念念，“谈我的菜好吃，还是电视名的食堂好吃？”

“你们大人不能挑食，在哪里吃都一样啦。”祁念念无所谓地摆摆手，“我想谈妈妈的事，我不想妈妈因为我逃跑，变成胆小鬼。”

“念念，为什么说妈妈会变成胆小鬼？”余鲤被她的话吸引，对她们母女的事很上心。

宋凌微好奇地问：“小念念说的逃跑是什么意思？”

“我喜欢妈妈工作的样子，妈妈没有做错什么，我不要妈妈辞职。”祁念念捏着手指，“我不怕现在发生的事情，妈妈为了我要辞职，就像胆小鬼觉得害怕要逃跑一样。”

“你希望保持现状吗？”宋凌微有些意外，“即使私生女身份曝光，会带来很多麻烦，会让你受伤，你也不怕吗？”

“妈妈太爱我，把我当成小宝宝，保护过度了。”祁念念眼中有着七岁小孩儿少有的明晰理智，“我已经长大，可以接受很多事情，也不怕受伤。”

“小念念，我说的保持现状是这样的：你和妈妈继续留在这里学习工作，慢慢地所有人都会知道你的身世。在学校里，同学们可能会嘲笑你欺负你，而周围的邻居可能用不好的眼光看你和妈妈，那些媒体记者也会去骚扰你和妈妈……这些麻烦不是一天两天的，而是会持续很多年，你觉得没有关系，可以接受吗？”

“宋哥哥，我不怕。”祁念念坚定地摇头，“别人想说什么就让他们说去，别人怎么看待我们是他们的事，我管不了。我只知道，我要努力长大，变得越来越厉害，才能保护妈妈。”

“好孩子，有出息。”宋凌微竖起大拇指给她点赞，“小念念，那你想要怎么样呢？”

“宋哥哥，余姐姐，我可以相信你们吗？”祁念念小心翼翼地确认。这些天和他们在一起，她感受得到他们的好，不管她想要做什么，他们都会满足她，她想相信他们。

“如果我们不值得信任，我们怎么保护你呢？”宋凌微笑着说，“小念念，不管你想做什么，我们都会帮你的。”

余鲤一直静静地看着祁念念和宋凌微交谈，她似乎考虑了很久才决定跟他们摊牌，表现出不合年龄的早熟和冷静，稚嫩的面容依然有着忐忑和不安，她并没有那么自信。

这样踌躇不定又努力争取的祁念念，让余鲤生出冲动，就算她想攀月摘星，都要满足她。

“念念，我是你的保镖，也是你的伙伴。”余鲤握起祁念念的手，“所以，如果你想当屠龙公主，我会替你披荆斩棘，给你屠龙宝刀，帮你屠杀恶龙，保护妈妈。”

“嗯，谢谢你们。”祁念念如释重负地松了一口气，“我想做的事，希望你们帮我，而且还要保密，我现在不想让妈妈知道。”

“谢谢念念的信任，我们拉钩。”余鲤伸出尾指跟祁念念拉钩。

“好，这是我们三人的秘密。”宋凌微说，“小念念，你希望我们怎么帮你呢？”

“我知道爸爸是谁。”祁念念神秘兮兮地压低声音，“我也知道他现在在哪里。”

闻言，宋凌微抬头跟后视镜中的余鲤对上眼，两人都很意外，祁念念知道的有点儿多。

根据三朝掌握的信息，他们知道祁念念是祁蔚的私生女，但对她的生父一无所知。从祁蔚的履历和祁念念的生日，可以推断出祁念念应该是祁蔚留学时怀上的，祁念念又不像混血儿，所以她的生父可能是祁蔚留学时的中国同学或者华裔。

“念念，你见过爸爸吗？”余鲤问。关于爸爸的事，就是她不想让祁蔚知道的事？

“我从来没有见过爸爸。”祁念念摇头，有点儿小感伤，“爸爸可能不知道我的存在。”

“那你怎么知道爸爸的？”余鲤心疼地摸摸祁念念的头。

“妈妈给我看过爸爸的照片，她说我的耳朵和爸爸一模一样，左边耳轮里都有颗痣呢。”祁念念指着耳朵的痣给余鲤看，“有天我玩 iPad 时弹出一条新闻，我想关掉结果不小心点开了，新闻里的人居然是爸爸！他看起来很厉害，新闻里说他收购了公司，成为这家公司的总裁，会带来改革什么的……这些我不懂，我只知道他来 X 市了。”

“难怪你不想离开这里。”宋凌微恍然，“小念念，你想要见爸爸，对不对？”

“嗯。”祁念念苦恼起来，“可是爸爸不知道我，我也不知道怎样才能见到他？我要是见到他，跟他说他是我爸爸，会不会很奇怪呢？”

“你不是有我们吗？”宋凌微给她打气，“我们会帮你的，他如果知道有这么一个可爱的女儿，肯定会高兴的。”

“真的吗？”祁念念眼睛一亮，随即又耷拉了眼角，“我还不知道爸爸有没有别的孩子。我看了新闻才知道爸爸的名字和他公司，其他的我都不知道。新闻里说他很低调，一直在国外生活，说不定很快就回国外，我就见不到他了，那可怎么办呢？”

“他叫什么名字？”宋凌微抓到很多关键信息，“小念念，别担心，有我们在。”

“爸爸叫柏冬时。”祁念念从随身小包包里掏出一张纸，记录着她从新闻上抄下来的名字。

“小念念，你做得非常好，接下来，就看我们的吧。”

柏冬时这个名字就是最清楚的线索，足够让宋凌微将他和祁蔚、祁念念连成网，为祁念念捕捉这条名为“爸爸”的大鱼。

回到红砖房时，祁念念已经靠在余鲤怀里睡着，宋凌微将她抱下车，去二楼的房间。

“年年，现在的小孩子不得了。”宋凌微给祁念念盖好被子，半推着余鲤离开房间，“自导自演了一出好戏。”

余鲤站在门口，看了看里面沉睡的祁念念：“你是说念念自导自演好戏吗？”

“念念很喜欢玩 iPad，iPad 上有她的网络账号。”

祁念念搬进红砖房，就连上红砖房的无线网，宋凌微分析连接无线网的相关数据，通过小小的黑客手段，他就能掌握祁念念 iPad 上的所有信息，发现了一些有意思的东西。

“然后呢？”

“爆料祁蔚有私生女的幕后黑手是通过微博私信将信息发送给相关大V账号，去追拍祁念念的记者也是从私信上得到消息的。”宋凌微不得不感慨祁念念人小鬼大，“幕后黑手的账号拥有者，就是我们天真无邪的小念念。”

“怎……怎么可能？”余鲤咂舌，她知道祁念念聪明，但未免太聪明了，“她为什么要这么做？”

“搞事情啊。”宋凌微又想给祁念念点赞，“当她知道柏冬时来这里，她就弄出大新闻希望柏冬时发现她的存在，想让他主动来见她吧。”

可惜，祁念念失算了，明珠电视台的危机处理太给力，祁蔚私生女的爆料被封锁得太快，快得让柏冬时看不到这条娱乐八卦了。

“看来念念真的很想要爸爸。”余鲤太清楚没有爸爸的感受，很理解祁念念对爸爸的憧憬。

只是，如果柏冬时如祁念念所说是个很厉害的人，那么，这么多年，柏冬时若对祁蔚有情，怎么可能不知道祁念念的存在呢。

假如柏冬时对祁蔚无情，两人早无瓜葛，那么，祁念念不惜将自己置身危险之中也要见到爸爸的愿望，只怕……

“我们真的能让念念得偿所愿吗？”余鲤纠结地问宋凌微，“现实并非童话，私生女也不是什么光彩的事，那人会承认吗？”

“年年，小念念面临的危险并非来自外界，而是她对爸爸的幻想。”宋凌微拉着余鲤的手，放在自己的左胸口，“人的心很脆弱，幻想破灭足以心碎，所以，我们要保护她的心。”

手掌下方传来的心跳，是有规律的震动，渐渐又变得急促。

余鲤抬头，望着他的眼睛，他似乎在说他的心也很脆弱，一时让她失措，不自在地抽回手。

“对，念念还小，不能让她伤心的。”

“年年。”宋凌微不满她的回避，大手一伸将她揽进怀里，不让她挣脱，“小念念都相信我，为什么你不相信我呢？”

对宋凌微一言不合就动手动脚的习惯，余鲤力不如人，只能怒目以对：“你个流氓，哪里值得相信了？”

“年年，相信我。”宋凌微抱紧她，靠着她肩膀，在她耳边说，“我会保护你的心，不会让你伤心的。”

他想要她的心，捧在掌中，由他呵护，免受惊扰。

第九章

我是独一无二的

WO SHI DU YI WU ER DE

柏冬时，三十二岁，美籍华裔，Azure 科技公司创始人，去年以数十亿美元卖了 Azure，随后买进中国的蔚观互联网公司，一月正式入主蔚观，担任蔚观总裁。

柏冬时是搞技术出身的创业者，业内评价他的行事风格是务实又冒险，都在观望他会给蔚观带来什么改变，又会对国内互联网产业产生什么影响。

“我们总裁是个技术宅，他只对研发部的新技术新产品感兴趣，懒得去影响业界呢。”

蔚观恰巧是王沐春任职的互联网公司，网上关于柏冬时入主蔚观的新闻就是她撰写发布，推送到相关网站，还附上了柏冬时的履历照。

王沐春说柏冬时还是个工作狂，直接以公司为家，住在总裁办公室的套间里，衣食住行由他从美国带来的特助小哥负责，生活十分单调。

柏冬时来到蔚观基本保留原来的公司框架和人员编制，他给蔚观带来的最大变化，就是捡了好几只猫回公司，将它们作为公司的吉祥物，把“撸猫”变成公司福利，给员工解压。

根据那位身兼秘书、司机、管家、保姆等多职的特助小哥透露，柏冬时放飞自我时，会去南湖公园喂猫，愿意跟他走的猫，就将它们带回蔚观当吉祥物。

“重点是我们总裁单身，公司的女员工都盯着呢。”难得余鲤感兴趣，王沐春开心地在手机里跟她八卦，“可惜，很快大家就发现他和特助小哥有猫腻，毕竟特助小哥看起来弯弯的，又那么贤惠地照顾总裁的生活起居，总裁离开他好像生活就不能自理了。”

“这位柏总裁似乎是个简单随性的人。”余鲤结束跟王沐春的通话，就跟宋凌微分享柏冬时的信息，“他和念念看来是真父女，祖传猫奴呢。”

“如果小念念是我们的孩子，年年，你看——”宋凌微指着趴在鱼缸边喂鲤鱼的祁念念，“可以说是祖传鱼奴了。”

“哼，谁跟你是我们？”余鲤嗤之以鼻，“我看你是祖传厚脸皮吧？”

“知我者年年也。”宋凌微当即厚脸皮地拉过余鲤的手，亲一口，“我这儿还真有祖传的东西，给你瞧瞧？”

“我已经瞧够你的厚脸皮，流氓！”

余鲤就当自己被狗舔了一口，可想抽回手，他又不放，恼得她抬脚踹他出气。

宋凌微灵活地闪身，一转一拉，反而顺势将余鲤锁进怀里，贴着她的背，脑袋搭着她的肩，对着她的耳朵吹气，故意用暧昧的语调道：“我有带着祖传染色体的数亿生意，给你独家代理好不好？”

余鲤怔了怔，三秒后领会到宋凌微的深意，脸色瞬间爆红。

“滚，离我远点儿。”余鲤恼羞成怒，用手肘顶了顶宋凌微的腹部，“信不信我马上让你破产？”

“哈哈哈，我信我信！”宋凌微被她的反应逗乐，见好就收，松开手，可不想拿未来的幸福当赌注，“买卖不成仁义在嘛。”

“宋哥哥，你们在谈什么买卖呢？”喂完鱼的祁念念，好奇地凑过来，“余姐姐，为什么你的脸那么红呢？”

“呃嗯，有点儿热。”

余鲤抬手扇了扇，瞪了眼乐不可支的宋凌微，这浑蛋，就是以调戏她为乐！

“小念念，你余姐姐可是属鲤鱼的，脸红红的才好看呢。”宋凌微煞有介事地解释，“我们在谈小鲤鱼的买卖，有很多亿的投资，我想给你余姐姐独家代理，还可以追加更多的投资呢。”

“谁要你的投资！”余鲤对宋凌微翻了个白眼，嫌弃道，“你不要对念念胡说八道。”

“投资什么的，我不是很懂。”祁念念挠着小脑袋，一脸的困惑，“不过，余姐姐，宋哥哥对你真好，他要给你很多投资，想让你发财吧？”

“对！”宋凌微给祁念念比大拇指，“我想给她的是子孙万代的财富呢。”

“闭嘴！”余鲤忍无可忍地拿起桌上纸巾丢向宋凌微，“你给我正经点儿，不要跑题，我在跟你说正事！”

“好，听你的。”

宋凌微笑眯眯地接住纸巾，然后给祁念念一袋新鱼食让她继续喂鱼去，暂时不宜在她面前谈柏冬时的事。

“年年，安全部这边也收集到一些柏冬时的信息。”宋凌微正经起来，“柏冬时和祁蔚是康奈尔大学同学，柏冬时来自当地颇有名望的华裔家族，祁蔚则是拿全额奖学金的留学生。柏冬时大三时肄业创立 Azure，第二年祁蔚毕业回国，两人就分开了。”

“分开时祁蔚已经怀孕了，对吧？”余鲤问，“柏冬时知道吗？”

“祁蔚是八年前九月回国，而祁念念是翌年四月出生。”宋凌微想了想，“这么算的话，祁蔚回国时差不多有三个月的身孕。如果祁蔚没说，柏冬时不大可能知道的。”

“如今柏冬时单身，卖了美国公司来中国发展，正好跟祁蔚在同一城市，是巧合吗？”目前掌握的信息，柏冬时未婚无孩，免除了祁念念最大的担忧，“你说柏冬时到底在想什么？他知道祁蔚跟他同城吗？”

“世上哪来那么多巧合，多的是费尽心思的安排。”宋凌微不以为然道，“柏冬时到底在想什么？年年，你可以亲自去确认。”

“怎么确认？”

余鲤心想，不是巧合最好，那么祁念念的愿望就好实现了。

“我有剧本。”

将柏冬时的相关信息整合完毕，宋凌微就为祁念念制定了捕捉“爸爸鱼”的策略。

“小念念这个导演难堪重任，接下来这出戏就由我来导，年年，听我的，就给你导个大团圆的结局，怎么样？”

只要是大团圆的结局，余鲤不介意在他的戏中跑跑龙套。

托王沐春的福，她跟特助小哥套近乎，掌握了柏冬时去南湖公园的时间，宋凌微和余鲤就带着祁念念来南湖公园踏春。

祁念念到了公园，就被一只黑白色的奶牛猫吸引，拿出随身携带的小鱼干去喂猫，很快就跟猫混熟，逗猫逗得不亦乐乎。

宋凌微和余鲤没有告诉祁念念，来这里是为了“巧遇”柏冬时。他去公园转了一圈，找到柏冬时的所在，拍了小视频回来。

余鲤看着视频，那是南湖公园的八角凉亭，穿黑夹克的男人坐在亭前台阶，一只橘猫和一只虎斑猫扒着他的腿要吃的。他把猫粮放在掌心，看着两只猫抢食，露出痴痴的表情，正宗猫奴无疑。

余鲤看过柏冬时的履历照，比起履历照上的清爽，本人显得不修边幅，下巴的胡楂很抢眼。

“年年，记得我们的剧本吗？”宋凌微拍拍余鲤的肩膀，“接下来，开始你的表演，我看好你哦。”

“你给我看好念念才是。”余鲤看着对猫露出一脸痴痴表情的祁念念，莞尔不已。

“好，我等着你跟我胜利会师。”宋凌微顺势揽过余鲤的肩，亲了她头发一记，在她耳边说，“加油，别怯场，为师给你当后盾。”

“啰唆。”余鲤给他一记白眼，他又想起自己是师父了？

“小念念。”宋凌微走向祁念念，“想不想在公园里玩躲猫猫？”

“怎么玩呀？”

祁念念专心挠着奶牛猫的下巴，小猫奴本色一览无余，没空抬头看宋凌微。

“我们带着猫一起藏起来，让余姐姐来找，好不好？”

在确定柏冬时的想法前，宋凌微不打算让祁念念跟柏冬时碰面。

“好。”祁念念被挑起兴致，赶紧抱起奶牛猫。

于是，祁念念抱着猫，宋凌微抱着祁念念，让余鲤闭着眼数着数，他们去找地方躲藏。

数到一百后，余鲤才睁开眼睛，只剩她在原地。

她深深地吸口气，想起宋凌微给她的角色，对她来说还真的有难度。

向来是她被各种男人搭讪，让她各种不适，现在需要她去搭讪男人，确实是个挑战。

南湖公园是个环湖公园，沿湖种着垂柳和灌木，湖畔有木栈道和健康跑道，还有凉亭和健身器械，分隔出不同的区域。

余鲤转了大半个湖畔，才找到柏冬时所在的凉亭。

柏冬时已经喂完猫，正以手为梳给猫顺毛，一脸的放松享受，毫无防备。

“先生，可以打扰你一下吗？”余鲤鼓足勇气，小心翼翼地走到柏冬时前方。

她的声音太小，柏冬时似乎没听到，依然低头专心地给猫顺毛。

“先生！”余鲤稍稍提高声量，表情有些尴尬。

柏冬时一顿，缓缓地抬起头，一张剑眉星目胡渣碍眼的俊脸戒备地望向余鲤：“你……有事吗？”他担心脚边的猫受惊，双手摸着猫头，安抚它们。

“那个……那个……”余鲤实在不习惯搭讪，“我……我在找孩子。”

如果宋导演在现场，肯定会让她重来的，台词都跑偏了。

“嗯？”柏冬时满头雾水。

“那孩子，她很喜欢猫的。”余鲤好想给自己一拳，剧本里不是这么写的。

“猫？”柏冬时揉揉猫头，“我也很喜欢猫的，你想要说什么呢？”

或许因为谈到了猫，柏冬时渐渐放下戒备的表情，他的声音有些沉，带着温柔的慢语速，让“演技生硬”的余鲤不由得放松下来。

“我在找这孩子，她叫念念，祁念念。”余鲤深吸一口气，打开手机照片，按照宋凌微的剧本进行，“她正在公园里和我玩躲猫猫，我找了一圈都没有找到，想起她喜欢在公园逗猫，所以想问你有没有看到她？”

柏冬时接过手机，看到照片的瞬间，整个人都僵住。

手下的两只猫感觉到异样，蹭了蹭他的腿，他没有反应，它们就蹿走了。

“念念？祁念念？”柏冬时重复着名字，目不转睛地盯着手机，声音像梗住似的犯堵，“你……你的孩子吗？”

“这是念念和妈妈的照片。”余鲤摇头，那是祁念念和祁蔚的合照，“念念是我朋友的孩子，朋友工作太忙，孩子又在放寒假，我有空就替她带孩子出来玩的。”

“孩子……多大了？”柏冬时神情变得恍惚，似乎想到什么，握着手机的手开始发颤。

“七岁多，四月就要过八岁的生日了。”余鲤观察着柏冬时的表情变化，显然他认出祁蔚，怀疑祁念念的出身。

“念念，祁念念啊，快八岁了……”

柏冬时垂下眼帘，眉头皱起，百转千回的心思在眉间徘徊。

“先生，你有看到她躲哪里吗？”余鲤又问。

“没有。”柏冬时抬起头，把手机递给余鲤，“我可以陪你一起找。”

“真的吗？那真的太好了。”余鲤暗暗松了一口气，忙说，“我把照片发给你吧。”

于是，余鲤顺势加了柏冬时的微信，将祁蔚和祁念念的合照发给他，两人做了简单的自我介绍，之后就分头找人。

半小时后，余鲤给柏冬时发信息：“柏先生，我找到念念了，今天真的非常感谢你。念念躲在假山洞逗猫逗得太投入，是个小猫奴呢。”

附上一张祁念念在假山洞里逗猫的照片。

柏冬时没有回复。

清原道馆就在南湖公园附近，玩完躲猫猫后，余鲤想带祁念念去道馆参加跆拳道体验课。因为祁念念说想要变强大保护妈妈，让余鲤教她功夫，余鲤跟祁蔚商量过，如果祁念念有心习武，先让她去道馆体验下。

宋凌微送她们到清原道馆后，丝毫没有回三朝公司上班的意思。

他的理由很充分：“余妈妈，毕竟我们是一家三口，陪孩子这种事，作为爸爸，怎么能缺席呢？”

“你的厚脸皮也从不缺席呢。”余鲤冷哼，“像你这样不务正业，三朝早该把你开除了。”

“我好歹是三大Boss之一，业务水平好得有目共睹。”宋凌微大言不惭，笑眯眯地抱着祁念念走出电梯，一副模范爸爸的模样。

宫清原对他们的到来表示欢迎，带着祁念念去体验区和其他小朋友玩，他忙着示范，没空招待，让余鲤和宋凌微自便，两人就在休息区等待。

“你说柏冬时有没有猜出他和念念的关系？”

余鲤忍不住问宋凌微，搭讪柏冬时的剧本是他写的，钓鱼的套路也是他教的。

“当你跟他强调小念念四月就满八岁，他心里就应该有数。”宋凌微笑了笑，“毕竟能考上康奈尔大学的人智商是有保证的，虽然他肄业了。”

“知道念念可能是他的孩子后，接下来他会有什么反应？”余鲤拿起手机看了看，柏冬时还是没有回她的微信。

“钓鱼的人要沉得住气。”宋凌微说，“饵都放到鱼眼前，鱼忍得住不吃吗？”

“要是忍得住呢？”余鲤有点儿沉不住气，“毕竟他们分开八年，柏冬时有无数的机会可以去找祁蔚，但他没有，大概他对她真的无情了。念念的存在，可能让他感到沉重，反而更想逃避吧？”

“年年，我们也分开八年。”宋凌微突然提醒。

余鲤愣了愣，目光闪躲：“你不要跑题，在说柏冬时和祁蔚的事呢。”

“你不想知道分开的这八年，我怎么想的吗？”宋凌微反问，“你不想知道这八年我为什么不去找你吗？”

“不想！”

余鲤拒绝跟他回忆过去，不想去扒伤口。

分手后，夜深人静时，容易辗转反侧，她就会纠结，为什么他不挽回她？为什么他不来找她？为什么她放不下他？为什么……很多很多的为什么，她最后不得不面对现实，因为他只喜欢她的脸，他根本不喜欢她的人。

谎言能安慰人，真相会刺痛人。

她早就接受真相，不想再听他的谎言了。

“你不妨听听，我的想法可以作为你揣摩柏冬时心思的参考。”宋凌微知道她的抗拒心理，但不想惯着她当鸵鸟，“考试失败，会觉得只是某个科目不擅长而已，努力练习就会通过考试；工作失败，会觉得只是某些技能没掌握罢了，加强技能就会有新工作；恋爱失败，会觉得是自己整个人的失败，会失去自信，会怀疑自己……失恋，有时会摧毁一个人的精神和心灵，需要通过漫长的时间来重建自己。”

余鲤沉默不语，那些感受她都懂，所以不愿去回想，更不想再经历一次，非抽筋扒皮不能解脱。

“年年，当年要分手的人是你，被甩的人是我。”宋凌微第一次袒露分手后的心情，“那是我长那么大遭遇的最大挫折，在很长的时间里，我一直在想，我到底哪里做错了？为什么你会否定我对你的感情？我喜欢你的脸有那么罪不可赦吗？值得你那样翻脸不认人吗？我越想越恨，凭什么让你将我踩在脚下？所以，我要报仇，我要让你尝尝技不如人自尊扫地的滋味！我就疯狂地锻炼，在我拥有足够征服你的力量前，我不会见你的。毕竟你说过见一次打一次，我相信再见时你不会食言的，但我要那时成为我扬眉吐气之时。”

“年年，听起来很幼稚吧？那是我第一次失恋，我不知道如何克服失恋带来的巨大挫败感，我只能抓住被你打倒的不甘和自尊受挫的屈辱，带着复仇的心情让自己变成肌肉狂，想再见时用力量征服你！在我变强大之前，我没有理由去找你，我放不下尊严去见你……年年，一想到是你不要我，我就会失去自信的。”

宋凌微说得云淡风轻，余鲤却听得心潮翻涌，曾以为失恋之重是她难以承受的，没想到他也不轻松。

“你……这是在卖惨吗？”

他如此敞开心扉，余鲤非常不自在，无法像他一样坦诚，只能别扭地怼过去。

“看来失败了，你都不感动呢。”宋凌微不在意地笑道，“不过，我现在有自信了。”

“哦，那……恭喜你。”余鲤一脸敷衍，瞧他说得那么有自信，好像她现在要他似的。

“年年，我是如愿把你打倒，报了当年的仇……”

“你想打架吗？”余鲤打断他，哼，他这是在拉仇恨值。

“不，我只是发现力量是无法征服你的。”宋凌微认真分析，“力量并不能给我带来自信。”

“哦，那……谁给你自信了？”

余鲤真不想接他的话，可又有些好奇，宋凌微难得剖析自己，作为听众，给点反应捧场吧。

“你。”宋凌微眉飞色舞起来，“对你来说，我是独一无二的。”

“呵，你的脸……”余鲤抬起双手，比划给他看，“有这么大，真是自信爆棚了。”

“我的脸……”宋凌微顿了顿，“听爷爷说，你就喜欢长我这样的脸，对吧？”

“你少自以为是了。”余鲤暗恼余攸“出卖”她，生硬地转回话题，“柏冬时可不是你这样脸又大又厚的人，你的想法根本没参考性。”

“年年，请注意，重点来了。”宋凌微不跟她争，“我们分开八年，我没有去找你，不代表我不会想你，也不代表我不想见你，更不代表我对你没有感情……柏冬时的心思，同理可证。”

这些重点全是双重否定句，小学老师都教过，双重否定是用否定加否定的形式强调肯定的意思。

余鲤一抓到重点，心中的小鹿就猛地跑起来，四处乱撞。

“代表什么？”她故作冷静，胸口却失控地鼓动着。

“年年，你最近肌肉用多了，脑子退化了吗？”宋凌微以看白痴的目光看余鲤，“代表什么？代表分开的八年，我会想你，我想见你，我对你有……”

“你脑子才退化了，我说的是柏冬时，你不要见缝插针给自己加戏！”余鲤难掩羞愤地打断他，她脑子好得很，不用他以肯定句的形式再强调一遍，她脸皮没他厚，受不了这种直白的撩拨，很羞耻的好不好？

“不好意思，我没抓住重点，唔唔……”宋凌微说着说着就扶额闷笑，他以为她装不懂，都想揭竿而起了。

“笑够了吗？”余鲤沉下脸，他要是不懂收敛，她会请求宫清原支援让他笑不出来的。

“好，我们言归正传，谈谈柏冬时的心思。”宋凌微清了清嗓子，正经起来，“柏冬时在美国的公司叫 Azure，直译是蔚蓝的意思。他现在的公司叫蔚观，蔚为大观的意思。不管是 Azure，还是蔚观，都含有‘蔚’字，是巧合吗？还是忘不掉跟这个字有关的祁蔚呢？他在美国事业有成，却放弃一切来中国重新开始，没有选择互联网产业更为发达的北上广深，而选择了祁蔚所在的 X 市，是巧合？还是想要靠近祁蔚呢？”

“如果只是巧合呢？”余鲤故意唱反调。柏冬时来 X 市两个月多，据王沐春所说，他就是个技术宅工作狂的猫奴总裁，身边还有个弯弯的特助小哥，看不出哪里和祁蔚有关。

“那就无巧不成书了。”宋凌微作为男人，更了解男人的心理，“不管他的选择是有意，还是无意，但一个人潜意识的做法，就是他最真实的心思。”

余鲤挑衅道：“所以，你觉得他会按你的剧本走？”

“我想他只是缺少一个契机，一个可以推着他理所当然走向祁蔚的契机，这个契机就是祁念念。”宋凌微胸有成竹，“不管他和祁蔚为何分开，若想重新开始，祁念念就是他最好出手的牌。”

“好吧。”余鲤暂且相信，“那我就等着看宋导演的好戏了。”

“不，年年，你还得粉墨登场。”宋凌微摆摆手指，“你可是我这出戏的灵魂角色。”

余鲤挑了挑眉：“还有我发挥的戏份吗？”

“比如扮演闺蜜，跟祁蔚聊点儿心里话。”宋凌微说，“了解她对孩子她爸的想法，有助于完善剧本嘛。”

“什么灵魂角色？”余鲤瞬间明白，搭讪完柏冬时，还要试探祁蔚，“不就是媒人嘛。”

“说媒人多俗气，应该叫红娘。”宋凌微笑道，“年年，你来推波助澜拉红线，就不怕柏冬时近君情怯了。”

“也对。”余鲤吐槽，“柏冬时没你脸皮厚，做不来唐突佳人的事。”

“像这样唐突吗？”宋凌微很配合，钩过余鲤的脖子就要偷香。

“滚！”

余鲤飞快地伸手按在他的厚脸皮上，抬起另一手，用手肘顶开钩着脖子的手。

宋凌微退而求其次，愉快地亲了她掌心一记。

余鲤反手想给他一巴掌，被他灵活地闪开了。

“咳！咳咳！”前方传来尴尬的咳嗽声，宫清原手拿着道服走来。

“师兄。”余鲤脸腾地红起来，瞪了宋凌微一眼。

宫清原似笑非笑地看着他们说：“不好意思，打扰你们了。”

“不打扰，我们闹着玩呢。”宋凌微若无其事道，“宫师兄，你拿道服过来，给我的吗？”

“对。”宫清原把道服递给他，“小朋友来上体验课，体验完了跆拳道，你教他们体验下摔跤或格斗，怎么样？我刚好有话想和小鱼说。”

“没问题。”

宋凌微瞥了眼余鲤，没有多说什么，接过道服，去跟小朋友玩去。

余鲤和宫清原坐在休息区的地垫上，看着不远处的体验区，换上道服的宋凌微跟祁念念示范摔跤的动作，很快就跟小朋友玩成一片，腿上胳膊上都挂着小朋友了。

“宋凌微很容易跟人拉近距离。”宫清原客观评价，“也很容易让人信任。”

“俗称‘自来熟’呗。”余鲤不以为然道，“他脸皮厚，别人也不好拒绝呢。”

“是吗？”宫清原好笑地反问，“所以你才无法拒绝他的靠近吗？”

“师兄，你又不帮我。”余鲤没好气道，“我打不过他，脸皮也没他厚，沦为鱼肉，我也很绝望的。”

“看你能这样撒娇，我就放心了。”余鲤嘴里抱怨着宋凌微，视线却一直没离开他。

“不是撒娇，是控诉。”余鲤义正词严地更正，“师兄胳膊现在往外拐，都不替我做主。”

“小鱼真需要我做主时，我在所不辞。”宫清原相信自己看人的目光。

“这还差不多，你可是我的师兄呢。”余鲤表示满意。

“小鱼。”宫清原正色，“我回鹭城过年，碰见她了。”

虽然宫清原没说“她”是谁，但余鲤的记忆开关瞬间被触动。

“她吗？”她垂下眼，小声确认。

“嗯。”宫清原轻轻点头，看着余鲤整个人都沉静下来，双手却微微发颤。

四肢百骸间涌起阵阵久远的寒意，余鲤攥着发颤的双手，她已经有十二年没见过那个名为“母亲”的人。

关于“她”的最后记忆，是“她”将她推出门，歇斯底里地吼着：“滚！你这个扫把星！离我远远的，别让我再看到你！从今以后，我当你死了，你也当我死了，我们互不相干！”

宫清原将她带回道馆，直到余攸来鹭城，将她接到泽城生活，她再也没有见过“她”，提起母亲，她会如“她”所愿地说“死”了。

“她……”余鲤想了想，还是问出口，“还好吗？”

“看起来很有精神。”宫清原说不清“好不好”，“听她说要再婚，对象是银行行长。”

“那恭喜她，终于要嫁给有钱人了。”

余鲤有些嘲讽道，在她记忆中，“她”经常跟父亲吵架，嫌弃父亲是穷教书的，一个月工资都不够给“她”买只名牌包。父亲想方设法地赚钱，接了很多兼职的工作，却始终无法满足“她”，被“她”骂没用，养不起“她”，给不了“她”想要的，时不时地闹着要离婚。父亲一直为了她这个女儿忍耐着，忍着“她”越来越膨胀的虚荣心，直到把自己累死。可“她”连眼泪都没有为父亲掉过，反而觉得不再受束缚，“她”可以自由去追求想要的生活……因为“她”漂亮，擅长以美貌为武器，有太多的男人愿意为“她”买单了。

她曾经问过父亲，为什么要和“她”结婚？

“她”看起来一点儿都不爱父亲，不温柔也不体贴，不贤惠也不善良，不是好妻子也不是好母亲，只是长得好看而已。

“当她说需要我时，我无法拒绝她。”父亲苦笑，“阿鲤，男人很容易被美色迷惑，我也是普通男人，虽然读了很多圣贤书，但也戒不掉好色的劣根性。对她来说，跟我结婚，是受委屈了，你不要怨她。”

相对于任性妄为的“她”，父亲才是最委屈的人，余鲤不想去怨“她”，只是心疼父亲。

想到那样的人是她的母亲，余鲤就无比痛恨自己遗传自“她”的脸，“她”的所作所为令她不齿。

“小鱼，她向我问起你。”

作为青梅竹马，宫清原理解余鲤对“她”的复杂心情，也清楚“她”对余鲤造成的伤害。

“你怎么说的？当年你也听到，她当我死了。”

那是出事一段时间后，宫清原送她回家，“她”不让她进家门，将她赶出去。

“我问她，为什么现在才想起关心小鱼呢？”宫清原对“她”没什么好感，“她说，看到我自然会想起你，如果我想和你结婚什么的，需要她同意才行，各种礼数都不能少的。”

“呵！”余鲤冷冷一笑，“师兄，真不好意思，让你见笑了。”

“小鱼，如果没有当年那件事，也许我们现在真的在考虑结婚，她想要什么说不定我都会满足她。”宫清原在身后抬起手想摸摸她的头，悬在半空还是收回来，他不想失去她的信任。

“师兄，有些人的欲望是无法满足的。”

她不知道没有那件事，她和宫清原会变成什么关系。她只知道，那件事发生时，宫清原是她的救命草，她渴望他的救赎，可他身上的男性气息，却让她害怕他的靠近。

幸好，宫清原明白她的心理问题，始终体谅着她，不给她任何压力，她才放心地依赖他。

“是啊，欲壑难填。”宫清原看着自己连试探都不敢的手，“所以，我对她说，关于你的事，我无可奉告。”

他攥紧手又松开，松开又攥紧，关于余鲤的事，他不想对“她”说，也不能对任何人说。

爱之于他，就是想要碰触却收回来的手。

手把手教着一招一式的美丽小师妹，不知不觉就成了他心尖的人儿，小心翼翼地守着她，等着她长大……可惜，没等到她长大就出事了，变成他不能碰触的人。

那年，他将她送上去泽城的火车，转身去了X市，他很少回鹭城，也故意不去了解她在泽城的生活，希望她忘了鹭城的一切，在新的地方开始新的人生。

对余鲤来说，他的存在，会提醒她在鹭城发生的事。所以他们重逢后，会刻意回避鹭城的人和事，也不会谈她在泽城的生活，他们只说当下的事。

如今看到她和宋凌微在一起，宫清原不能违心地说他不嫉妒宋凌微，只能说他羡慕宋凌微，羡慕宋凌微可以将余鲤拥在怀里，而他注定只能当她的师兄。

“谢谢你，师兄。”余鲤由衷道，“我和她还是天各一方，各自安生比较好。”

“这样也好。”宫清原表情复杂地瞥了眼宋凌微，“小鱼，你会告诉他以前的事吗？”

余鲤沉默了。

她不愿意让宋凌微知道她的过去，可她也明白，如果她无法坦诚过去，她和他是没有未来的。

过去是绊住她走向宋凌微的障碍，她害怕他知道。

“小鱼，既然你不抗拒他的亲近，就试着去相信他吧。”

宫清原理解她的纠结，他无法治愈她的心伤，只能希望宋凌微能包容她的一切。

回红砖房的路上，余鲤抱着累到睡着的祁念念坐在车后座，神情恍惚地看着前面开车的宋凌微，自从重逢后，他一直在她看得见的地方。

不管是暗示还是明示，他都不再掩饰，他喜欢她，比年少时更喜欢她……越是明白他的感情，她越害怕，就像困在密密实实的网中，明知无路可逃，依然垂死挣扎，害怕放弃抵抗就会死无葬身之地。

比起去相信宋凌微，她更不相信自己，她不相信自己值得被喜欢，因为她都不喜欢自己……

“年年，宫师兄和你说什么？”宋凌微装不经意地问，“说我吗？”

“说什么？”余鲤定了定神，不愿回想，“我忘了。”

“看来是说了些无趣的事。”宋凌微也不追问。

“宋凌微。”余鲤突然叫他的名字，“你父母是怎么样的人？”

"年年终于对我家的事有兴趣啦？"宋凌微眼睛一亮。

"只是随便聊聊。"余鲤眨了下眼睛，"你要觉得涉及隐私，可以不回答。"

"我父母是大学同学，两人都比较任性自我，不在意他人看法。但他们志趣相同，一起为外交事业做贡献，我就成了留守儿童。"宋凌微说，"我自小就住在大伯家，跟探微一起长大。寒暑假会到X市的外公家，就是我们现在住的红砖房。等到我来X市上大学时，外公退休回鹭城老家，现在过年就会去鹭城的外公家。所以，从小到大，我见父母的次数屈指可数，他们在国内的时间非常少，从某种意义上说，他们不是负责任的父母。不过，无论是大伯家还是外公家，都有很棒的家庭氛围，他们对我都很好，就算没有父母在身边，我也不觉得缺少爱什么的，也不会怀疑父母不爱我。父母教给我最好的东西，大概就是独立自主，选我所爱，爱我所选。"

在不缺爱的环境中长大的孩子，会特别自信。

余鲤羡慕宋凌微，想起自己的原生家庭，忍不住自卑，跟宋凌微相比，她背负的东西太沉重了，无法像他这样心无芥蒂地坦诚家庭情况。

"原来你外公的老家也是鹭城。"余鲤只能这样回应，宋凌微去过鹭城，有听说什么吗？

"之前知道裴叙的老家在鹭城，我还跟外公请教一些事呢。"宋凌微笑着停下车，"年年，等手头任务结束后，我们去鹭城度个假，怎么样？"

"不怎么样。"余鲤抱着祁念念下车，进红砖房，"比起度假，我更想工作。"

她一点儿都不想回鹭城。

第十章

今晚的月色真美

JIN WAN DE YUE SE ZHEN MEI

果然如宋凌微所言，饵放到眼前，鱼忍不住不吃的，柏冬时抓到祁念念这张牌，也不会忍得住不打的。

加了微信的第三天，柏冬时终于发来消息：“你还会带孩子来公园跟猫玩吗？”

那时，余鲤正带着祁念念参观三朝保镖培训基地，满足她对他们工作的好奇，看厉捷总教练培训新进的保镖，祁念念在一旁兴致勃勃地跟着比画手脚。

余鲤瞥了眼祁念念，回柏冬时：“念念很喜欢猫，可惜我不懂猫哪里好玩，跟她玩不到一块儿，让她有点儿扫兴呢。”

柏冬时秒回：“我知道猫有什么好玩的，我可以陪你跟她一起玩。”

余鲤眼睛一亮，赶紧截图，给宋凌微发消息：“鱼儿上钩了，还咬得很紧呢。”

“年年，来我这里。”宋凌微直接打电话过来，“我们和小念念开作战会议吧。”

于是，余鲤带祁念念来到安全部，宋凌微的办公室。

“小念念，我们跟柏冬时取得联系了。”

宋凌微郑重其事地向祁念念汇报柏冬时的相关情况，重点在于柏冬时未婚无孩，同时告知上次在南湖公园的事，柏冬时见过她和祁蔚的合照。

“爸爸知道我是他的孩子了？”祁念念聪明地抓住重点，喜上眉梢。

“应该说，他怀疑你是他的孩子。”宋凌微更正她的说法，“所以，他想要确认。”

“我是妈妈的孩子，当然就是他的孩子，他想要怎么确认？”祁念念皱起眉，“去医院做检查吗？那样的话，妈妈也要一起检查吗？”

“念念，不是那样的。”余鲤摇头，“他是想见你，想亲近你了解你。我想，只要他见到你，他一定就能确认了。”

“我也想见他。”祁念念急切起来，“余姐姐，在哪里可以见他？”

“在我们躲猫猫的公园。”

余鲤看向宋凌微，以眼神询问，这样直接让祁念念和柏冬时见面，妥当吗？

“小念念。”宋凌微弯下身跟祁念念说，“我们商量点儿事，好不好？”

“好。”祁念念一想到能见爸爸，整个人就飘飘然的。

“跟柏冬时见面时，你要假装不知道他是你爸爸。”

“为什么要假装不知道？”祁念念不爽地嘟起嘴，“他就是我爸爸呀。”

“为了给他表现机会。”宋凌微解释，“他现在发现你有可能是他的女儿，就想见你，想跟你玩，想了解你。如果你一见面就跟他表示你是他女儿，他也许觉得奇怪，说不定会怀疑我们是骗子，就没办法好好了解你，也就不知道小念念有多可爱了。所以，小念念就当个什么都不知道的小天使，跟他当朋友，成为好朋友，再变成爸爸的女儿，好不好？”

“宋哥哥，你说得有道理，我是小孩子，大人有时候会不相信小孩子的话呢。”祁念念点头，“我会当乖宝宝，让爸爸喜欢我，喜欢得想要我当他的孩子。”

宋凌微放下心，祁念念懂得观察他们一段时间再摊牌，自然明白如何跟柏冬时相处，毕竟她为了吸引柏冬时的注意，可花了心思搞事情的。

只是，祁念念聪明归聪明，但大人的心思太复杂，不确定柏冬时对她的观感前,她越无辜越好,免得让柏冬时产生不好的联想,影响后期的发展。

“请问导演，我需要注意什么？”余鲤举手示意。

“你呀？”宋凌微站直身，煞有介事地打量余鲤，伸出食指挑起她的下巴，“我看看，这张脸很有主角相，你要是愿意让我——”

“啪！”

余鲤嫌弃地打开他的手：“正经点。”

“我刚才作为导演，很正经的。”宋凌微说着话，就凑上前飞快地亲了余鲤一记，“我不正经的话，会这样的。”

余鲤蒙了下，一回神就红了脸，恼火地踹他两脚：“你给我注意点儿，念念在看着。”

这流氓，逮着机会就偷袭她，完全不考虑有未成年人在场。

“嘻嘻，我没看呢。”祁念念双手捂着脸出声，又忍不住好奇岔开手指瞧。

“爸爸妈妈相亲相爱，有利于孩子的身心健康。”宋凌微理所当然道，“我们要给孩子做好榜样嘛。”

“跑题跑得够远了吗？”余鲤冷哼，耍流氓还有理了？

“不跑了，我这就回来。”宋凌微撩完就收手，正色道，“年年，我们是给小念念打辅助的，你只需随机应变，不要抢戏就好。”

“嗯哼。”余鲤吐槽，“我又不像某人会逮着缝儿给自己加戏。”

“我敬业嘛。”宋凌微很不要脸地对号入座。

余鲤回了他一个白眼，然后跟柏冬时确定见面时间。

当天下午，宋凌微将余鲤和祁念念送到南湖公园后，作为导演，他退居幕后，让余鲤给他做现场直播。

柏冬时很有心，带了只猫玩偶当伴手礼，但一见到祁念念，就失心慌得不知所措，频频向余鲤投去求助的目光。

看着柏冬时抱猫玩偶的手，抖得像帕金森发作了，余鲤一脸蒙，没想到他见祁念念会紧张成那样，总裁的面子不要了？

“这是给我的猫吗？”

余鲤正想开口介绍柏冬时，祁念念软绵绵的声音就响起来，她仰头看着柏冬时，黑葡萄似的双眼闪闪发亮。

“你是余姐姐的朋友柏叔叔吧？余姐姐说，上次你帮她一起找躲猫猫的我呢，她说你也喜欢猫，是真的吗？”

余鲤暗暗给祁念念竖起大拇指，搭讪高手呀，比总裁有出息。

柏冬时直接跪了……不，是一脸受宠若惊地蹲下身，双手捧起猫玩偶献给小天使。

“嗯，我是柏叔叔，听说你也喜欢猫，这是给你的猫，你喜欢吗？”

“喜欢，我最喜欢猫了，谢谢柏叔叔。”祁念念开心地抱过猫玩偶，小脸蹭了蹭猫脑袋，“柏叔叔，余姐姐说你和公园里的猫很熟，对不对？我可以和它们交朋友吗？”

“可以可以。”柏冬时点头如捣蒜，“我知道它们在哪里，要不要一起玩？”

“要。”祁念念激动起来，“我有小鱼干呢。”

“我这儿也有猫粮哦。”柏冬时从口袋里带出好几袋小包装的猫粮。

于是，小猫奴理所当然地拉着大猫奴的手，让他带她去找公园里的猫，弯弯笑眼里只有大猫奴，忘记了余鲤的存在。

余鲤没忘记自己是祁念念贴身保镖的身份，跟着他们，拿出手机录短视频发给宋凌微当直播，说：“导演，你的小女主好像拿了男主角的剧本，会搭讪会撩人，会带对方入戏呢！”

“年年，那你要学着点儿。”宋凌微回，“我也试试女主角的感觉。”

余鲤决定不理随时给自己加戏的宋凌微，只给他看祁念念和柏冬时相处的现场直播，绝不多嘴解说。

看着猫奴父女一起逗猫的情景，就像一幅共享天伦之乐的画卷，余鲤不得不感慨血缘的强大，让两个初次见面的人迅速熟悉亲近。

末了，特助小哥来接柏冬时回公司时，两人依依不舍，祁念念还一脸要哭的表情问："柏叔叔，还能和你一起玩吗？"

"当然。"柏冬时这才想起余鲤，"那个，我公司里也有很多猫，你可以和你的余姐姐来我公司玩的，我随时欢迎你来。"

"我们拉钩。"祁念念伸出小拇指跟柏冬时约定，"不可以说话不算话哦。"

回到红砖房，祁念念难掩喜色地在沙发上打滚，嘴里嚷嚷着："爸爸好帅，爸爸好温柔，爸爸真的和妈妈说的一模一样，还会害羞呢。"

祁念念喜欢柏冬时的心情，完全感染了余鲤，没两天就带她去蔚观公司，看着猫奴父女借着撸猫培养感情，两人时不时地对看傻笑，旁观的余鲤觉得被喂了很多猫粮。

祁念念加了柏冬时的微信后，就抱着 iPad 不放，天天跟柏冬时联系，语音视频一个不落，腻腻歪歪的样子，像陷入恋爱的少女。宋凌微见了就感慨："自从小念念有了柏叔叔，我这个宋爸爸就失宠了，年年，求安慰。"

"跟人家亲爹比，你本来就是备胎。"余鲤推开"投怀送抱"的宋凌微，"念念还要约她的柏叔叔玩，你给她做好约会攻略了吗？"

"当然。"宋凌微趁机邀功，"我们的约会攻略，我也做好了。"

"作为导演，不要跑镜头里抢戏。"余鲤提醒他，"作为备胎，不要在父女间插足。"

宋凌微虚心请教："作为男人呢？"

"不要戏太多。"余鲤怼回去，这次的任务，他太会给自己加戏了。

“好，听你的。”宋凌微愉快地接受建议，端出专业姿态，跟她说明为祁念念做的攻略。

周末，祁念念就约柏冬时来个猫街一日游，去猫咪博物馆欣赏不同类型的品种猫；去特色小店吃让猫都馋嘴的猫仔粥；去手工达人工作坊买猫主题的周边；去猫咪候车亭等传说中的龙猫巴士……猫奴父女喜好一致，相处默契，玩得不亦乐乎，都当陪玩的余鲤不存在。

余鲤一边尽着保镖的职责，一边忍着微信直播中宋凌微的骚扰：“年年，这对父女真过分，秀恩爱都不考虑你的感受吗？要不要我给你撑场子？”

“不要！”她想也不想地拒绝，“你是幕后，别跑到幕前刷存在感。”

“我这不是担心你被喂太多猫粮吗？毕竟你是鲤鱼嘛！”

“鲤鱼又不挑食，吃点猫粮能怎样？”

“我的鱼儿真好养，为公平起见，我们在一起，反手喂他们一嘴狗粮吧。”

“带着你的鱼缸去吧。”

余鲤不想跟他耍嘴皮子，退出微信，祁念念招呼她，让她给他们拍照。

在猫街玩了大半天，祁念念累得直接瘫在柏冬时怀里睡着，手抓着他的衣服不放，一脸的满足。

柏冬时坚持要送余鲤和祁念念回家，余鲤就没让宋凌微出来接，坐上了特助小哥的车。

余鲤和柏冬时一起坐在后排，他抱着祁念念不愿放手，看她的眼神温柔而慈爱。

祁念念整个人窝在柏冬时怀里，咕哝着说梦话，有两个字说得很清楚，就是“爸爸”。

柏冬时听到了，轻轻地摸着她的头，嘴角扬起来。

“柏先生。”余鲤小声地开口，“你陪念念玩一天也累了，还是我来抱念念吧。”

“你是念念的保镖吧？”柏冬时抱着祁念念的手没有松开，“念念跟我说了她和妈妈的事，她们遇到了麻烦，请你来保护念念。”

余鲤很意外，祁念念已经将这些事都告诉柏冬时了？

“我确实是念念的保镖。”余鲤干脆承认，“根据她妈妈的要求，对她进行二十四小时的贴身保护。”

“所以，不是什么人都可以靠近念念，对吧？”柏冬时的智商上线了。

“我要对念念的安全负责。”余鲤不置可否。

“那么……”柏冬时顿了顿，“你知道我和念念的关系吗？”

余鲤反问：“柏先生，你和念念有什么关系呢？”

“那天你跟我搭话，是故意给我看念念和她妈妈的照片。”柏冬时直接摊牌，“我很意外也很震惊，回去做了些调查，才联系你见念念。我见了念念就确认，她真的是我和祁蔚的女儿，这是你想让我知道的事吧？”

“哦，原来你和念念有这种血缘关系。”余鲤装作恍然大悟，“柏先生，我说只是巧合，你信吗？”

“巧不巧合，我不在意，也不重要。”柏冬时真心感谢这样的“巧合”，“我想知道，念念知道我是她爸爸吗？”

“你觉得呢？”余鲤觉得宋凌微的剧本已经跑偏了。

“我想她应该知道，所以才对我这么热情。”柏冬时有点儿小激动，“那个，祁……祁蔚知道吗？是她让念念这么做的吗？”

“祁蔚不知道。”余鲤终于从柏冬时口中听到祁蔚的名字，带着小纠结的情绪，“祁蔚可能不知道你在这里，是念念在新闻里认出你的，她很想见你，才将她的秘密告诉我们，请我们帮忙的。”

“是吗？”柏冬时难掩失望之色，“原来，她……她不知道我来了。”

“念念似乎怕妈妈知道她想要爸爸，担心让妈妈为难。”余鲤解释，“所以，这一切都是瞒着祁蔚进行的。”

“因为她妈妈不要我吧？”柏冬时苦笑，心疼地抚拍着祁念念的背，这孩子太懂事了。

“柏先生，为什么你会觉得祁蔚不要你？”余鲤很奇怪，他正抱着他和祁蔚的女儿呢。

“八年前，她说我们不合适，还是好聚好散吧。”柏冬时的声音沉了几分，“我个性无趣也不浪漫，她不喜欢也正常，我尊重她的决定，跟她分手。这些年，我常常会想起她，一想到她不要我，我就觉得特别挫败。即使我现在来到中国，来到她所在的城市，我也没有勇气见她。我知道她过得很好，知道有很多人追求她，她不需要我，我没有任何理由见她，怕打扰到她，也怕面对她不要我的现实。”

心不经意间就被触动了，余鲤想起宋凌微的话：年年，一想到是你不要我，我就会失去自信的。

看似强大的人，在感情中也有卑微的时候。

“柏先生，你知道为什么念念会认出你吗？”余鲤有点儿明白了，“你知道为什么念念这么喜欢你吗？”

“为什么？”

“念念对爸爸的认知，是来自妈妈眼中的爸爸。”余鲤说，“如果她对孩子爸爸无情，她也许不会生下孩子。即使生下孩子，也可能不会让孩子知道爸爸是谁，更不会塑造出被孩子憧憬的爸爸形象。柏先生，你真的了解祁蔚吗？”

柏冬时陷入沉思，没有回话。

特助小哥将车停在红砖房外，余鲤从柏冬时怀里抱走祁念念，忍不住鼓励他：“柏先生，你是念念的爸爸，对祁蔚来说，已经是最特别的存在，无人能比。”

宋凌微说得对，祁念念是柏冬时最好的牌，她会成为他走向祁蔚的勇气。

“余鲤，你和念念现在在哪里？”

祁蔚打着电话走出明珠电视台董事长办公室，她的辞职申请又被打回来，又给了她带薪假，让她休息几天转换心情，再继续新节目的策划。

“祁蔚姐，我们在家呢。”余鲤说，“念念下周要开学了，我帮她检查寒假作业。”

“先别管寒假作业，余鲤，你帮念念收拾一下行李，我想带她出去玩几天。”

祁蔚上了出租车，让司机开往新华路，想到之前的事，心有余悸。

明珠电视台想开一档全新的新闻类节目，由祁蔚负责统筹制作，今日广告部主任联系她，让她去见有意冠名节目的赞助商，说明相关事宜。

广告部主任说赞助商是一家叫蔚观的互联网公司，蔚观总裁对这次合作特别重视，亲自来电视台洽谈合作，就在广告部会议室，点名要见新节目的负责人，了解新节目的详细情况。

广告部主任为她和蔚观总裁做完介绍后，就让他们单独谈。

祁蔚只想象过一种再见柏冬时的可能，那就是她去美国，去柏冬时生活的城市，敲开他的家门，才能见到他……像无数次她主动去找他一样。

从认识柏冬时开始，她就知道他是个不主动也不拒绝的人，所有的见面要求，都是她提的，他只是配合她，没有拒绝而已。

他和她本无关系，靠她硬撑才维系，他没那么喜欢她，不会主动找她的，所以祁蔚明白，当她提出分手回到中国，太平洋仿佛银河将他们隔绝，此生不会再见。

祁蔚难以置信她见到的蔚观总裁是柏冬时，时隔八年，他突然出现在她面前，令她无所适从。

她强装镇静，不念旧事，不叙旧情，端出公事公办的架势，跟他谈冠名赞助的事。

柏冬时看着她滔滔不绝地分析新节目收视群体和蔚观受众群体的重合情况，突出广告效果等等，然后，他一句话就将她打回原形。

“我相信你的专业性，赞助合约随时都可以签。现在，我可以和你说念念的事吗？”

“念念？什么念念？”祁蔚瞬间掌心发凉，犹如惊弓之鸟，满脸惶然。

“我们的女儿。”

柏冬时平静而肯定的语气，让祁蔚意识到他已知道一切，才出现在她面前，他的目标是念念。

“我不懂你在说什么，签约的话，你直接和广告部主任签吧。”

祁蔚丢下话，请来广告部主任，落荒而逃，逃到董事长办公室，她想立刻辞职走人，害怕柏冬时追上来跟她谈念念的事。

董事长不让她任性而为，讨价还价了两个多小时，才给她假期，她就想马上回红砖房，把念念打包带走。念念那么可爱，柏冬时要是跟她抢念念，怎么办？

一想到可能会失去念念，祁蔚心慌意乱，匆匆忙忙赶回红砖房，推开门，却在客厅里看到柏冬时，他和念念围着水族箱喂鲤鱼，其乐融融。

而另一边的厨房里，宋凌微和余鲤正忙活着，似乎在准备晚餐要招待客人。

祁蔚脑子有瞬间的空白，一回过神来，就惊慌失措地冲过去，将祁念念拉离柏冬时，像老母鸡护着小鸡仔，瞪着老鹰：“你想干吗？念念是我女儿，你离她远点儿！”

“我……”柏冬时没料到祁蔚反应这么大，有些紧张地望向厨房，请求支援。

祁蔚顺着他的视线，看到余鲤，迁怒道：“余鲤，你是念念的保镖，为什么要让陌生人靠近念念？你这是玩忽职守，太不负责任了！”

“祁蔚姐，我不会拿念念的安全开玩笑的。”

余鲤尴尬地停下洗菜的动作，瞥了眼宋凌微，明明是他的主意，背锅的人却是她。

自从柏冬时摊牌后，宋凌微觉得该收尾了，余鲤就试着找祁蔚聊了点儿私人话题。

前天，祁蔚又加班到十点多才回红砖房，祁念念已经在余鲤的陪伴下睡着，余鲤每天会等祁蔚下班，跟她交接后才回一楼自己的卧室休息。

“祁蔚姐。”交接时，余鲤故意一脸烦恼地向祁蔚请教，“你觉得宋凌微怎么样？”

“宋部这人，有颜值也有脑子，会武功还懂情趣，下得厨房又带得孩子，不管旅行还是居家，都是实用的好男人呢。”祁蔚笑道，“怎么，你要替他做媒吗？”

“那你会喜欢他吗？”余鲤反问。

“宋部好是好，但不是我的菜。”祁蔚敬谢不敏，“还是留给你自己吧。”

“我才不要呢。”余鲤撇了撇嘴，转回话题，“祁蔚姐，你的菜是怎么样的？”

“看起来高冷自我，实际上很温柔的人。”祁蔚的眼中不由得泛起笑意，“他有些无趣有些笨拙，害羞的样子特别可爱。”

“他是念念的爸爸吗？”余鲤小心翼翼地问，能让她笑着提起的人，还有爱吧？

“嗯。”祁蔚轻轻地点头，“我很感谢他给了我念念，我们在一起三年多，从未吵过架，他都依着我顺着我，温柔待我，让我随心所欲。即使分开了，他给我的美好也足够我回忆一生。”

“为什么会分开呢？”余鲤不懂，“祁蔚姐，你还爱着他吧？”

“有时候我也觉得奇怪，我那么爱他，为什么舍得离开他呢？”祁蔚不否认，“或许正因为我爱他，才无法自欺欺人。”

“自欺欺人？”

“一切都是我强求的，如果我没有靠近他，他是不会走向我的。”祁蔚自嘲地笑了笑，“所以我越是爱他，就越没自信，越害怕失去他。离开他，我就不用担心失去他了。”

“你觉得他不爱你？”

“爱我，就不会对我的去留无所谓。”

余鲤找到了祁蔚的心结，爱得太纯粹，就无法将就，反而将自己逼进死胡同。

清楚柏冬时和祁蔚两人的想法后，宋凌微就确定了最后的剧本，他建议柏冬时开门见山，速战速决，别让祁蔚有时间想太多钻牛角尖。

“女人口是心非时，不需要男人表现得绅士。”宋凌微给柏冬时支招，“需要男人强势表态，该霸道就霸道，有些别扭的瓜就得强扭才会甜的。”

余鲤想吐槽宋凌微“误人子弟”，但又觉得他话糙理不糙，柏冬时就是太顺着祁蔚，才出问题的。

于是，柏冬时主动出击，一见祁蔚就出祁念念这张牌，把祁蔚吓得落荒而逃。

柏冬时觉得玩脱了，他一点儿都不想为难祁蔚，更不想让祁蔚害怕他。

“祁蔚反应越大，说明她对你越放不下。”远程指挥的宋导演说，“你现在直接回红砖房，等着祁蔚自投罗网，不要给她喘息的机会，乘胜追击，一鼓作气拿下她。”

正如祁念念所说，祁蔚会因为她变成胆小鬼，所以柏冬时一出现，祁蔚就想带着祁念念逃跑，柏冬时只要来红砖房守株待兔就可以了。

祁蔚明显不敢面对柏冬时，余鲤觉得自己就变成出气筒，谁让她是保镖，在红砖房里，她处于食物链最底端，人微言轻呢。

在腌制里脊肉的宋凌微摆出事不关己的样子，用手肘顶了顶余鲤的胳膊，将她推向风暴中心，笑眯眯地看着她，用唇语表示：“年年，看你的了。”

作为背锅侠，余鲤乖乖地去面对祁蔚。

“你怎么负责的？让念念和陌生人一起玩吗？”祁蔚责问余鲤，满脸的戒备。

柏冬时不但知道她工作的电视台，而且还找到她和念念暂住的红砖房，显然是来者不善的节奏，她越想越恐慌。

“这位是柏冬时，我好友公司的老板。”余鲤避重就轻地介绍柏冬时，“也是我的朋友，虽然我和他认识不久，但我可以保证他是好人。”

“妈妈。”念念拉了拉祁蔚的衣服，小声地说，“柏叔叔也是念念的朋友，不是陌生人，他对念念非常好哦。”

祁蔚脸色大变，他早就和念念接触过了？他的目标果然是念念！

“你们……”祁蔚看了下身后的念念，又看了看柏冬时和余鲤，眼中有被隐瞒的恼火和无措，“什么时候的事？余鲤，你都带念念去哪里了？你们想做什么？”

“祁蔚。”柏冬时上前一步，正视慌乱的祁蔚，“你别激动，我们谈谈，好吗？”

“不要！”祁蔚想也不想地拒绝，害怕跟他谈念念的事，“我和你没有任何关系，没什么好谈的，请你离开这里，不要出现在我面前。”

柏冬时一脸利剑刺心的挫败表情，垂下眼帘，攥紧了手，僵立在原地。

场面变得很尴尬。

“妈妈。”念念抓着祁蔚的手，紧张地解释，“是我请柏叔叔来做客的，你别赶柏叔叔走，好不好？你要是生气，就怪我吧。”

“念念，妈妈没有生气。”祁蔚深吸一口气，平复心绪，瞥了眼无语的柏冬时，心情越发复杂。

“念念。”厨房里的宋凌微突然出声，向念念招手，“我的围裙松掉了，你过来帮我系，好吗？”

祁念念以眼神询问祁蔚的意思，祁蔚点头同意，不想当着她的面和柏冬时僵持。

“柏叔叔。”祁念念却从祁蔚身边走向柏冬时，伸出小手去拉他的手，“宋哥哥要做大餐，我们一起去帮忙吧。”

柏冬时犹豫地看向祁蔚，祁蔚有些恼火，但余鲤向他使眼色，他受到鼓舞似的，握住祁念念的手，赶紧去厨房，他不习惯对祁蔚强势，无法打破此刻和祁蔚的僵局，只能寻求外援。

祁蔚难以置信地看着亲近的念念和柏冬时，想要拉回念念时，余鲤按住她的肩膀：“祁蔚姐，是念念给自己找到爸爸的。”

“你说什么？”祁蔚怔住，她只在念念三四岁时给她看过柏冬时大学时的照片，告诉她爸爸的样子，但没告诉她爸爸叫什么名字，在哪里。

“这是念念的秘密，祁蔚姐，我们去外面说吧。”余鲤难得强势，拉着祁蔚来到红砖房的院子。

夜色已浓，月光如水，倾泻一院。

晚风拂过，阵阵凉意袭来，让祁蔚从乍见柏冬时的慌乱中冷静下来。

余鲤将念念如何发现柏冬时以及他们如何帮她见到柏冬时的事，娓娓道来。祁蔚越听脸色越沉重，在余鲤口中，她看到念念极力在她面前隐藏的另一面，努力当个乖宝宝不让她操心，直到现在，也不敢告诉她想要爸爸，更不敢跟柏冬时相认。

“柏冬时知道念念是他的女儿，念念也知道柏冬时是她的爸爸，但他们都在忍耐，假装对方不知道彼此的关系，不敢戳破窗户纸。”余鲤问，“祁蔚姐，你知道为什么吗？”

“因为我吗？”祁蔚隐约知道答案，念念是顾忌她的感受吧？

“念念想要爸爸，但她怕妈妈不想要爸爸，所以她不敢要。”余鲤说，“柏冬时一见念念就确认是他的女儿，喜欢得不得了。他想认女儿，但他觉得你不需要他，他不敢认念念，怕伤害念念，怕打扰你现在的生活。”

祁蔚有些失神，声音染上了感伤：“是他不需要我，我才放弃幻想，离开他，不再期待。”

“祁蔚姐，你怎么会觉得他不需要你呢？”

“我对他是一见钟情的，因为选修同一门课，我就找机会跟他搭档做课题，两人才熟悉起来的。”祁蔚说起两人的过去，“我约他吃饭，约他看电影，约他爬山，约他参加各种活动……约会是我提的，交往也是我提的，同居还是我提的，我们在一起的所有事都是我主动的，他只是被动地配合我，不让我难堪罢了。我知道他是温柔的人，他不会拒绝，即使做这些事的是别人，他也会和那个人在一起的。所以，我说好聚好散，他还是配合我，一拍两散，各不相干。对他来说，我从来不是特别的人，我俩本没有缘分，全靠我死撑硬扛，我坚持不了，我们就会结束的。余鲤，当我发现他不可能像我爱他那样爱我，他不是非我不可，我就退缩了，我怕越爱越多，多到失去自我，我会因爱生恨，让自己变得可悲。我不想有天恨他，所以在我还爱他时，好聚好散，至少我还有念念，那是他留给我的最好纪念品，我很满足了。”

余鲤想，她给女儿起名“念念”，根本就是在怀念那个她念念不忘的人。

“祁蔚姐，你是满足了，但这样对柏冬时不公平。”余鲤不认同祁蔚自以为是的“悲情”，“我听柏冬时说过你们的事，他的心里自始至终都有你，就算你们分开这么久，他也没法放下你，过去这么多年，他还是放下美国的一切来到这里。他却说没有勇气面对你，因为他觉得是你不要他的，他怕这样跑来见你会给你带来困扰，他不愿意有一点点勉强到你。”

“不。”祁蔚不愿意相信，直摇头，“他来中国不可能是为了我，他不可能主动找我的，我们在一起时，他从来没有主动要见我的。”

“为什么不可能？”柏冬时动怒的声音在身后响起。

“你……”祁蔚被吓到了，“你都听到了？”

“祁蔚，我就是为你而来。”柏冬时突然变得强势，知道分手的理由并非不爱他，这给了他前所未有的勇气，“我不是不会拒绝的人，我只是不想拒绝你，我以为你喜欢主动，所以配合你的节奏，让你主导我们的关系。祁蔚，你知道我很无趣的，我不知道恋爱怎么谈会有趣，就按你喜欢的方式来，你想要做什么都可以，不管是在一起还是分手，只要你要，只要我有，我都想给你。祁蔚，如果这样爱你不对，那你告诉我，你想要怎么样的爱，我都给你，好不好？”

祁蔚愣愣地望着掏心掏肺的柏冬时，第一次看到他这么激动地表达自己，一言一语都在冲击着她的心。

眼眶不知不觉地湿润，泪水涌了出来。

“你别哭，我没有怪你的意思。”柏冬时手忙脚乱地给她擦泪，“祁蔚，是我不好，让你觉得我不爱你，都是我的错，我会改的，我们重新开始，好不好？”

或许忍了太久，或许得偿所愿，祁蔚扑进柏冬时怀里，放肆地哭出来。

余鲤悄悄地退回屋内，宋凌微和祁念念在探头探脑，她向他们比了个OK的手势。

“念念。”余鲤欣慰地摸着祁念念的头，为她高兴，“待会儿见了妈妈，可以问她要爸爸了。”

“真的吗？”祁念念双眼放亮，“我现在就想去找妈妈，可以吗？”

“去吧。”余鲤轻轻推了祁念念一把，看着她兴奋又忐忑地走向外面的人。

红砖房的大门敞开着，门外的人抱在一起，没有陌生，没有别扭，自然而然地依偎。

“好戏就这样落幕了。”宋凌微偷偷从身后圈抱着余鲤，下巴自然地搭在她肩上，对着她的耳朵说上，“年年，满意吗？”

灼热的气息袭来，余鲤只觉得耳根子发烫，脸颊都染红了。

“你别趁机加戏，我会更满意的。”

余鲤掰着他的手，掰不开只能拍打他的手出气，这流氓，又偷袭她。

“年年，你看外面。”宋凌微对她的反抗不以为意，示意她往外看，“今晚的月色很美。”

繁星闪闪的夜空，弯月悬挂，如勾似弓，撩人心弦。

或许月色真的很美，或许受祁蔚和柏冬时重修旧好的氛围影响，余鲤一时放松下来，任由宋凌微环抱着她，感受着身后传来的心跳声。

“嗯。”余鲤望着那弯新月，“今晚的月色很美。”

仿佛月色融化在怀里，宋凌微动容不已，忍不住拥紧，低头想吻……

一只手准确无误地按住他的脸，推开。

趁他失神，余鲤从他怀里逃开，凉凉地提醒：

“导演，该喊CUT，准备吃饭了！”

第十一章

她的现在和未来

TA DE XIAN ZAI HE WEI LAI

柏冬时像是打通任督二脉，行事变得有霸道总裁范了。

他趁祁蔚正在假期，准备了相关材料，直接拉着她去民政局涉外婚姻登记处，申请结婚。

随后，他光明正大地将祁蔚和祁念念从红砖房接走，一家三口住进特助小哥找好的房子——位于离明珠电视台和青藤附小都近的高级住宅区，方便祁蔚上班和祁念念上学。

“我有能力保护我的女人和女儿。”

柏冬时霸气表态，给宋凌微签了张数目可观的支票作为安保费用，提前结束祁蔚跟三朝的安全委托协议。

祁蔚的女强人画风，跟着柏冬时跑偏成了小女人，没了矫情也不再别扭，理所当然地依赖起柏冬时，开始新生活，即使他们曾分开八年远隔重洋，也没有成为在一起的障碍。

临走前，祁蔚将余鲤拉一旁说悄悄话，趁机挖墙脚：“余鲤，以你的资质，当保镖实在浪费，还是来明珠当主播吧？我给你量身打造节目，保证收视率，怎么样？”

“祁蔚姐，我现在不想换工作。”

余鲤委婉的拒绝。上次当裴叙保镖，被片场的执行导演冯羽“以貌取人”，想让她拍戏，这次又换成电视台制作人挖她，她长着一张随时要改行的脸吗？

“那你想换工作时，一定要找我。”祁蔚提前预定，余鲤的脸非常上镜，适合在镜头前表现，“明明能靠脸吃饭，让拳脚轻松点儿不好吗？”

“脸皮薄，靠不住的。”余鲤自嘲地笑了笑，转移话题，“祁蔚姐，这样结婚，你心里真的不会有芥蒂吗？”

“以前我心里有根软刺，叫‘我觉得他不爱我’，我一想起来，就会被刺痛。”祁蔚坦诚道，“如今他来到我面前，亲自拔掉这根刺，我心里只剩下柔软了。”

“念念之前说你是胆小鬼，看来说错了。”余鲤由衷地佩服她不被过去所绊。

“不确定被爱时，我是胆小的，爱得越多就越害怕。”祁蔚感慨，“现在，确定被人深爱着，浑身就充满勇气和力量，即使手无寸铁，也无所畏惧。”

“无所畏惧吗？”

余鲤不自觉地瞟向不远处的宋凌微，他在跟祁念念告别，背对着柏冬时，一大一小在咬耳朵呢。

爱能让人心生畏惧，又能让人勇往直前，无忧无惧，为何她越明白爱是什么，就越无法向前走呢？

“他是我最初喜欢的人，也是让我无法喜欢别人的人。”祁蔚顺着余鲤的视线望过去，“我曾害怕不能完全拥有他，而今只怕跟他再分开了。我们离开彼此太久，不想再浪费时间，只想在一起过简单充实的生活。”

“嗯，祁蔚姐果然厉害，我都想将你当偶像了。”

余鲤终于明白为何柏冬时对祁蔚情有独钟，被这样直率的人追逐过深爱过，仿佛被炙热的火焰包围，其他人都显得暗淡了。

“那就学我，抓住爱自己的人。”祁蔚抬抬下巴，指向宋凌微，“余鲤，我看得出来，宋部很喜欢你。我这次的案子，根本不需要他出面，他却事事亲力亲为，与其说是在保护我和念念，不如说是在保护你。你真的不打算收了他，要跟他这样暧昧下去吗？”

保护她？

在祁蔚眼里，宋凌微成了她的保镖，她算是不称职的保镖吧？

余鲤的感觉有些复杂，她无法假装不懂宋凌微的心意，也无法坦率地去回应他。

“我们……不大合适。”她只能这样回答祁蔚。

她学不来祁蔚向前看的坦荡，有些过不去的过去吞噬着她对将来的期待，她想象不出和宋凌微在一起的未来。

祁蔚没有多说什么，只是拍拍她的肩膀，跟她告别。

余鲤目送柏冬时的车开出红砖房，带走祁蔚和祁念念，宣告着她这次任务的结束。

“天下功夫，果然唯快不破。”宋凌微站在她身边，啧啧称道，“柏冬时的手脚真快，转眼间，老婆孩子都有了。”

“不洒狗血就能大团圆，这样的发展再好不过。”余鲤瞥了他一眼，“如此结局比你的剧本爽快多了。”

根据宋凌微的剧本，他鼓励柏冬时速战速决，同时死缠烂打，磨到祁蔚投降为止。实际上，祁蔚个性爽利，一确定柏冬时的心意，就愉快地复合了。

“说起我的剧本，年年，跟他们相比，我们的进度严重落后。”宋凌微倾身靠近，蹭蹭余鲤的胳膊，“我们加把劲直奔结局吧？”

“那是你的剧本，与我无关。”余鲤不想配合他，转身往卧室走去，“你唱你的独角戏，我过我的独木桥。”

“什么意思？”宋凌微亦步亦趋地跟着她进了卧室，见她拿出行李箱，开始整理衣物。

“任务结束，这里已经没有需要我贴身保护的人，我要回枫景园。”枫景园是余鲤和王沐春合租的公寓楼名字。

“不行。”宋凌微上前，按住余鲤的肩膀，让她面对着他，“这里还有人需要你。”

“谁？”余鲤不以为然地看着他，“你又想安排保护对象住进来吗？”

“年年，我需要你。”宋凌微凝视着她，放低了声音，“我不想你离我太远。”

他清明的眼里只有她的存在，眸光流转着动人的温柔，有意似无意地撩拨她的心弦，想要她动情的回音。

现在的宋凌微，就是会这样不客气地“袭击”她，用不掩饰的深情款款和不吝啬的甜言蜜语，想瓦解她的心防，让她为他着迷。

“宋凌微。”余鲤正视他，提醒自己不要被他迷惑，他的套路她很清楚，“这样假公济私有意义吗？”

“怎么会没意义？”宋凌微抬起手，轻抚她的面颊，“假公济私是真的，想和你在一起也是真的。”

“你将我当什么了？”余鲤拒绝他扔过来的糖衣炮弹，拍开了他的手，“以工作为由，近水楼台满足你的私欲吗？”

“满足我的私欲？”宋凌微眉头微皱，“年年，你一定要把我想得不堪吗？”

“不然呢？”余鲤嘲讽地勾起嘴角，“当初是谁将保镖这职业说得凛然神圣，不容我亵渎？结果呢？你让我待在这里，受你庇护，变成温室里的保镖，这算什么专业保镖？”

祁蔚说她是被宋凌微保护着的保镖时，她是有受宠的动容，但更多的是能力被低估的难堪。难怪祁蔚说她当保镖浪费，因为宋凌微根本就没把她当保镖对待，他只是以保镖之名将她光明正大地困在他身旁。

“年年，我护着你，不好吗？”宋凌微反问，“我有能力为你提供良好的工作环境，为什么要吝啬呢？你是我喜欢的人，我为什么不能对你好呢？”

“宋凌微，我是来工作的，不是来陪你谈情说爱的！”余鲤像被踩着尾巴的猫，“我叫你师父是为了当好保镖，不是为了跟你发展私人感情！而你把我当什么？喜欢的人？呵，这样公私不分，是想让我变成笑话吗？宋凌微，如此假公济私，你是在羞辱保镖，还是羞辱我呢？”

忍耐许久的余鲤终于爆发了，对他的大包大揽，对他的霸道专制，对他的全方位干涉她工作和生活的不满，在瞬间全部爆发了。

她宁愿跟他保持针锋相对的关系，也不要他以喜欢之名，一步步地蚕食她，让她沦为他的网中鱼，不断地纠结挣扎，然后暴露自己的阴暗面，像这样去攻击他，有天变得像母亲一样歇斯底里……她不想变成那样，不想被他看到自己最糟糕的模样。

“你这样妄自菲薄，倒是在羞辱我。”宋凌微很意外她的想法，这样否定他的感情，让他露出受伤的表情，“我喜欢你的脸，不行；对你好护着你，不行；想和你在一起，不行……年年，我要怎样对你，才行呢？”

他以为他放下“报复”的伪装，不再掩饰对她的感情，他就能和她重修旧好。

他知道现在的她是带刺的玫瑰，不管是拥抱她，还是亲吻她，都会被她刺到的。可他愿意这样去亲近她，想磨掉她的刺，让她依赖他，再次在他面前变得柔软。

“离我远点儿，就行了。”

余鲤双手环抱着，一脸倔强的表情，一副防卫的姿态，在两人间竖起无形的屏障。

她不愿意接纳他，拒绝跟他重新开始。

宋凌微垂下手，久违的挫败感涌上心头，他要如何赢得过她呢？

他能拥抱她的人，却无法碰触她的心。

难以言喻的疲惫在四肢百骸间流窜，心间充斥着无奈和无力。

他还是不够强大，一面对她不要他的现实，自信仍会遭受重击。

余鲤搬回了枫景园的公寓，无论工作还是生活，硬生生地跟宋凌微切割开。

她去公司上班就到特勤部打卡，尽可能地避开安全部，免得遇到宋凌微，那就尴尬了。

不欢而散后，宋凌微也识趣，没再仗着“师父”的身份僭越，没将手从安全部伸到特勤部，如余鲤所愿，离她远点儿。

特勤部部长明郗感受到余鲤和宋凌微两人间的诡异气氛，睁只眼闭只眼，假装不懂宋凌微希望他从中搭桥的暗示，公事公办。

不过，明郗只给余鲤安排临时安保委托，比如担当明星商演活动的临时保镖、负责委托人开庭期间的安全、为重要展会提供安保服务等等。

临时安保委托基本是三五天的工作周期，任务安排灵活，机动性大。这些委托的安保方案，直接由特勤部与安全部沟通，临时保镖只需执行，无需跟安全部对接，向特勤部负责即可。

余鲤对明郗的工作安排很满意，这些委托她可以独立完成，不用受宋凌微的干涉，她只需对明郗说明相关情况。

这天，余鲤将保护对象安全送到家，结束临时派遣任务，来向明郗汇报工作时，遇到在跟明郗切磋功夫的宋凌微。

她想起第一次应明郗之邀来三朝公司的情景，就在这个特勤部部长室，跟宋凌微重逢。她一认出他，就仇人见面似的眼红，跟他大打出手，结果打不过落荒而逃，简直是耻辱。

更为耻辱的是，从此她受制于他，不得不来三朝当保镖，拜他为师，备受掣肘，忍耐许久终于爆发，吵了一架各回各家……就这样互不相干大半个月，再见到宋凌微，余鲤浑身不自在，忍着拔腿就跑的冲动，硬着头皮进入部长室。

宋凌微见她进来,就跟明郗表示不打扰他工作,结束切磋,向余鲤走来。

余鲤提醒自己工作场合，公私要分明，出于对上司的尊重，礼貌性地对宋凌微颔首。

宋凌微视而不见，擦身而过，直接走人，没有跟她寒暄。

犹如秋风扫落叶，只剩残风萧瑟，令人心凉。

被当透明人的余鲤，尴尬地看着他离去的背影，不是滋味。

看来是她多虑了，宋凌微的脸皮再厚，也是要面子的，被她那样嫌弃地说“离我远点儿”，当然不会再若无其事地靠近她。

“宋部最近心情不好，看来影响到视力，目中无人了。”明郗戏谑道，宋凌微无视余鲤的动作太刻意，“余鲤，要不你给他送点儿眼药？”

“他又没瞎。”余鲤不以为然，“我又不是医生。”

“他虽然没瞎，但好像有病。”

“什么病？”

“有人缺钙骨头软，他是缺鱼骨头痒，来我这边讨打呢。”

“这跟鱼有什么关系？是脑子坏了吧？”

“不就是你这条鲤鱼，把他脑子折腾坏的吗？”

“……”

余鲤无语地看着明郗，他是在消遣她？还是替宋凌微出气？

“咳！咳！”余鲤清了清嗓门，无比僵硬地转移话题，“明部，关于这次的任务……”

汇报完工作，余鲤拒绝了明部建议一起去红砖房涮火锅的邀请，到点下班。

打开公寓的门，余鲤就看到王沐春目不转睛地盯着电视，宋探微的新闻栏目，正在专题报道今天的头条——当红明星裴叙召开记者会，宣布引退结婚！

“小鱼！”王沐春扑向余鲤，抓着她的胳膊哀号，“裴叙引退了！他说要去结婚过普通人的生活！小鱼，你是不是早就知道了？为什么不提前告诉我？”

“提前告诉你，天天听你哀号吗？”余鲤扶着王沐春站好，她可是有职业道德的，不会散播委托人的隐私。

“他想退圈就算了，为什么突然要结婚呢？”作为亲妈粉的王沐春心情很复杂，忍不住摆出婆婆的架势，“小鱼，裴叙什么时候恋爱的？那女人是谁？她是看上裴叙的人还是裴叙的钱？或者财色兼有？”

“裴叙这算闪恋闪婚吧？”余鲤很意外裴叙会这么快决定跟邬玉白结婚，“裴叙说和她在一起很安心，我想他们选择彼此应该和财色无关的。”

“她对裴叙好吗？”王沐春因为偶像引退结婚一事，受到很大的冲击，不过毕竟是亲妈粉，更在意裴叙的幸福。

余鲤不置可否，当着王沐春的面拨通裴叙的电话，示意她噤声，开了免提。

“余鲤，你联系我有点儿晚了。”裴叙的声音很欢快，“宋哥新闻一出来就电话来道喜了。”

“恭喜你如愿以偿。”余鲤笑道，“重获自由，并且抱得美人归。”

“宋哥还夸我有魄力，敢爱敢当。”裴叙骄傲地说，“他要封大红包，犒劳我拿下邬大大。”

“看来我也得准备红包了。”

他和邬玉白正式交往不到两个月，何止有魄力，简直是有魔力。

“你不用准备，宋哥的大红包有你的份，你们是一家的。”

余鲤扶额，裴叙的嘴巴果然是大杀器，王沐春捂着嘴直笑，跟偶像一个德行，都是“宋哥症候群”患者，专注给宋凌微谋福利。

“谁跟他是一家的？放心，红包我不会少你的。”余鲤表明立场，“我倒是有些好奇，裴叙，你怎么这么快决定结婚？是冲动吗？”

“不是。”裴叙答得很肯定，“我想要真正的家人，她满足我对家人的想象。”

“怎么说呢？”

“在她面前，我只需做自己，她接受全部的我，她把我当孩子，也把我当男人。她不在意我有什么，因为她什么都有，所以我能给她的只有我自己，我想和她在同一户口本上，变成真正的家人。”

“这样的呀。”

邬玉白简直有毒，裴叙沾上了就戒不了。

“余鲤，跟她在一起以前，我从未想过结婚。跟她在一起以后，我只想跟她结婚，越早结婚我越安心。”

“裴叙，你会害怕以后出现变化吗？”

“嗯，所以才要赶快结婚，免得她回过神觉得我比她小不适合结婚，只把我当小情人，那我就不好翻身了。余鲤，你知道邬大大喜欢任性而为，趁她有兴致，这婚当然是先结为敬，她就得对我负责到底了。”

“看来真是你拿下邬大大，果然有魄力，那我更要封大红包祝福你了！”余鲤真心替裴叙高兴，她对他曾惺惺相惜，明白他对家人的执念。她突然想起宋凌微说的，他们给裴叙的最佳安保方案，就是让他遇见邬玉白，变成他的归宿。

“你别光顾着祝福我，你和宋哥要抓紧，宋哥看起来很想让你成为红砖房的主人，所以我和邬大大很识相地搬出红砖房。”

“呃，裴叙，你想太多了，没那回事。”余鲤不想聊宋凌微的话题，赶紧结束通话。

旁听的王沐春对裴叙那边的情况很满意，反而将注意力放到余鲤和宋凌微身上。

“小鱼，宋哥家宽敞又舒服，宋哥下得厨房又暖得被窝，你为什么要回来跟我挤？”

余鲤搬回公寓那天，王沐春一直往她身后看，宋凌微居然没跟来，而且大半个月过去，他也没上门。王沐春意识到问题的严重，私下联系过宋凌微，结果他只说这是余鲤想要的，他尊重她。

余鲤总是一副工作忙碌的样子，她也不好八卦，这会儿，顺着裴叙的话，她就来刨根究底了。

“大春，我搬过去是为了工作，工作结束当然搬回来。”余鲤义正词严，“跟宋凌微没有关系，你不要发散思维。”

“扯淡！”王沐春不信，“老实交代，你是不是又将宋哥过肩摔出去？”

“我是很想摔的。”余鲤不爽道，“可惜摔不动，只能……”

“只能怎样？”

“动手不行，只能动嘴……吵架呗。”余鲤突然有点儿心烦，“我和他早已结束，现在就想好好工作。大春，你知道的，我最讨厌别人以工作为由打我的主意。”

“小鱼，他可是宋哥，不是别人。”王沐春一脸的痛心疾首，“你不要身在福中不知福！”

“他……假公济私，又喜欢耍流氓，这算什么福？”

“小鱼，你就是嘴硬！”王沐春摇头，“我跟你说，宋哥可是你的解药，能治好你恋爱恐惧症的药，你不要有药不吃，自寻死路，孤独终老啊！”

“……”

余鲤无语地看着操碎心也要当宋凌微助攻的王沐春，不想跟她争辩，也无法反驳她。

宋凌微代表着什么，她比王沐春更清楚，他不是解药，而是她讳疾忌医的隐疾。

宫清原约宋凌微在“原来如此”酒吧见面。

这是一家以静取胜的酒吧，灯光暖昧，酒香漂浮，音乐轻缓，像是会醉人的咖啡馆，吸引的客人多是朝九晚五的上班族。

坐在角落的位置，宫清原轻晃手中的威士忌，看着冰块沉浮，若有所思。

宋凌微这人确实如余鲤所说的自来熟，两人较量一番认识后，理所当然地将他当师兄，有事没事地给他发微信，跟他报备师妹的工作生活状态。宋凌微像是炫耀他和余鲤的亲密，又像是在宣告他对余鲤的主权，显得有些幼稚。

宋凌微这种赤裸裸炫耀拉仇恨的微信，他是不想理会，只想拉黑名单。不过，他很在意余鲤的动态，就当宋凌微是信使，勉为其难地忍受他的微信“骚扰”，偶尔回个系统表情表示已阅。

看到宋凌微对余鲤这么上心，他的心情很微妙，羡慕嫉妒，还有欣慰。

他希望宋凌微懂得适可而止，不要过分“骚扰”他，他并不是余鲤的监护人，不需要事事向他报备。

最近半个月，宋凌微消停许多，只发了一次微信，说余鲤结束任务搬回公寓，就没有其他消息了。

宫清原有些不习惯，每天都会看几次手机，微信里没有宋凌微的消息。

这实在不符合宋凌微“爱晒”的画风，宫清原很在意，他和余鲤现在怎么样？

宫清原不好问余鲤，打电话约宋凌微出来喝两杯，他爽快应约，听声音没什么异样。

看着杯里的威士忌，宫清原不由得想，他是不是太操心了？

“宫师兄，好久不见。”

宋凌微欢快的声音响起，人已来到眼前，让服务员也给他上威士忌，戏谑宫清原道：“我以为你修身养性酒色不沾，原来也会来这种满是人间烟火的地方。”

“我也是凡人。”宫清原瞥了眼宋凌微，喝了口威士忌，“自然会沾酒色。”

宋凌微顺着问：“请问宫师兄沾了什么色？”

“红色吧。”宫清原眼神忽然变得犀利，正视宋凌微，“鲤鱼还是红色的好看。”

听出他意有所指，宋凌微怔了怔，想起余鲤，心情倏然烦躁。

在红砖房两人闹得不欢而散，一不小心就冷战了大半个月，他如她所愿离她远点儿，却又悔得肠子发青。明明专门去明郗的部长室守株待兔，见到她一时脑抽装酷无视，现在只怕她会将他推得更远吧？

他们出问题，余鲤会跟宫清原说吗？会向他撒娇求安慰吗？

“红色的鲤鱼确实好看。”宋凌微暗自猜测宫清原约酒的用意，“我家水族箱就有两尾红鲤呢。”

“小鱼呢？”宫清原直问，“这条鲤鱼好看吗？”

“当然好看。”宋凌微接过服务员送来的威士忌，举杯示意，“宫师兄，那是全世界最好看的鲤鱼，是我家的。”

宫清原跟他碰了下杯，面对他的炫耀，缓缓道：“你想跟我宣战吗？”

“你想跟我宣战吗？”宋凌微反问。

以男人的直觉，宋凌微百分百确定宫清原喜欢余鲤，只是他不解，拥有天时地利人和的宫清原，为何会安于师兄的身份，按兵不动。

“宋凌微，我可以告诉你，我爱小鱼。”宫清原不愿意让余鲤知晓的心意，却想让宋凌微明白，“我和小鱼是青梅竹马，我认识她比你早，喜欢她比你久，了解她比你深，我和她经历的事也比你多。”

“所以从现在起，我们要正式成为情敌吗？”

宋凌微不由得握紧酒杯，宫清原是被余鲤依赖的人，他熟悉余鲤的一切，优势明显。

“我不可能跟你宣战的。”宫清原摇头，他心里有面明镜，清楚地照出他和余鲤的未来，“你不用将我当情敌，也不用试探我和小鱼的关系，我们不会在一起。”

“我不懂你的意思。”宋凌微被他说糊涂了。

“你喜欢小鱼什么？”宫清原想确认，“别说喜欢脸这种肤浅的东西。”

“最初，我确实对她的脸一见钟情，那时她十六岁，完全是我喜欢的样子。”宋凌微从不否认自己是颜控，“结果她认为我只喜欢她的脸，怒打我一顿就把我甩了。我当时觉得很冤枉很屈辱，不懂自己做错什么？肤浅吗？这些年抱着‘复仇’的念头，我努力锻炼身手，想靠力量跟她较高下雪前耻。可跟她重逢后，我发现自己错了，我根本不想报复她，只是想证明我强大得可以拥有她。她一直是我喜欢的样子，除了她的脸，我还喜欢她坚决跟异性保持距离的耿直；喜欢她打不过我只得认㞞妥协的识时务；喜欢她富有正义感该出手就出手的帅气；喜欢她对小孩子予取予求的温柔；喜欢她坚守底线不愿忍耐的爱憎分明；喜欢她——”

“可以了，我明白了。”宫清原不得不打断秀起爱来就没边的宋凌微，后悔问这个问题，被强塞一嘴的狗粮。

“宫师兄，你真的明白我对我家鱼儿有多喜欢吗？”宋凌微觉得这道题的解题思路他有很多种，可以从不同角度来阐释的。

“我确定。”宫清原没好气道，“你赢了。”

“既然你明白我的心意，那么你会祝福我们，对吧？”宫清原对余鲤的影响太大，宋凌微对他还是有防备的。

“你和小鱼最近怎么样？”宫清原反问，“她明白你的心意吗？”

“呃，嗯，最近啊。”宋凌微想了想，对上宫清原评估的眼神，决定坦诚相告，或许他愿意指点迷津，“最近我们之间有点儿距离，就像隔着玻璃，看着很近，却不好靠近。”

“你不是说你们的距离由你定义吗？”宫清原提起他说的话。

“这点儿距离，可以定义为隔阂吧？”宋凌微自嘲地笑了笑，“我越是喜欢她，她越是抗拒。我想逼她面对，她就把我推开，像河豚似的鼓起来，碰不得呢。”

“你想退缩？”宫清原皱起眉。

“爱上她，我就无路可退了。”宋凌微摇头，轻叹，“我做好持久战的准备，不会让她成为漏网之鱼的。”

“这还差不多。”宫清原眉头松开，“你敢对她始乱终弃，我就对你不客气。”

“宫师兄，始乱终弃的可是你师妹。”宋凌微表示不背这个锅，“我想不通，你这么在意她，她又那么依赖你，为什么你反而要支持我呢？”

同为男人，不管是原始的征服欲，还是动情的占有欲，宋凌微深有体会，这些欲望强烈得让他想不顾一切地征服和占有，无法像宫清原这样看淡，为对手助攻。

“因为我知道她的过去，陪她度过最糟糕的时光，成为她信任的人。”宫清原喝了一口威士忌，麻痹自己的心，才能为他人作嫁衣，“正因为我知道她的过去，才无法和她在一起。”

“过去那么重要吗？”宋凌微反问，“难道因为我不知道她的过去，她才不依赖我，不对我敞开心扉吗？”

“小鱼是在害怕。”宫清原指出余鲤的心结，“害怕你知道她的过去后，你也不会和她在一起，所以她拒绝重新开始。”

“既然是过去，为何要揪着不放呢？”宋凌微无法理解，“你说因为过去无法和她在一起，为什么还说爱她呢？”

“有些过去很难过去的。”宫清原垂下眼，双手合握着酒杯，道出余鲤的问题，也撕开自己的伤口，“过去的一些事，让小鱼恐惧和异性有肢体接触，所以，我……我牵不了她的手，也拥抱不了她。”

他太清楚余鲤的伤，无法为了私欲去试探她，宁可远远地守护她。

“怎么会这样？她会恐惧你的碰触？”

宋凌微非常意外，他以为余鲤只是讨厌异性的靠近，但宫清原的说法，严重得像是心理障碍……虽然他亲近余鲤经常被嫌弃，但她并没有恐惧跟他的肢体接触，只是各种反击他的“耍流氓”。

“怎么会这样？因为我参与了那些过去，就失去未来的可能。”宫清原苦笑，“宋凌微，如果你不在意她的过去，那么不管她怎么拒绝你，请你都不要放手，只有你才能带着她往前走了。”

宋凌微感受到宫清原压抑的苦涩，不禁介意起来：“过去到底发生了什么？”

“抱歉，我不能说。”宫清原摇头，“我希望你记住一点，小鱼的身体比她的心诚实。”

犹如醍醐灌顶，宋凌微倏然明白，他能够拥抱余鲤，那是余鲤给予他最大的回应了。

“好，我不管过去。”宋凌微近来烦躁的心，终于平定，“我只要她的现在和未来。”

端起酒杯，以示祝福，宫清原一饮而尽，咽下所有的不能求和不可得。

他拥有的是余鲤的过去，她的现在和未来，他只能旁观。

“余鲤，有新的委托指定由你负责。”明郗给余鲤安排私人保镖的工作，“这次委托的具体情况和安保方案，你直接去安全部和宋部沟通，明天正式到岗。”

“明部，我的工作又要对安全部负责吗？”余鲤心生抗拒，不愿回到原点，成为被宋凌微保护着的保镖，更不想为此再吵一次。

“不。”明郗解释，“这次委托并未唐部签的，而是宋部，他了解委托人的相关情况。所以，你需要到安全部走下流程，之后执行任务时，向我汇报工作即可。”

她稍稍放下心，摆起敬岗爱业的姿态，前往安全部。

来到安全部门口，余鲤迟疑地停下脚步，想到之前和宋凌微闹翻，在公司碰见又被无视，有点儿尴尬了。

“这不是余鲤吗？你来找宋部吧？他就在里面。”从外面回来的陆观野看到她，顺手就推着她进安全部，同时向部长室喊，“宋部，余鲤来找你了。”

赶鸭子上架似的，余鲤被陆观野推到部长室门口，宋凌微已经开起门亲自迎接，挥手示意陆观野回他的工位捣鼓大数据去。

“年年，来我这里。”他笑眯眯地向她招手，“我在等你呢。”

面对他的笑脸，余鲤打了个激灵，前两天还对她视而不见，这会儿若无其事的样子，好像脸皮又厚回来似的。

“等……等我干吗？”余鲤有种羊入虎口的错觉，硬是杵在门口，打算见势不对随时撤离。

“当然是等你来谈工作，不然你以为要干吗呢？”

宋凌微似笑非笑地凑近，细细地端详她，眉似远山目含秋水，秀鼻小巧朱唇润泽，如此貌美肤白，不管怎么看都是他喜欢的样子，他怎么舍得离她太远呢？

余鲤被他看得发毛，他的眼神让她想起纪录片的旁白：“春天到了，万物复苏，动物们开始骚动了……”

她缩了缩脖子，想往后退，谁知他大手伸来，揽住她的腰，一转身就把她带进部长室，反手关上门。

“不是要谈工作吗？难道你的工作是耍流氓吗？”余鲤背靠着门板，去掰他搂着她腰的手，掰不开就上火，“浑蛋，放开我，离我远点儿！”

“不，耍流氓不是我的工作。”宋凌微搂着她腰的手反而用力，让她整个身体都贴近他，“应该说，对你耍流氓是我的使命。”

话音刚落，不待余鲤反应，宋凌微开始履行使命，低头就吻住她，带着压抑多时的热情席卷而来，强势又霸道，将她吞噬。

密密实实的吻像预谋已久，逮到机会就长驱直入，猝不及防的余鲤被吻蒙了，仿佛遭遇狂风暴雨，晕头转向得快要窒息，忽而，春风化雨，只剩温柔。

“浑蛋！”余鲤终于回过神，恼羞成怒红了脸，抬手想给他一巴掌，他太不要脸了。

宋凌微轻轻松松地抓住她的手腕，反手按在门板上，以“门咚”之姿困住她，低头又亲亲她的额头。

“宋凌微！”余鲤咬牙切齿、怒目圆睁，只恨流氓有武功，“你够了吗？”

“不够，永远都不会够的。”宋凌微欣赏着余鲤在他怀中作困兽斗，生气勃勃的样子并无恐惧，只有恼羞的愤怒，“年年，都怪你！宇宙大爆炸是你的错，陨石撞地球也是你的错，地震海啸泥石流还是你的错，我会情不自禁亲吻你当然是你的错。”

余鲤难以置信地看着他，第一次发现人可以无耻到这地步，过于震惊，她都忘了反击他。

“但是……”宋凌微抱住她，埋头在她的颈窝，“跟你闹别扭是我的错，冷战不找你也是我的错，故意无视你还是我的错……所有让你不开心的，都是我的错。年年，我们和好吧？”

她没想到宋凌微会这样撒娇示弱，明明是她跟他吵架的，拒绝他将他推远，他却这样费心思地给她搭台阶，里子面子都给她了。

“不是说怪我吗？”

就算他给她台阶下，她还是在他怀里僵直着身体不愿软化。

“那我们扯平好不好？”宋凌微抬起头，正视着一脸倔强不肯服软的余鲤，“以后我让你不爽时，要打要骂都随你，我皮糙肉厚不怕，就怕你不要我呢。所以，年年，不要把我推开，让我爱你，好吗？”

她受不了宋凌微如此撩拨，脸皮没有他厚，双颊红彤彤地烧到耳根后。

“够了。”余鲤绷不住，整个人松下来，无力地捶了他胸口一记，“你再这样假公济私，小心我揍你。”

她根本不是他的对手，不想遭受更多糖衣炮弹，这台阶不下也得下了。

第十二章

我也老了二十岁

WO YE LAO LE ER SHI SUI

没有台阶就创造台阶下的宋凌微，看余鲤已松动，也不紧迫逼人，而是见好就收，放开她，请她在沙发上坐好。

“年年，明部让你来沟通新委托的情况吧？”

转眼他一本正经地谈起公事，姿态专业，无可挑剔。

“对。”余鲤在心底吐槽，这流氓就是个戏精，各种角色无缝切换，演技了得。

“这次的委托人叫罗坚，保护对象是罗坚的父亲罗山南。”

宋凌微将笔记本电脑放在余鲤面前，打开委托人的档案，直接说明相关情况。

“罗坚是城商银行鹭城支行行长，现年四十八岁，黄金单身汉。罗山南年近八旬，原是城商银行 X 市分行行长，现在鹭城养老，与罗坚同住。罗坚去年交了个女朋友，有意结婚，但遭到罗山南反对，罗坚上个月就与女朋友分手了。最近罗山南接到威胁信件，遭遇不明人士骚扰，影响到他的生活。据罗坚说，制造这些事端的幕后人可能是他前女友，前女友大概觉得无法结婚是罗山南的错，因此迁怒罗山南。所以，罗坚希望雇私人保镖，替罗山南应对各种意外状况。”

余鲤听到“鹭城”二字，神经瞬间绷紧，听完宋凌微的介绍，抱着侥幸的心理确认：“我要去哪里执行任务？”

“鹭城。”宋凌微说，“罗山南在鹭城生活。”

绷紧的神经倏地断裂，余鲤的脸色有些发白。

“我……”余鲤目光闪烁，不敢正视宋凌微，小声地问，“我可以拒绝这次的任务吗？”

她哪里都可以去，就是不想去鹭城。

“年年，专业保镖是不会挑剔任务的。”宋凌微提醒她。

余鲤心里纠结，忍不住找理由：“我不喜欢去外地出差。”

“你不是想成为独立的保镖吗？”宋凌微挑眉，“这次去鹭城执行任务，是个证明自己的好机会，你要是害怕独行，我不介意陪同，怎么样？”

“我去。”余鲤立刻同意，更怕宋凌微也去鹭城，“这次任务需要多长时间？”

或许是她太敏感，鹭城说大不大，说小也不小，她离开那儿十二年，早已物是人非，谁还认得出她呢？

“一个月。”宋凌微说明，“根据安保方案，你作为私人保镖要住在罗家，负责罗家的安保以及保障罗山南的出行安全等。罗坚已报警备案，我们会在一个月内找出幕后人，解除罗山南的安全威胁，你的任务就正式完成。”

“安全部评定的安全等级呢？”似乎不是很危险的任务。

“C级。”宋凌微说，“你稍微注意下罗坚的前女友，她叫施芸芸——”

“谁？”余鲤猛地打断宋凌微，怀疑自己听错了，“我要注意谁？”

“施芸芸。”宋凌微打开电脑里的照片，指给余鲤看，“记住她的模样，别让她靠近罗山南。”

照片里的人是位四五十岁的妇女，穿着食堂工作服，正在收拾饭桌。

她身材消瘦，面无神采满是沧桑，细纹爬上眼角额间，烙下时间的印记，隐隐约约似有久远的美丽闪现，转瞬消失在黯然下垂的嘴角。

“她就是施芸芸？”

余鲤表情复杂地看着照片中的人，两分熟悉八分陌生的模样，是时光之刃雕琢的作品，与她记忆中的样子相差甚远。

“嗯，她现在是师大食堂的员工。”宋凌微觉得余鲤的反应有些奇怪，又说不出哪里奇怪。

“师大？鹭城师范大学吗？”余鲤愣住。施芸芸怎么会在师大工作？那不是她避之唯恐不及的地方吗？

“对。”宋凌微颔首，“年年，你对施芸芸很感兴趣吗？”

“食堂阿姨和银行行长？”余鲤哂笑，“他们不像是一个世界的人，怎么会凑到一起谈婚论嫁了？”

她不得不感慨，即使不再年轻，即使美貌饱受岁月摧残，施芸芸依然有让男人拜倒在她石榴裙下的魅力。

“罗坚生性风流，向来是万花丛中过，片叶不沾衣。现在年纪大了，可能想换口味，可能一时贪鲜，可能遇到真爱，可能是玩不动……都有可能吧？”宋凌微煞有介事地分析，“施芸芸呢，仔细看，五官不错，年轻时应该是个美人，可惜抵不过时间的拉扯和地球的引力，黯然失色了，但也有种洗尽铅华的朴实之美。”

“你认识施芸芸吗？”余鲤悄悄地握紧手，宋凌微曾提及过年会去鹭城的外公家。

“不认识。”宋凌微摇头，“关于施芸芸的详细资料，必要时，我们会调查的。不过，罗坚只说幕后人可能是施芸芸，但也可能是其他前女友，毕竟他的前女友非常多。所以，现在重点调查的是罗坚的人际关系，以施芸芸目前的情况看，她的威胁性有限，注意防备即可。”

“是吗？”余鲤感觉掌心在发凉，如果宋凌微去调查施芸芸，她不敢往下想。

“年年，安全部和特勤部都是你的后盾。”宋凌微拍拍余鲤的肩膀，“虽然这次的任务你不需要向我汇报，但有任何状况我都会通知你的。”

“嗯。”余鲤松了松攥着的手，正视宋凌微，突然问，“你觉得，二十年后的我，会不会老得像这样的食堂阿姨？”

他说施芸芸年轻时应该是个美人，会不会觉得二十年前的施芸芸像现在的她呢？

“哈？”

宋凌微怔了怔，然后若有所思地抚着下巴，认真地打量起她，上上下下，左左右右，甚至凑近她，似要检查她脸上的每一寸肌肤，数一数她的眉毛和睫毛。

余鲤被他评估的目光盯得发毛，也知道自己的问题来得莫名其妙，见他想趁机上手体会触感，她忙不迭地推开他，若无其事道：“我随便问的，没什么意义，不用回答。”

“年年，我刚才仔细确认，二十年后的你，不管变圆变方，都是我喜欢的样子。”宋凌微却一本正经地回答她，“你老了二十岁，我也老了二十岁，这世界同样老了二十岁，唯有我喜欢你的心不会变老，历久弥新哦。”

撩人心弦的情话他信手拈来，天长地久不过是他唇舌间的蠢蠢欲动，海沽石烂也管不了他的心永远年轻。

心间起了震颤，像是心弦被撩到，余鲤拒绝承认，回他四字：“油嘴滑舌。”

“我的嘴油吗？舌滑吗？”宋凌微说着就双手撑向沙发，谈完公事，可以沟通私事了，“年年，我们还是来确认下吧。”

仿佛玉山倾倒，将她困于他的怀抱和沙发间，仰头被他吻个正着，软舌如利剑，灵巧撬开双排齿，滑入其间便勾着她的，与他唇舌纠缠，令她无处躲藏。

男性的气息以不容置喙的架势，长驱而入，直奔她的心间，盘旋其中，她的心跳与呼吸，都与之息息相关。

犹如被滚滚热浪吞噬了，缠绵缱绻，难分彼此。

她分得清楚只有一件事，无论如何矫情怎样抗拒，他都照单全收，不肯远离。

她推他一寸，他便近她一尺，再近一丈，不给退路。

余鲤单枪匹马前往鹭城赴任。

从 X 市乘坐高铁一个多小时就到鹭城，她一出站，就有个穿深色西装的中年男人迎面走来。

余鲤看过这次安保委托相关人士的照片，认出来者是委托人罗坚。

罗坚梳背头戴无框眼镜，看起来精明狡黠，微微凸出的肚腩有点儿破坏精英形象，让他显得接地气了。

“我是罗坚，你是余鲤吧。”罗坚向余鲤伸出手，大方地打量她。

“你好，我是余鲤，负责这次安保委托的保镖。”余鲤跟他握手示意，不喜欢他似乎“阅人无数”的评估目光。

“美女保镖有点儿面善。”罗坚笑着问，“我们是否在哪里见过？”

“初次见面，罗先生说笑了。”余鲤心底涌起不适感，不喜欢这种类似搭讪的对白。

“大概美女总让人觉得眼熟吧。”罗坚不以为意，请余鲤上车，开往罗家。

“罗先生，其实你不必麻烦亲自接人。”坐副驾驶座的余鲤目不斜视，公事公办道，“我会向你报到，说明这次安保的相关安排。”

“不麻烦。”罗坚一脸的理所当然，“你是凌微交代的贵客，让我迫不及待想见你，自然要恭迎大驾了。”

“什么意思？”余鲤不解，转头望向开车的罗坚，“我是作为保镖来执行任务，并非来做客的。”

“凌微没告诉你吗？”罗坚有点讶异，“我和他的关系？”

“他说你是委托人。”余鲤皱眉，难道他们还有别的关系？

“既然凌微这样定义我们的关系，我也不多嘴。”罗坚若有所思，“余鲤，你就当我是委托人，不用多想。”

这句“不用多想”带着欲盖弥彰的深意，反而让余鲤感觉很不好，心生疑窦。不过，罗坚是委托人，她只能沟通公事，不能过问私事。

罗坚的车开进鹭湖公园旁的别墅区，余鲤跟着他进了栋三层别墅，去见她的保护对象。

罗山南满头白发，眉间深刻着“川”字，双眼如鹰隼般犀利，一看到余鲤，以为她是罗坚新交的女朋友，火大地抡起拐杖往罗坚身上打招呼。

“你这兔崽子，越来越不正经，居然对年轻姑娘下手，罗家的脸还不够给你丢吗？”

“爸，你误会了！”罗坚抓住拐杖，赶紧解释，“她不是我女朋友，是我给您请的保镖！”

“保镖？”罗山南表示怀疑，罗坚向余鲤使了个眼色。

“罗老先生，您好。”余鲤看着闹腾的罗家父子，自我介绍，“我是余鲤，来自三朝安全顾问公司，从今天开始，我就是您的私人保镖。”

“别当我是废物，找个保镖来碍事。”罗山南抽回拐杖，戳着罗坚的腿，“你快把人送走，我不需要！”

余鲤尴尬地站一旁，这个罗老先生的脾气有点儿大。

“爸，她是三朝的保镖，是凌微公司的人哦。”罗坚故弄玄虚地提醒。

“所以她是你和凌微合计请的保镖吗？”罗山南瞬间迁怒，“凌微也当我是老不中用的吗？”

罗山南和罗坚都认识宋凌微？为什么宋凌微都没说呢？

余鲤皱了皱眉，隐隐觉得不对劲。

“爸，不是您想的那样，其实，是这么一回事。”罗坚瞥了眼余鲤，然后凑到罗山南耳朵，嘀咕一番。

罗山南脸色渐霁，飘向余鲤的目光变得柔和慈爱，还有欣慰。

罗家父子一边咬耳朵一边看她，眼神有点儿奇怪，余鲤打了个激灵，感觉越来越不好，宋凌微不会把她卖了吧？

“哦，原来如此。”罗山南听完罗坚的悄悄话，恍然大悟，和蔼可亲地冲着余鲤笑，“小余，欢迎你来罗家，我这个老头儿就麻烦你多关照了。”

“罗老先生，不用客气，这是我的职责所在。”

于是，余鲤带着怪异的感觉在罗家住下，成了罗山南的私人保镖。

罗山南的养老生活很简单，早起在别墅院内练太极；白日里会出门会友，不过大部分时间是在家捣鼓他的摄影作品；傍晚，他就带上单反相机去鹭湖公园，拍摄湖心岛白鹭栖息地归巢的白鹭。

别墅里有保姆阿姨照顾罗山南的生活起居，罗坚经常应酬到很晚才回家，陪父亲的时间非常少。余鲤来到罗家，与其说是保镖，不如说是罗山南的跟班。

罗山南一改初见时的大脾气，对余鲤特别亲切，视她为贵客，热情地向她介绍罗家情况，乐得跟她话家常。

对于罗坚请保镖这事，罗山南嗤之以鼻，认为罗坚小题大做。

罗山南说威胁信不过是有人恶作剧，打印了胡说八道的信件投放在信箱里而已。至于不明人士的骚扰，只是有人爬上罗家别墅外墙的树上，投掷石块罢了，可能是熊孩子的作为。

“都是无聊事，没什么大不了。”罗山南不以为意，反而对罗坚的意见颇大，“我那儿子借口讨好我，想让我分心，别去管他罢了。”

“罗先生说这些麻烦可能和他前女友有关，因为你反对他们结婚。”

余鲤背着罗山南的摄影器材，陪他前往鹭湖公园，她在罗家不到一周，不费吹灰之力就获得罗山南的信任，跟他交谈也不用顾忌。

“我这浑小子天生风流种，浪荡大半辈子，男女关系一塌糊涂，干脆光棍到底。反正我早就不指望他结婚生子为罗家开枝散叶，只希望他不要祸害别人。”

罗山南太清楚罗坚的德行，以前逼婚逼得紧，罗坚就带着不同女朋友以供参考，要怎样的媳妇由他决定，太浑了。

“您反对罗先生结婚，不是因为他女朋友有问题吗？”余鲤觉得哪里搞错了。

“跟他女朋友无关，只要他没有定性，就不适合结婚。”罗山南摇头，“而且他女朋友太多，突然说要结婚，我都不知道他要跟哪个结呢？”

“您没见过他要结婚的女朋友？”

自从她成了罗山南的私人保镖，宋凌微那边也没有再传什么信息过来，只说注意罗山南身边的情况就好。

“他没带来见我，听说是个在食堂工作的女人，跟他年纪相仿，丧偶多年……一听就不是他喜欢的类型，结婚根本是胡闹。”

已经来到鹭湖公园，罗山南指挥余鲤在湖岸搭起三脚架，架好长焦镜头，对准湖心岛的位置，他定时定点来拍他的白鹭了。

“罗先生喜欢什么类型？”

余鲤很意外，罗山南真的没见过施芸芸吗？

“貌美肤白胸大腿长，看起来很艳丽的类型。”罗山南吐槽罗坚的口味，“他欣赏不了朴素的女人，也不懂内在美的。”

年轻的施芸芸应该是罗坚最爱的类型，可现在的施芸芸……余鲤想起施芸芸的近照，正如罗山南所说，是罗坚欣赏不了的朴素。

对于想嫁有钱人的施芸芸来说，跟银行行长结婚的美梦就这样破灭，打击会很大吧？

余鲤看着罗山南摆弄相机，拍摄一群围绕着湖心岛飞翔的白鹭，与落霞齐飞的画面，确实美好。

她忍不住拿出手机，也拍摄了几张日暮白鹭，打开微信想分享给宋凌微，想到自己正在执行任务，就放弃了。

自从来鹭城出差，宋凌微联系她的频率很低，刻意放手，不干涉她的工作，给她独立自由的空间，余鲤反而有些不习惯。

不知道他现在在做什么？已经下班了吧？

余鲤想了想，还是给宋凌微发了张刚拍的照片，没有说话。

宋凌微很快回了张两杯酒的照片，说："年年，你猜我和谁在喝酒？"

对他的朋友圈没特别关注，余鲤猜不出来，有点儿不爽，就不想回他。

"日暮白鹭，湖光潋滟，真想在鹭湖岸边摆上小菜，跟你喝点儿小酒，光是想象就无比惬意。"宋凌微又发信息过来，"如果不是宫师兄约，我才不想陪男人喝酒呢。"

看他主动解释，余鲤的心情莫名地上扬，原来他和宫清原在喝酒。

不过，余鲤的注意力落在"鹭湖"二字上，宋凌微怎么知道她拍照的位置？

鹭城因白鹭得名，这个城市有好几个白鹭栖息的地方，除了鹭湖公园，还有白鹭湾、南溪湿地公园、三桥潭等。

宋凌微为什么那么确定她是在鹭湖公园？

他对这里很熟悉吗？

"请问，您是罗山南先生吗？"

背后突然响起一道女声，带着迟疑，语调很慢。

余鲤忙收起手机，暗恼因宋凌微分心了。

作为保镖，一有动静，余鲤就理所当然地挡住罗山南，转身面对来人。

四目相对，如遭雷击，余鲤刹那僵住，心底涌起波澜，难以平静。

她知道这次任务很大可能会见到施芸芸，但没料到这么快就跟施芸芸面对面，让她猝不及防。

眼前的施芸芸不是照片中食堂阿姨的打扮，像是披上铠甲来战斗，穿着漂亮长裙化着精致妆容，只是眼角的皱纹眉间的黯然，有着无法掩饰的老态。

“你……你是阿鲤吗？”施芸芸双目圆睁，难以置信地看着她，语气有些激动和不确定。毕竟分开时，余鲤还是个十三岁的小女孩，而不是眼前清丽娇媚的女人。

闻言，余鲤紧张地回头看罗山南，他似乎没听到施芸芸的声音，沉醉在拍摄白鹭的世界里不可自拔。

她暗暗松口气，本能地不愿让人知道她和施芸芸的关系。

深吸一口气，余鲤提醒自己今非昔比，她不是以前的小女孩儿，她能应对施芸芸的。

“我是谁不重要。”余鲤冷静开口，“请问，你找罗老先生有事吗？”

施芸芸死死地盯着余鲤，尤其是她的脸，打量了好一会儿。

“你现在的模样像极了年轻时的我。”施芸芸答非所问，目不转睛地看她，“没错，你一定是阿鲤！你认不出我吗？我生了你，给你这样的美貌，你一长大就把妈妈忘了吗？”

“妈妈？”余鲤握着拳嘲讽道，“你配吗？”

“我不配吗？”施芸芸恼火起来，“你是我怀胎十月生的，喝着我的奶长大的，现在翅膀硬了，就翻脸不认人？”

“我的妈妈，在那个晚上就死了。”余鲤冷冷地提醒。

“你在怪我吗？”施芸芸突然扬高声音，“明明是你破坏我的幸福，是你毁了我的生活！”

余鲤看着开始失控的施芸芸，久违而熟悉的惶恐从心底涌起，她们母女不应该相见的。一见面立刻变成红了眼的仇人，翻起旧账，互相伤害，

“小余，怎么回事？”

罗山南不知何时注意力从拍摄中转移，旁观了一会儿，看出端倪，随着施芸芸放大的嗓门儿，余鲤的脸色变得不大好。

“罗老先生，不好意思，我会处理好的。”

余鲤心里“咯噔”一下，估计他已经听出她和施芸芸的关系，就更不想让他知道施芸芸是罗坚的前女友。

“罗老先生？你就是罗山南，罗坚的父亲吧？”施芸芸一听，忙上前。余鲤眼疾手快拦住她，不让她靠近罗山南。

“请你不要靠近罗老先生，否则别怪我不客气了。”余鲤出声警告。

“你什么意思？你认识罗山南？”施芸芸眼睛红起来，“所以，这一切都是你搞的鬼吗？”

“我是罗老先生的保镖，我不会让危险人物靠近他的。”余鲤伸长手臂，在罗山南和施芸芸之间划出一道明确的分界线，拒绝施芸芸再前进。

“是你！果然是你！你又要阻碍我，对不对？”施芸芸抓着余鲤的手臂，表情变得狰狞。

余鲤是有能力将施芸芸甩开的，可在她碰触她的瞬间，仿佛潘多拉的盒子被打开，那些令她窒息的记忆排山倒海而来，刹那将她吞噬，四肢百骸间的气力都被吸走了。

“你……不要碰我。”余鲤的脸色刷白，“放开我。”

“上一次，你毁了我的幸福，这一次你也要毁掉我的幸福，我不会放过你的！”施芸芸提起过往，歇斯底里起来，“我到底造了什么孽，生出你这样的女儿？如果没有你，我的人生一定会不一样的！你赔我！”

“你简直疯了，离我远点儿。”余鲤忍无可忍，想要反抗，却换来施芸芸更加失控的反应，捶打着她。

她明明有一身的功夫，但面对死缠烂打将所有怨气发泄在她身上的施芸芸，她像是回到过去，无法反抗她，更无法反击她。

“住手，不准打小余！”

罗山南见场面失控，就要上前阻止。

余鲤硬是以身体挡住，避免罗山南卷进来，任由施芸芸推搡着她，然后只觉得脚下一空，“扑通”一声，她人就翻过湖岸低矮的围栏，掉进湖里。

湖水瞬间灌进她的口鼻，呛得她无法呼吸，小腿猛地抽筋，疼得使不上力的感觉令她恐慌，双手无力地扑腾着。

脑海里浮现出施芸芸歇斯底里的模样，跟十二年前重合起来，绝望感袭来，余鲤突然没了挣扎的气力，放任自己下沉。

她听不到周围的声响，意识渐渐模糊。

冰凉的湖水将她带回十二年前的雨夜，她浑身湿漉漉，从里到外都是寒意。

也许在那个晚上，她也死去过。

“原来如此”酒吧。

宋凌微心不在焉，时不时地打开手机看，余鲤发了张日暮白鹭的照片后，就没有动静了。

他想跟她聊天，想问她在做什么，晚上要吃什么？

可他怕这样太黏糊被嫌弃，只得放牛吃草，不能让她觉得他控制欲太强，不给她自由。

“你这是在等小鱼信息？”

宫清原看着神游的宋凌微，看来约酒不是什么好主意，不如约在道馆切磋一番。

“嗯。”宋凌微又看了眼手机，“最近她去外地出差，要一个月才回来，我又不能去找她，也不能时时刻刻联系她，免得她嫌我烦。可我实在想我家鱼儿，见不着她有点儿寂寞，这酒入相思肠，就更寂寞了。”

“出差一个月？”宫清原无视他的矫情，“任务危险吗？你不跟着没问题吗？”

“任务没什么危险性，而且我交代过委托人关照她的。”宋凌微很确定，“因为她想成为独立又专业的保镖，我才放手让她去飞。”

“你让她飞到哪里练手？”宫清原算是看清他护短的本质。

宋凌微说：“鹭城。”

“鹭城？”宫清原脸色瞬间一变，“白鹭之城的鹭城？”

宋凌微不懂他为何变脸：“对，有问题吗？”

“小鱼不喜欢鹭城。”宫清原不安起来，“你怎么会让她去鹭城呢？”

“其实委托人是我舅舅，保护对象是我外公，虽然她不知道这层关系，但那里算是我的势力范围，她去执行任务有安全保障的。”宋凌微解释，“她为什么不喜欢鹭城？她以前去过鹭城吗？”

“你果然什么都不知道。”宫清原觉得提到鹭城，他的眼皮就开始跳了，“小鱼是在鹭城出生的，我们在那里一起长大，直到她十三岁去了泽城，她就再没有回过鹭城。”

“为什么？”

宋凌微想起余鲤抗拒去鹭城的样子，她是真的不想去，而他对她用了激将法。

“小鱼在鹭城遭遇太多的不幸，我希望她永远不用回鹭城去面对过去。”宫清原面露急切之色，“宋凌微，赶快中止这次任务，叫小鱼回来，别让她待那里，我怕她会出事的。”

宋凌微还没消化宫清原话中的信息，手机响了起来，来电是他的舅舅罗坚。

“凌微，快来鹭城医院。”罗坚说，“那个施芸芸发疯，把余鲤推进湖里，余鲤溺水昏迷，现在在医院抢救。”

宋凌微瞬间刷白了脸，有点儿惊慌地看向宫清原：“我舅舅说余鲤溺水昏迷，正在抢救。”

“走！我们马上去鹭城！”

宫清原霍地起身，拖着宋凌微出酒吧，拦了辆出租车直奔鹭城。

“宫师兄，告诉我，余鲤在鹭城遭遇过什么？”宋凌微心忧如焚，为什么宫清原觉得余鲤去鹭城会出事呢？

宫清原一边催促着司机开快点上高速，一边反问宋凌微：“你先告诉我，小鱼为什么突然溺水？”

“这次的任务是我舅舅委托的，我外公反对他结婚，他就直接分手，然后我外公便受到一些骚扰，他怀疑是前女友不甘心在搞事情，所以请个保镖应对。”宋凌微懊恼地抓了抓头，“我以为那个施芸芸构不成威胁的，只让余鲤注意点儿，余鲤怎么会被她推到湖里呢？”

“施芸芸？”宫清原不可思议道，“你舅舅是不是银行行长？”

“对，他是城商银行鹭城支行行长。”

宫清原大概明白是怎么回事，本以为宋凌微不在意余鲤的过去很好，可他也太不在意了吧？

“你们怀疑施芸芸，为什么一开始没调查她呢？”宫清原有点儿恼火，“宋凌微，你根本不把这次委托当回事，只是私心创造一个机会让小鱼跟你的家人相处吧？”

“对不起，是我的过失。”宋凌微无法否认自己的私心，“我想不通施芸芸为什么会对余鲤发疯？而且余鲤身手很好，怎么会这样呢？”

“如果你调查了施芸芸，就会知道，她有个女儿叫余鲤。”宫清原叹了口气，“因为她，小鱼才不得不离开鹭城的。”

宋凌微愣住，难以相信真有这样的巧合，刹那有狂风暴雨袭来，冲击着他的心。

他喜欢她，却不了解她。

他的无知，竟将她置于危险之中。

万籁俱寂的深夜，突然电闪雷鸣，撕裂夜幕吞噬平静，雨点啪嗒啪嗒地砸在窗玻璃上。

睡得迷迷糊糊的余鲤被雨声吵醒了，却听见钥匙转动门锁的声音。

她打开床头灯，用光亮来壮胆，神经紧绷地盯着房门。

门被打开了，有个熟悉的高大身影进入她的房间，端出亲切的笑脸走向她："阿鲤，打雷了，睡不着吧？别怕，叔叔来陪你。"

这个自称叔叔的人是施芸芸的男朋友，他对施芸芸说会对她的孩子视如己出，施芸芸就欢迎他来家里住，培养一家人的感情。

"谢谢叔叔。"余鲤压下难以言喻的不安，"我不怕，不用人陪的。"

可他在她床边坐下，下一瞬，他就压过来，捂住她的口鼻，不让她出声了。

她挣扎着、踢打着，惊恐地看着那人撕扯她的衣服。

门口突然传来声响，那人停下来，回头看见施芸芸站在门口，心虚地松开手。

"妈妈，救我。"余鲤像看到救星，声音嘶哑地大喊，向施芸芸伸出手，希望她拉她一把，带她走，

然而，施芸芸像在梦游，听不见她的求救声，无动于衷地看着房内的一切。

她的冷眼旁观，让那人肆无忌惮起来。

余鲤拼命地挣扎，却像布娃娃一样被摔在床上，她的反抗换来暴打。

施芸芸麻木地看着她被施暴，没有任何动作，令她绝望。

也许太绝望了，她渴望父亲在天之灵能救她，这让她想起父亲曾告诉她的事，用尽力气，踢向那人的大腿根部，那人疼得一时松开钳制她身体的手。

或许是眼前的地狱激发她求生的所有潜能，她抓住这一空隙，连爬带滚地跌下床，撞开门口作壁上观的施芸芸，冲出家门，拼命地往外跑。

滂沱大雨，冷冰冰地打在她身上，却洗不掉那人如乌云笼罩着她的气

息，令她恐惧，令她作呕。

她在雨中狂奔，感受不到疲惫和疼痛，眼前中浮现出施芸芸冷漠旁观的样子，让她不敢停下脚步，唯恐他们追来，把她拽回地狱。

她拼命地跑啊跑，终于跑到宫家道馆，惊醒了宫家的人。

狼狈不堪的她，见到宫清原和宫清原的父亲，反而被他们的男性气息吓得尖叫不断，只肯让宫清原的母亲靠近，身上带伤，却无法放松下来。

直到宫清原他们报警，告诉她，不会有人来追她，也不会有人来伤害她，她才稍稍放松，愿意去医院。

身体的伤可以治好，可心里的伤再也愈合不了。

那个晚上，施芸芸无动于衷地看着她被施暴的样子，成了她挥之不去的梦魇，让她失去自信，怀疑自己，连母亲都不爱护的孩子值得被爱吗？

等到那个叔叔被关起来，宫清原才送她回家，结果施芸芸一见她就歇斯底里起来，怨恨她破坏她的幸福，将她推出家门："滚！你这个扫把星！离我远远的，别让我再看到你！从今以后，我当你死了，你也当我死了，我们互不相干！"

从那时起，余鲤就当母亲死了，她离开鹭城，埋葬过去，才能重新开始生活。

然而，她时不时会梦到十三岁的自己，在雨夜里疲于奔命，不敢回头看，不敢停下来，只能拼命往前跑。但前方一片黑暗，她没有去路，也没有退路。

那些愈合不了的伤，变成蛰伏在身体里的怪物，提醒着她不被母亲所爱的事实，折磨着她无法接受自己的过去，抗拒异性的靠近，在现实里横冲直撞……她不喜欢这样的自己。

失去父母的庇佑，她只能张牙舞爪地保护自己，直到遇见宋凌微，身体里的怪物安静下来，她似乎被驯服了。

可是，她能接受宋凌微，却接受不了自己。

宋凌微越喜欢她，她就越害怕，害怕他发现真正的自己，根本不值得他爱。

当她面对施芸芸，她就知道自己输了，在施芸芸面前，她不堪一击。

宋凌微说得对，只有力量征服不了她，因为她会被过去击倒。

她只会在宋凌微面前虚张声势，见到施芸芸，就被过去绑架，空有一身力量，却轻易地坠入湖底，无法反抗。

这些年，她总跟自己较劲，累了，不想再面对施芸芸。

就这样闭上眼睛吧，也许能回到父亲的怀里，再次拥有被疼爱的时光，见到因爱生辉的自己，她就能重新喜欢上自己。

她最喜欢父亲，好想念父亲……那个晚上死去的她，是不是已经见到父亲了？被父亲保护着疼爱着？

“年年。”

“年年。”

“年年。”

有人在喊她，抓着她的手往回拽，不让她去找父亲，不让她逃跑。

“年年。”

“年年。”

只有一个人会这样叫她，只有这个人让她觉得像父亲，只有他让她愿意亲近。

“年年。”

她想起来了，刚和宋凌微在一起时，他说要叫她“年年”，因为“年年有余”嘛。

“显得我很多余似的。”她不是很喜欢这个昵称。

“我希望年年有今日，岁岁有今朝。”他笑着说，“年年有余，岁岁有你，无论何时，我们都在一起。”

分开的那些年，没有人喊她“年年”，没有人心中“有余”，也没有人和她在一起。

“年年。”

现在的他，和她在一起吗？

余鲤想睁眼确认，这一次他在她身边吗？

第十三章

只说给你一人听

ZHI SHUO GEI NI YI REN TING

宋凌微第一次看到这么虚弱的余鲤，活力尽失，令他无所适从。

她躺在病床上，双眼紧闭，脸上毫无血色，长翘的睫毛在眼底留下一排憔悴的暗影。

抬手轻抚她的面颊，宋凌微胸口阵阵钝疼，如有巨锤击打，沉重，压抑。

他以为自己有足够的力量保护她，结果却是他的自负和疏忽让她遭遇危险。

“医生说她生命体征平稳，苏醒只是时间问题，关键看她的意愿。”

一来医院，宋凌微就急着看人，宫清原忙去找医生了解余鲤的情况。

“她的意愿？”宋凌微顿了顿，“什么意思？”

“她溺水昏迷这么久，医生说主要是求生意志消极。”

宫清原想起当年余鲤被施芸芸赶出门的情景，行尸走肉似的跟他回家，开始不吃不喝，十分消沉。他不得不搬出她父亲余绰劝说，并且告知联系到她爷爷余攸，余攸要过来接她回余绰以前生活的家，她才愿意进食。但她依然颓靡，仿佛惊弓之鸟，情绪很不稳定，他怕她做什么傻事，就一直陪着她，直到亲自将她交给余攸，送他们踏上去泽城的火车。

因此，宫清原很清楚，面对施芸芸会给余鲤造成多大的精神和心理压力，那些尘封的伤痛会喷涌而出，将她吞噬的。

“宫师兄，我想知道过去的事，可以告诉我吗？”宋凌微语中带有恳求，就算侵犯到余鲤的隐私，他也想知道，不想再让他的无知伤害到她。

“小鱼从小就特别喜欢父亲余绰，但跟施芸芸关系不是很亲近。”宫清原这次没有再讳莫如深，“小鱼五岁到十岁，都是余绰亲自接送她来道馆，风雨无阻。小鱼十岁时，余绰过劳猝死，施芸芸不想小鱼继续练跆拳道，小鱼就自己偷偷跑过来，在道馆给其他小朋友当陪练抵练习费用，施芸芸对此不闻不问。”

“小鱼很少讲施芸芸的事，但我们是一个地方的人，我父母会告诉我一些事，说小鱼没了爹，娘又不负责任，让我多照顾小鱼。”

“施芸芸在余绰过世后，很快就找了男朋友，她以前很漂亮，有很多男人愿意给她买单，可惜都无法长久。小鱼十三岁那年，施芸芸已经换了好几个男朋友，而当时的男朋友住到小鱼家，后来这个人渣想侵犯小鱼，对小鱼施暴……小鱼是半夜跑到我家求救的，身上带伤，狼狈不堪。我不知道为什么这种事会在施芸芸眼皮子底下发生，我只知道因为这件事，小鱼有了严重的创伤后应激障碍，恐惧异性的靠近。”

“从那个晚上开始，我就无法碰触她，只能在旁陪着她，直到将那个人渣绳之以法，我才送她回家。可施芸芸并不欢迎小鱼归来，反而歇斯底里地咒骂她将她赶出门，死活要断绝关系。鹭城对小鱼来说，充满痛苦，在这里她失去最爱的父亲，又被施芸芸伤害抛弃，我不希望她继续留在鹭城。余攸将她接去泽城时，我放下心，也死了心，不得不接受一个现实，我不可能和她在一起了，她要开始新生活，必须忘了这些过去。”

“而小鱼离开鹭城后的事……”宫清原停下来，看着宋凌微，“你应该比我清楚的。”

她的过去，仿佛掩藏在海面下的暗涌，看似风平浪静，让他不以为意。

不期而遇的风雨，掀起了波澜，露出暗涌的真面目，他看见了曾被狂风暴雨肆虐的她，惶恐而无助。

宋凌微望着病床上的余鲤，握起她的手，轻唤着她："年年。"

他在泽城认识的余鲤，是个努力压制内心暗涌在现实中横冲直撞的问题少女，他以为那是她的叛逆期，而今才知那是她的疗伤期。当时他却为自己驯服了她而沾沾自喜，并未真正地了解她，才无法面对失控的她，分道扬镳。

那时在他怀里变得温柔的余鲤，是不是以为找到了避风港，才让内心的暗涌平静下来？

而他做了什么？

他破坏了她对他的信任，让他难以再碰触到她的心。

如果知晓她的过去，他便会懂得她对自己模样的纠结心态，那张与施芸芸年轻时相似的脸，对她意味着无法忘却的过去与创伤。

他以为肯定她的美是对她最大的恭维，却不知那是刺激她，想起过去的伤害。

"年年。"

宋凌微唤着她，心有刺痛，他保护不了她的过去，又让现在的她裂开伤疤。

"年年。"

了解她的过去，他才明白她此刻的消极。

"年年。"

是他的错，是他"逼"着她面对施芸芸的。

"年年。"

宋凌微懊恼又心疼，不断地唤着她，却又不忍唤醒她。

"宋凌微。"宫清原拍了拍他的肩，"请你带她往前走，别让她变成孤独的一个人。"

他参与了她的过去，无法成为她前行的力量，只能给她做嫁衣，替她选良人。

施芸芸在走廊徘徊，不敢去看病房内昏迷未醒的余鲤。

时隔十二年母女再见，没有久别重逢的喜悦，也无温情脉脉的寒暄，只有被唤醒的旧日怨懑，让她无法心平气和地正视余鲤，场面就失控了。

施芸芸对余鲤的感情太复杂，她不止一次后悔生下余鲤，认为余鲤剥夺了她成为人生赢家的机会。

因为自从余鲤出生后，余绰就不再关注她，他将所有的爱给了女儿，让她觉得自己像个生育工具，为余绰带来余鲤，他就不再爱她了。于是，她只能通过向余绰索求更多物质，将自己打扮得更加漂亮，想要再次吸引余绰的关注。

施芸芸不愿承认，她是嫉妒余鲤，他们父女在一起时，总让她觉得自己是多余的。

她开始后悔，当初不该选择余绰结婚。

她是普通家庭出身，普通职业学校毕业，就在酒店当服务员，对工作不怎么上心，有次撞到客人，倒了客人一身菜，被客人骂得很惨。那时隔壁桌的余绰替她解围，她明白余绰喜欢自己的美貌，所以就牢牢抓住他，在他父母以断绝关系相要挟的反对声中，硬是让余绰跟她结婚，成了大学老师的妻子，再也不用在酒店端盘子了。

可惜现实不是童话，她和余绰结婚后，除了美貌，她对余绰没有别的吸引力，他们没有共同话题，更不会有精神交流。余绰是个负责任的男人，他尽可能地满足她的物质需求，不要求她和他有什么精神共鸣。然而，余鲤出生后，余绰全身心围绕着女儿转，包揽了女儿的吃喝拉撒睡，不需要她当贤妻良母，也不需要跟她有什么交流了。

施芸芸无法以母亲的心看余鲤，反而觉得余鲤是抢走余绰的女人，她得到余绰所有的爱，根本不需要她这个母亲。

同样的，余绰从女儿那边得到所有的满足，也不需要她这个妻子。

在那个家，丈夫不关心她，女儿不需要她，远在另一个城市的公公婆婆向来看低她，她只能不断地去索要，才能确定自己的存在。

余绰去世后，施芸芸莫名地松了一口气，甚至觉得她赢了余鲤，因为她失去的是不再爱她的丈夫，而余鲤失去的是最爱她的父亲。

为了证明自己没有余绰会过得更好，施芸芸结交各种男朋友，可受不了他们夸余鲤好看，认为余鲤长大后会比她更美……这让她越来越感到余鲤是个累赘，对余鲤的心态渐渐扭曲。

那年，又遇见一个愿意娶她的男人，开始跟她同居准备结婚，可那人也将注意力转向余鲤。

施芸芸自负貌美，从不否认余鲤继承了她的美貌，十三岁的余鲤已经是亭亭玉立的美少女，含苞待放，清新脱俗。

那个晚上，她听到声响，打开门看见一切，却鬼迷心窍了，长久以来的怨恨在瞬间爆发，希望没有余鲤，她的人生就能重新开始。

那时她忘记自己是母亲，眼睁睁看着余鲤被伤害，却没有任何行动。

余鲤逃出去以后，她才清醒过来，发泄似的厮打那个男人，不知是恨他想毁掉余鲤，还是恨他没毁掉余鲤……她的疯狂，让那个男人也逃离她了。

后来的事都失控了，她保护不了余鲤，也留不住男人，更过不上自己想要的生活。

她不是合格的母亲，也不是善良的女人，只是一个愚蠢又恶毒的人。

所以，让余鲤走吧，她们无法成为相依为命的母女，她替代不了余鲤最爱的父亲，余鲤只会让她想起被夺走的余绰。

她将余鲤赶走，她也算自由了，可在鹭城，所有人都知道她对余鲤做了什么，所有人都在指责她，没有人愿意接纳她。

施芸芸这才想起来，当年在酒店里，所有人都在围观，愿意解围的人只有余绰，愿意带她走的人也只有余绰。

或许因为余绰曾对她太温柔，她才无法接受余鲤的出生夺走余绰的爱，她的心理完全失衡，才会将余鲤当假想敌，不愿当她是女儿。

余鲤离开后，她的异性缘也没了，没有男人再给她买单，她不得不自食其力。这些年，她只能做服务员、保洁员、快递分拣员这些底层的工作。两年前，大概是发现她真的变了，余绰以前的同事才介绍她去师大食堂，她的工作才稳定下来。

当她重新回到师大，像是再次受到余绰的庇护，人生又充满希望，然后她就遇见来师大参加捐赠活动的罗坚。罗坚不知她的过去，对她说“有人喜欢你以前灿若玫瑰的美貌，我却独爱你历经岁月风霜的容颜”，他说喜欢她洗尽铅华的朴实，让他感受到与众不同的美好。

这是第一个不因美貌靠近她的男人，让她觉得自己又被温柔对待，再次恋爱。

后来，她也知道罗坚是个浪子，甜言蜜语随口就来，可她听着开心，当他说想和她结婚，她就更开心了。

可不久后罗坚说他父亲反对，结婚一事就不了了之，他不想耽误她，还是分手吧。

施芸芸想罗坚父亲或许知道过去的事，才不愿意接纳她，所以她想见罗坚父亲，至少让他明白，她不是过去的施芸芸，希望他试着接纳她。

施芸芸没想到会遇见余鲤，过去的种种翻涌而起，刺激着她，再次迁怒余鲤，认为余鲤再一次破坏她的人生。

然后，一切就失控了。

看见余鲤落水，她才幡然清醒，直接跳下水想救余鲤，却发现自己不会游泳，只能在水里扑腾着……结果是罗山南下水先把她捞起来，再去救余鲤。余鲤已经陷入昏迷了。

她再一次害了余鲤，仿佛老天爷在惩罚她，告诉她，有她这样的母亲，对余鲤而言，就是个灾难。

施芸芸在走廊徘徊，回忆种种，满脸的踌躇和懊悔，看见病房的门打开，宫清原从里面走出来。

“她怎么样？”她忙不迭地上前问，“醒了吗？”

“她还没醒。”宫清原冷冷地看她，语带嘲讽，“你真的关心她吗？”

“我……”施芸芸顿住，“我不是故意的。”

“不管你是故意还是无心的，对小鱼的伤害已经造成了。”宫清原不以为然，“她现在就躺在病床上，依然昏迷，你在这里，还想做什么？”

“我想看看她。”施芸芸不敢正视他，眼神闪烁，“医生说她会醒的。”

“施阿姨。”宫清原正色，“看在我叫你一声阿姨的份上，你能否答应我一件事？”

“什么事？”

“请你离小鱼远点儿，好吗？”

施芸芸愣住，看见宫清原眼中的厌恶，仿佛她是令人避之唯恐不及的蛇蝎。

“她是我女儿——”

“你伤害她时，可记得她是你女儿？”宫清原打断她，“不管是十二年前，还是现在，但凡你将她当女儿，她就不会遭遇那些事。”

“我……”

“对，是你将小鱼赶走的，小鱼很努力地想摆脱过去，可你一出现，又让她受伤了。”

“我只是一时激动……我不是故意……”施芸芸想解释，“这些年，我很后悔，真的。”

“哼，后悔？”宫清原冷笑，“当年为什么会发生那样的事，你心里没数吗？你现在想忏悔，得到原谅吗？”

“我想弥补，她不原谅我也没关系，无论怎么样，我都是生她的人……”

“你生了她又怎样？作为母亲，你在她的人生当中缺席太久，如今就不要跑出来刷存在感了。”

面对宫清原的咄咄逼人，施芸芸毫无招架之力。

“她也希望我离她远点儿吗？”施芸芸低下了头，她知道他说的都对，她根本就没有为人母的资格。

“小鱼已经有了可以依赖的人，她不需要我，更不需要你。”宫清原直说，“如果你还想有天跟小鱼修好，那么现在请别出现在她面前刺激她。等到小鱼释怀，愿意接受你，你想怎么弥补都可以，但是，至少不是现在。”

施芸芸对余鲤而言，就是个不定时炸弹，一碰就爆。

如果他还有什么能为余鲤做的，那么就是让这颗炸弹远离她。

其他的事，他相信宋凌微会做好，没有他插手的余地。

余鲤睁开眼时，看到宋凌微温柔的脸，盈盈带笑的眼睛注视着她，仿佛等待已久，见她醒来，自然地跟她打招呼。

“年年，醒了，睡得好吗？”

他对她的苏醒不意外也不惊喜，轻抚她的面颊，将颊边的发丝撩到她耳后。

余鲤眨了眨眼睛，神情有些恍惚，她睡了多久？

“你睡了两天。”宋凌微看出她的困惑，“肚子饿了吧？可惜这里是医院，我不能大展身手给你做好吃的，只能给你点外卖了，想吃皮蛋瘦肉粥还是香菇鲜虾粥？”

他的表现太从容太淡定，仿佛她真的只是睡着醒来而已，一切依然是岁月静好的模样。

可他说她睡了两天，这让余鲤的回忆慢慢复苏，想起昏迷前的事，目光瞬间暗淡下来。

“年年？”宋凌微见她不语，有点儿担心，“哪里不舒服吗？我叫医生过来检查。”

余鲤昏迷期间，医生都会定时过来做检查，结果都是正常的，她随时会醒来。

宋凌微一直守着她，想着宫清原说的那些事，他就不愿唤醒她面对，如果她觉得累，想要休息，什么时候醒都没关系，他会陪着她的。

“不。”余鲤摇头，开口才发现喉咙涩得很，“我想喝水。”

宋凌微马上倒水过来，扶着她起身坐好，喂她喝水，看她整个人清醒许多。

“年年，对不起。”宋凌微突然道歉，“我对你撒谎了，罗坚和罗山南不是什么委托人和保护对象，他们是我的舅舅和外公。我出于私心，想让他们见我喜欢的人，才借安全委托的机会，让你过来当保镖的。年年，都是我的错，害你落水，你想怎么惩罚我都可以。”

“惩罚你？没必要，是我作为保镖太失职了。”余鲤定定地看着他，他太狡猾了，直接坦白将责任揽过去，“而且，我也撒谎了。”

“那我们扯平，这事翻篇，好不好？”宋凌微反而有点儿紧张起来。

“你都知道了吧？”余鲤反问，“我的母亲没有死，她叫施芸芸。”

有些过去，她无法面对，但不得不摊开了。

只要宋凌微知道她为何落水，无论她是否昏迷不醒，隐情都会水落石出的，毕竟三朝安全顾问公司的信息网络不是摆设。

“宫师兄陪我来鹭城的。”宋凌微没有否认，“是我要求他告知一切。”

“师兄把我说得很可怜吧？”余鲤自嘲地笑了笑，“宋凌微，我那样的过去是不是值得你同情？”

“年年，我不在意你的过去。”宋凌微正色道，“我只在意你的现在和未来，过去就让它过去吧。”

“过去一直在这里，怎么过去？”余鲤指着自己的胸口，声音激动起来，“你说不在意只是在可怜我，你根本不懂我怎么想的。”

“好，我不懂。”宋凌微顺着她的话，但他懂她压抑久了想发泄，“年年，那你告诉我，你怎么想的？”

“我是个不值得被爱的人。”余鲤的目光越过宋凌微，两眼放空，“施芸芸说我扫把星，爱我的人没有好下场，所以我克死爸爸，害她失去丈夫。施芸芸还说我是狐狸精，勾引她的男朋友，让别人犯错，破坏她的人生。直到现在，施芸芸仍在恨我，说我毁了她的幸福，我对她来说，不是女儿，而是敌人。”

余鲤已经无法将“妈妈”两个字跟施芸芸联系在一起，这个女人，虽然生了她，但从来不爱她。自从有记忆以来，她就没感受到施芸芸的爱，以前施芸芸将她当成抢走她丈夫的“第三者”，后来将她当成破坏她再次幸福的“狐狸精”……而今，她们不期而见，势如水火，难以共存。

父亲过世后，施芸芸视她为眼中钉，有时甚至会幸灾乐祸地提醒她：“你最爱的父亲没了，不会有人再那样爱你了，除了我，没有人会要你的，你要感激我。”

可施芸芸根本就不想要她，所以会放任她被伤害，最后抛弃她，断绝母女情分。

“年年，不是你的错。”宋凌微握住她发凉的手，“你不是扫把星，也不是狐狸精，你是我喜欢的人，值得我爱的人。”

“我哪里值得你爱了？”余鲤甩开他的手，自暴自弃起来，“我没有父亲，也没有将我当女儿看待的母亲，我的原生家庭不和睦也不正常，只会让人嫌弃。我有的是不光彩的历史和碰到异性就发飙的毛病，还有糟糕别扭的个性，一点儿都不可爱，我都讨厌自己。宋凌微，我是个除了脸便一无是处的人，所以，我值得你爱的也只有脸，对不对？可我最讨厌的就是这张脸，为什么我唯一可爱的地方是施芸芸给的？我不想跟她一样，我不想成为靠脸被别人……”

说到后面，余鲤崩溃了，低下头捂住脸，眼泪从指缝间流出，她死死地咬着唇，不让自己哭出声，又懊恼自己失控了，将最糟糕的一面在宋凌微面前摊开了。

不将她当女儿看待的施芸芸，变成了她自卑的根源，遗传自施芸芸的容貌让她自我厌恶。一想到宋凌微喜欢的是她的脸，她就无法接受，长久以来的心结更难打开，于是更加自卑自厌，陷入死循环。

宋凌微没有说什么，控制住想要拥她入怀的冲动，静静地看着她发泄。

“我这样很可笑，对不对？”余鲤放开手，抬头看着宋凌微，“我现在变得和她一样歇斯底里，看起来面目可憎，对不对？”

“年年，你要听真话，还是假话？”

她泪水涟涟的脸，是他从未见过的模样，脆弱得像弃甲投降的士兵，毫无战斗力。

“我不想被假话安慰。”

或许在宋凌微面前哭得太狼狈，糟糕得不能再糟糕，余鲤忽然觉得没什么不能面对。

“听到你把自己说得一无是处，像是在控诉我的有眼无珠，我觉得难过。”宋凌微抬手擦着她眼下的泪，“年年，喜欢你的脸不是我的错，可让你觉得我只喜欢你的脸，一定是我的错。”

“是吗？”余鲤不喜欢自己的脸，也不喜欢自己，“我还有什么值得被喜欢的？”

“年年，遇见你时，我就知道我会喜欢你，你有着我意中人的模样，还有着与众不同的性情，自然会吸引我。你说我对你一见钟情是见色起意，所以上演好戏套路你，也对也不对。年年，我只是想以你喜欢的方式跟你开始，让你乐于接受我，跟我在一起。”

宋凌微坦诚过去，认真告白，敞开他的心，让她瞧瞧他心里的她是怎么样的。

“我们相遇的戏码虽然是我安排的，但我对你的感情都不是假的，我从来没有骗你，我是真的喜欢你。年年，除了脸，你还有很多值得我喜欢的地方，我喜欢你的正义感，你的乐于助人，该出手时就出手非常的帅气迷人；我也喜欢你的好身手让异性无法靠近，却给我满满的安全感；我还喜欢你对小孩子予取予求的温柔，让我期待你成为妈妈的样子；我更喜欢你只让我碰触只在我怀里安身立命的特别……年年，这世上好看的皮囊千千万万，而令我动心的只有你一人。”

一根根紧绷的神经，被他一点点地拨动，奏响他的心声，引起她心弦的共鸣，温柔的旋律在胸膛间流淌，化作一股股名叫喜欢的暖流。

“只有我一人吗？”余鲤在他眼中看见自己的身影，被他温柔的眼波包围着。

“我的心很小，小得只容得下你。”宋凌微牵起她的手，在她手背印上一吻，“年年，我的心也很大，大得可以接受所有的你，不管是翻脸对我出手的你，还是失控歇斯底里的你。以前喜欢我偷偷吻我的可爱的你，或者现在喜欢我不肯承认的别扭的你，在我眼中是一样的，都是我喜欢的你。年年，我会喜欢年少时在我怀里温顺乖巧的你，但我更喜欢如今带着刺却真实的你。如果让我每天说一个你值得喜欢的地方，只怕说到白头都说不完，年年，我想用一生来说你哪里值得我喜欢，只说给你一人听。”

她知道宋凌微能言会道，撩人情话说得有理有据有甜有蜜，她有意防着他的糖衣炮弹，却被他的甜心核弹击中，暖爆她的胸膛，装满他的喜欢，让她无处可逃。

“可是……”余鲤的心结因为他的话而松动，但依然在挣扎，“我的样子像施芸芸，以后说不定会有像她的行为，也值得被喜欢吗？”

她不想像施芸芸，一想到施芸芸，那些过去就会涌上来将她淹没，令她自卑不安，害怕她最终会变成自己讨厌的人。

“傻瓜，你越长大就越不像她了。”宋凌微捧起余鲤的脸，细细端详，

“你的样子是你的，你的行为是你的，和她都没关系，我喜欢你，和她也没关系。”

时间很温柔，温柔地雕琢出余鲤远山近水的眉眼，有着过去施芸芸最美时的影子，却不再像如今的施芸芸，余鲤便是独一无二的余鲤。

时间又很残忍，残忍地磨灭施芸芸美丽的棱角和光彩，只剩下沧桑的朴素，泯然于众人，找不到跟余鲤相似的痕迹，只剩看不见的血缘羁绊诉说她和余鲤的关系。

“我和她不像了吗？”

余鲤如梦初醒，现在的施芸芸早就不是她记忆中的模样，她们分开十几年，彼此都有变化，再也不是过去的样子。

“嗯，你是你，她是她。”宋凌微揉揉她的脸，给她喂定心丸，“年年，研究表明，在一起的人才会长得越来越像，所以，你以后只会跟我越来越像的。”

心间的结终于松动了，他仿佛给她全新的解题思路，让她知道如何去面对纠结的问题。

余鲤忍不住抬起手，抚摸着宋凌微的脸，想起父亲的模样，忽而释然，她也会越来越像父亲吧？

“宋凌微，我可以相信你吗？”

余鲤想要再一次相信他，找回年少时对他的依赖，让心中所有的躁动平静下来。

“年年，来我这里。”宋凌微张开手，向她敞开怀抱，“我相信，年年有余，岁岁有你，无论何时，我们都在一起。”

她的心跳变得很快，年少时四处乱撞的小鹿回来了。

他依然是她唯一会动心的人。

清原道馆。

让学员自由组合进行对练，宫清原却在休息区看着手机发呆。

手机上有宋凌微发来的微信，告知余鲤的最新情况，她醒来以后，在医院观察了一天才被允许出院，已经离开鹭城回 X 市。

那日跟施芸芸谈过，他也没有在鹭城停留，相信宋凌微会处理好余鲤的事。

仿佛亲手将余鲤交给了宋凌微，以后余鲤就不归他管，他的心忽然变得空落落。

他最近常常晃神，陷入回忆中，想着二十年前开始认识的余鲤，最初她像个娇气的小公主，要余绰背着她进道馆，对着余绰各种撒娇，要他陪伴。但余绰要去做兼职，没法在道馆待太久，只能等兼职结束再来接她。

余绰一走，余鲤就兴致阑珊，不肯认真练习，而他总是盯着她，不准她偷懒。

余鲤便会闹脾气,对他又抓又挠,可惜打不过他,只得乖乖跟着他练习。

那是被余绰宠爱着的余鲤，有点儿娇蛮有点儿任性却非常可爱，漂亮得会闪光，吸引着他。道馆里的小男生们借口练习凑到她身边，她嫌弃他们太弱不想理他们。而他作为道馆里最强大的师兄，她只愿意跟他一起练习，小男生们就羡慕他，一个个练得更加起劲了。

宫清原很怀念那段时光，余鲤仰望着他信赖着他，在她眼中，他是最特别的存在。

后来余绰过世，余鲤变成孤零零一个人来道馆，整个人都暗淡下来，她拼命地练习，把自己弄得很累，像是在掩饰失去父亲的痛苦。

他看着心疼又难过，可他能给予她的只有陪伴，只要她需要，他可以为她做任何事，就算是余绰的替身，他也愿意这样守着她。

然而，这世间，不如意者十有八九，他并非那幸运的一二。

她成了他无法碰触的存在，越是爱就越无法靠近。

或许他比余鲤更恨施芸芸，恨她伤害了余鲤，恨她同时毁了他和余鲤可以在一起的未来。

他喜欢了整整二十年的人，如今不得不亲自将她交给另一个人，像是掏空自己的心，胸口多了个大窟窿，他听得见里面淌血的声音，如泣如诉。

他不禁想恨宋凌微，恨他太幸运，成为余鲤最亲近的人。

终究他还是心有不甘……

“师兄？师兄？”

熟悉的声音响起，远得有点儿飘忽，又近得震颤到他的心。

宫清原回过神，看见余鲤的手在他眼前摆动，他情不自禁地伸手，想握住她的手，但理智瞬间将他拉回，害怕一碰触，她会惊慌逃离。

十二年前，看着崩溃的余鲤，他想要拥抱她安慰她，她却大受惊吓，尖叫着推开他，浑身颤抖地看着他，似乎想要向他道歉，可又开不了口，满眼的恐慌，眼泪啪嗒啪嗒地掉……那画面变成了魔咒，让他每次想碰触她都会想起来，令他退缩。

当时他对她承诺：“小鱼，别害怕，我不碰你，我陪着你。”

从那以后，只要她需要，他就会陪她，但不会碰她……渐渐地，他也无法碰她，害怕再一次被推开。

“小鱼。”宫清原定了定神，若无其事地问，“你怎么来了？”

“原来师兄也会发呆，真有趣。”余鲤笑了笑，在他身边的位置坐下，“我来向师兄道谢。”

“谢我什么？”

宫清原看了看自己又退缩的手，或许他也有病，不敢抓住余鲤，只能当推手，将她推给宋凌微，然后自艾自怜。

“师兄，你知道的，有些事我对宋凌微难以启齿。”余鲤在宫清原面前是放松的，不会患得患失，“在他面前，我会自卑，他越是喜欢我，我就越觉得自己不配，害怕他知道过去，发现我并没有那么好，他就会再次离我而去。”

“小鱼，你很好。”宫清原不希望她妄自菲薄，“宋凌微虽然会以貌取人，但他也会带眼识人，只要他眼睛没瞎，就不会离开你……不，应该说，就算他眼睛瞎了，他也不会离开你。”

宫清原见过宋凌微花式秀恩爱，也见过宋凌微在他面前刷存在感宣示对余鲤的主权，不会容许余鲤逃避，更不会拘泥于余鲤忌讳的过去，对宋凌微来说，现在和未来更重要。

“师兄，你比我更了解他。”余鲤有些感慨，“我在他面前只会虚张声势，可能永远无法鼓起勇气对他坦诚过去。所以，师兄，谢谢你，让我肆无忌惮地面对他，跟过去做个了断。”

尽管她依然无法对施芸芸释怀，依然从鹭城逃离，将宋凌微留在那里善后。

走之前，她忍不住问宋凌微：“我这样对她避而不见，是不是很懦弱？”

“年年，你不需要逞强。”宋凌微摸着她的头，理所当然地说，“你只要顺从心声，做你自己就好。现在不想见她没关系，以后想见她也没关系，这都是你的权利。如果有人敢侵犯你的权利，别忘了你还有我，我可是有律师执业资格的人哦。”

她所有顾虑的事情，在宋凌微面前，都会变得不值一提。

“嗯。”宫清原轻轻地点头，“小鱼，你还会害怕吗？”

“师兄，你以前跟我说，你相信宋凌微会带我走很远的，让我别害怕过去，只管往前走。”余鲤记得那还是宫清原第一次见到宋凌微，“我现在也相信，与他同行，我就会有力量往前走。”

“小鱼终于变成大鱼了。”宫清原百感交集，再一次确定她真的不需要他了，“我这个师兄可以退休了。”

她再也不是他的小鱼，他终于彻彻底底地失去她，从今往后，她的喜怒哀乐，不在他的管辖范围。

“师兄永远是我的师兄，我的兄长，我的家人。”

在余鲤心中，宫清原很重要，他是她的青梅竹马，是支撑她走过绝望的人，也是给予她无私陪伴的人。

当她下定决心，她第一个想告知的人不是宋凌微，而是宫清原。

“师兄，我不会再害怕，你放心，我会变成跃过龙门的鲤鱼。”

“嗯，我就等着看鲤鱼跃龙门了。”

宫清原认真地看着她，仿佛又看见那个被余绰爱着的余鲤，有自信的光芒在她眼中闪烁，她整个人在发亮。

那是他最初动心的样子，也是他最喜欢的样子。

胸口仍旧会悸动，心间依然有爱意。

他很想给她一个祝福的拥抱，但只是摊开手，看着她微笑。

宫清原决定不去恨宋凌微，因为宋凌微将他最喜欢的余鲤带回来了。

第十四章

从来只有他一个

CONG LAI ZHI YOU TA YI GE

宋凌微处理完鹭城的事，一回到三朝，就收到从特勤部转来的余鲤的辞职信。

他没想到让余鲤先回来两天，她就趁机搞事情，居然没透露一点儿口风给他。

宋凌微二话不说，杀到特勤部兴师问罪。

部长室里，余鲤正在跟明郗过招，她穿着红色练功服，身姿灵巧，动作轻盈，仿佛一条奋发向上努力跃龙门的红鲤鱼，生气勃勃，煞是动人。而穿黑色练功服的明郗便是那坚固高大的龙门，并未使出全力，明显陪练的心态，只是见招拆招，没有攻击性，反而显得余鲤咄咄逼人了。

明郗见到他来立刻收势，一脸像看到救星的欣慰表情。

“宋部，你来得正好，我问你，你到底把余鲤怎么着了？”明郗先问罪，“她好端端地要辞职，害我不得不跟她练手来做挽留，啧，真是有其师必有其徒，你们专门寻我开心吗？”

“年年，你来寻明部开心吗？”宋凌微将问题抛给余鲤，冲她挑了挑眉，“我也想知道，你好端端为什么要辞职？难道我真把你怎么着了？”

“跟我打一场。”余鲤意犹未尽，朝宋凌微钩钩手指，“我就考虑告诉你理由。”

宋凌微看着兴致勃勃的余鲤，她的双眼闪着狡黠的光，双颊出汗飘着绯红，显得特别生动撩人。

“赢了告诉我？”他把西装外套一脱，扯开领带，接受她的挑衅，微笑着问，“还是输了告诉我？”

“嗯哼。”余鲤不置可否，摆出架势，“放水肯定不告诉你。”

为人徒弟大半年，该跟师父较量一番，以定乾坤。

“明知不可为而为之，有出息，不愧是我的徒弟。”宋凌微赞赏道，“那我手下就不留情了，年年，看招！”

宋凌微出手就是一招黑虎掏心，余鲤险险地以白鹤亮翅之势躲过他的攻击。

虽然她放话好听，但两人实力差距悬殊，面对宋凌微凌厉的攻势，她左躲右闪，接招接得狼狈，不出十招，她就面对面地被宋凌微锁在怀里，难以动弹。

“年年，还打吗？”宋凌微好整以暇地问，徒弟有几斤几两他最清楚。

“你……”余鲤抽了抽鼻子，抬起水雾氤氲的眼睛，用控诉的语气道，“欺负我。”

“我哪里欺负你？”面对她泫然欲泣的样子，宋凌微的心瞬间软了，“不是你让我别放水吗？”

“但你可以泄洪啊！”余鲤委屈地盯着他，眨了眨眼睛，左眼流下一滴眼泪，“你就这么想置我于死地吗？”

胸口中了温柔一箭，宋凌微没想到余鲤会这样撒娇，刹那化作绕指柔，他简直傻透了，居然会跟她较真，这样打赢她是要单身一辈子的。

“哎，我真不该仗势欺人的。”宋凌微松开手，将她拥在怀里，轻拍着她的背认错，“年年，我的错，弄疼你了吗？”

“不疼。”

余鲤悄悄地环抱着他的腰，感觉他全身都放松下来，完全没有防备，漏洞百出。

她突然下蹲，抱住他的双腿，猛地用劲，使出摔跤的抱摔绝招，将他往前摔倒在地，整个人快速压到他身上，弯起手肘顶住他的颈项，完成锁喉。

宋凌微有点儿蒙地看着余鲤，没料到她会耍诈，对他使出美人计。

“刚才你见色起意的瞬间，我可以让你死一百遍！”余鲤卡着他脖子发表胜利宣扬。

当初训练时，他也用过这样的招数迷惑她，她不过是学以致用，以其人之道还治其人之身。

“年年，看来你可以出师了。”宋凌微哭笑不得地看着得意扬扬的余鲤，以前的她不屑“靠脸行事”，没料到现在的她居然会利用自己的优势，对他下套，有进步。

“认输吗？”余鲤居高临下，俯视他，“你现在的小命可在我手里呢。”

“好吧，你赢了。”宋凌微没有异议，“我们可以休战了吗？”

“可以。”余鲤爽快地放开他，起身对旁观的明郗说，“明部，你做个见证，这次的较量是我赢了。”

“这历史性的一刻，我确实见证了。”旁观宋凌微中了美人计被摔全过程的明郗，拼命忍住笑，送上高帽，“余鲤，既然你都青出于蓝而胜于蓝，就继续留在特勤部发光发热，成为三朝的王牌保镖吧。”

“明部，谢谢你邀请我来三朝，也谢谢你对我一直以来的支持。”余鲤正色道，“但我去意已决，不能再留在三朝当保镖。”

“我的特勤部真的很缺保镖，尤其是女保镖。”明郗头疼了，“余鲤，你有什么不满尽管说，我一定尽全力满足你，比如，你要是不想受宋部的骚扰，我保证不让他靠近你半径一米内，怎么样？”

“明部，半径一米内不要挑拨离间，我手痒着呢。”宋凌微对他比了比拳头示意，他们现在的距离可不到一米。

“宋部，余鲤可是我特勤部的保镖。”明郗声明立场，“我不准她因为你辞职，你给我把人留下来，不然赔我一个女保镖！”

宋凌微懒得理他，摆摆手，让他在一边待着，别碍事。

明郗哼了声，环抱着双手，作壁上观，看他怎么留人，留不住就别想出特勤部的门。

“年年，理由。”宋凌微无奈地看着余鲤，举起双手表示投降，“我一回来你就给我惊喜，是我哪里做得不好，你要惩罚我吗？”

“不。”余鲤摇头，“正好相反，你做得太好了。”

这次鹭城的任务，她作为罗山南的保镖，没能善始善终，反而弃甲逃跑，将未尽事宜交给宋凌微去善后。她没能当面感谢罗山南救了落水的她，也无法解决罗山南遭遇骚扰的事。

宋凌微留在鹭城两天，快速地将事情解决，他发消息告诉她，骚扰罗山南的幕后黑手确实是罗坚的前女友，但不是施芸芸，而是前前任，听说罗坚要结婚就去搞事情了。

罗坚和罗山南也发了消息给她，却是为隐瞒他们和宋凌微的关系向她道歉，罗坚甚至向她保证，会跟施芸芸沟通好，让施芸芸跟他们保持距离，不会妨碍她和宋凌微在一起。

余鲤知道她不愿意见施芸芸，不管是宫清原还是宋凌微，他们都会满足她，无论用什么办法，只要她不想见施芸芸，施芸芸就不会出现在她面前。

她是个虚张声势的胆小鬼，而他们都在纵容她逃避。

“年年，你在怪我大包大揽，又让你变成温室里的保镖吗？”宋凌微叹气，他只是想让她轻松些。

“不管是当裴叙的保镖，还是当祁念念的保镖，我都很容易感情用事，不是合格的保镖。”余鲤很清楚自己作为保镖的缺点，“这一次我甚至无法完成任务，你让我先回来，我感觉松了一口气，明知作为保镖不能擅离职守，可我还是逃回来了。”

“感情用事也正常，你只是缺乏经验而已。”宋凌微表示理解，“年年，我保证会放手，减少对你工作的干涉。”

“不，你不会真的放手。”余鲤越是了解宋凌微，就越清楚他的做法，“就算我变成很有经验很厉害的保镖，你也不会真的让我去涉险，你会一直在暗中护我周全的。”

“不当保镖也可以。”宋凌微承认他对她的保护欲，只得让步，“你继续留在三朝，来安全部或者营销部，有很多岗位供你选择。”

“我不想逃避了。”余鲤直视着宋凌微说，“有些事情我必须去面对，不能让你来承担。”

“我愿意啊。”宋凌微不觉得会是负担，“年年，依靠我不可耻，我让自己变得强大就是想成为你的依赖。”

“你喜欢我，很喜欢我，对不对？”余鲤反问他。

“我喜欢你。”宋凌微无比笃定，“年年，从以前到现在，我只喜欢你，以后也只喜欢你。”

她想要保证想要承诺，他都可以给她，他愿意做一切让她信任他，依靠他。

“可我不喜欢自己。”余鲤自嘲地笑了笑，“自从父亲过世，我渐渐觉得自己不值得被喜欢，施芸芸不爱我也正常。跟你分手以后，我开始讨厌自己，觉得你离开我是对的。这些年我越来越不喜欢只会虚张声势的自己，所以，你越是喜欢我，我越是害怕，害怕我并没有你想象的那么好。”

“年年，相信你自己，你很好的。”宋凌微皱起眉头，他的喜欢并未给她自信，反而变成压力让她妄自菲薄了。

“阿凌。”余鲤突然用久违的称呼唤他，袒露她最纠结的心理，“我想相信自己是很好的，我想像你那样喜欢自己，我只有喜欢自己，才会觉得自己值得被你喜欢。”

一声“阿凌”戳中宋凌微心底最柔软的部分，那是余鲤对他敞开心扉，愿意对他示弱，愿意依赖他。

她不喜欢自己。

看她对自己这么苛刻，宋凌微感到难过，抬起手，轻抚着她纠结的脸。

“你想怎么办？”

他可以给她很多很多的爱，但无法抵消过去的一切对她造成的影响，有些东西，必须她自己去面对才行。

余鲤定定地望着宋凌微，在眼中，她看到被他包容着的自己，正是确定她被他喜欢被他接纳，她才有勇气去改变。

“我想换个活法。”

如果她连真实的自己都无法面对，如何值得被他倾心相待呢？

“小鱼，你又失业了。”

蔚观公司换了新老板柏冬时，今年员工福利是安排美国十日游，王沐春度完年假回国，就看到余鲤窝在公寓里，很有闲情逸致地看电视，她忍不住苦头婆心起来。

“宋哥的渔网不够牢固，兜不住你吗？还是你又把宋哥给过肩摔了？”

王沐春还是从宋凌微那边得知余鲤离职，结束她的保镖生涯。

“不是过肩摔。”余鲤正在看宋探微主播的新闻节目，凉凉地纠正，“是抱摔。”

“哦，我的天，宋哥做了什么天怒人怨的事吗？”王沐春扶额，“你居然摔他？这样会把你的桃花摔没的，小鱼！”

“他很好。”余鲤笑了笑，“只是我们师徒较量，我赢了就出师，重获自由。”

她对三朝没有什么不满，特勤部的明郗和营销部的唐寂都在挽留她，不过宋凌微支持她的决定，明郗作为直属上司只能批准她的辞职申请。

“你赢了宋哥？怎么可能？”王沐春表情怪异地盯着余鲤，她这次的失业状态跟以前很不同。

“谁让他见色起意呢。”余鲤很清楚她是宋凌微软肋，“百炼钢就变成绕指柔，再牢固的渔网也是漏洞百出的。”

王沐春不相信，亲眼见过宋凌微将余鲤吃得死死的样子，余鲤要想逆袭，除非——

“你……你不会对宋哥用美人计吧？”

“有何不可？”余鲤不以为然，“兵不厌诈嘛。”

“小鱼！”王沐春像是发现了新大陆，“你打不过宋哥，竟然利用美色，你你你……你不是最讨厌靠脸吗？”

“大春，你的宋哥说，我的样子是我的，跟别人没关系，我想怎样用都是我的事。”余鲤煞有介事道，“再说我又不是靠别人的脸。”

“你对宋哥使美人计，那宋哥肯定毫无招架之力呀。”王沐春有些感慨地凑上前，捧起余鲤的白皙小脸，左看右瞧，真是清丽娇媚，我见犹怜，含情脉脉的笼烟眸更是杀伤力十足，宋凌微受得了才奇怪。

“你怎么突然开窍了？这样使用大杀器有什么企图？”

“我不想再逃避真实的自己。”虽然没对王沐春说起过去，但余鲤知道王沐春明白她对过去的忌讳，只是体贴不问而已，“我要接受现实，从规划职业开始，做回我们的本行。”

“我们的本行？”王沐春愣了下，脑筋转过弯，眼睛就亮起来，“你终于想开，不暴殄天物了？”

“我想试试。”余鲤轻轻地点头，“大春，我不能一辈子都讨厌自己的样子。”

“你的样子可讨喜了，你怎么可以讨厌呢？”王沐春趁机摸摸她喜欢的脸，非常理解宋凌微对余鲤的“见色起意”，“小鱼，你换工作，宋哥知道吗？”

“他还不知道。”余鲤对王沐春摆摆手指，“暂时要对他保密哦。”

她离开三朝，对宋凌微说让她静几天，想想以后的路，考虑好了再见他。

宋凌微难得收敛，放她一个人独处，每天会发些有趣的微信过来，刷刷存在感。

“可怜的宋哥，他以后会增加成千上万的情敌。”王沐春提前替宋凌微祈祷，“希望他不要打翻醋坛子。”

“那我就爱莫能助了。”余鲤两手一摊，无辜道，“不过，事实会证明他的眼光很好的。”

“小鱼，你看我。”王沐春指着自己的眼睛，“我的眼光也很好的。”

余鲤配合地凑近，仔细端详她的眼睛，在王沐春的眼中，看到是被温柔接纳的自己。

她想面对自己，证明他们的眼光都很好。

宋凌微哼着小曲开着车，想到一会儿就能见到余鲤，眉开眼笑。

短短几日未见，仿佛隔了数年，心痒难耐，却不得不忍耐。

他明白余鲤现在的状态，想要冷静思考，他给她空间，而她也守约，想清楚以后就发来信息，告知见面的时间地点，令他雀跃。

宋凌微下了班就直接驱车前往微光岛酒店，打开约定的包厢，看到余鲤言笑晏晏的模样，与背对着门的男人相谈甚欢。

有股酸气呛上来，呛得宋凌微快步走向余鲤，俯身吻了吻她的额头，宣示主权似的打招呼：“亲爱的，我来了。”

“来就来，别乱来。”冷不防被“偷袭”的余鲤，不由得红了脸，“有人在看着呢。”

“谁在看呢？”宋凌微带着挑衅的眼神，转身面对包厢里的另一人，瞬间傻眼，“你怎么在这里？电视台不是很忙吗？你不应该在加班吗？”

“有点儿酸呢。”明珠电视台的当家男主播宋探微啧啧道，“我忙归忙，饭还是要吃的。”

“年年，你请他吃饭？”宋凌微在余鲤身边坐下，表情很不爽，“还是请他当电灯泡？”

“正确地说，今天的晚饭是你堂哥请的。”余鲤好笑地看着吃醋的宋凌微，他一脸嫌弃宋探微碍眼的样子。

“哥，无事献殷勤，有什么企图？”

宋凌微狐疑地盯着宋探微，他们哥俩长得有五分像，虽然气质不同，但这类俊秀长相是余鲤的菜，他不得不防患于未然。

“啧啧，收起你防狼的眼神。”宋探微有点儿受不了，“我和师妹谈的都是正事。”

“师兄，不好意思。”余鲤尴尬地扶额，“他戏有点儿多，请见谅。”

“等等，你们这师兄师妹的，演的是哪出戏？”宋凌微不满的目光在余鲤和宋探微之间来回，“年年，你的师兄不是宫清原吗？”

“宫清原是教我跆拳道的师兄。”余鲤理所当然道，“你堂哥是我大学的师兄，我们可是 X 大新闻系的直属师兄妹，师出同门，如假包换。”

“凌微，你应该早知道我和她都是 X 大的。”宋探微意有所指，“比我更早知道。”

“我又不是 X 大的。”宋凌微想起一些事，目光闪烁不定，“哪清楚你们 X 大有什么毕业生。”

“听起来似乎有故事。”余鲤若有所思地瞅着不自在的宋凌微，“师兄，为什么他会比你更早知道呢？”

“哥……”宋凌微忍不住向宋探微使眼色，希望他别讲故事。

“跟师妹聊过，我才想起在 X 大读研时，确实听说新闻系有个会过肩摔的漂亮新生，没想到毕业多年以后才知道是师妹。”宋探微装作没看见宋凌微的暗示，“那时凌微在政法大学读大三吧？他时不时地来 X 大，说是找我但从未提前联系我，经常没见到我就走了。我一度怀疑他肌肉练多了脑子退化，我现在终于知道为什么。”

“宋主播，你走的是高冷精英路线，话少点比较符合形象。”仿佛被翻出黑历史，宋凌微有点儿窘迫。

“此刻我的身份是你的堂哥和余鲤的师兄，话多点儿比较符合亲切的大哥形象。”宋探微促狭道，“师妹，你懂了吗？”

“我有点儿懂了。”宋探微的爆料让余鲤很意外，不可思议地看着宋探微，“你是去 X 大找我吗？为什么我从来没见到你？”

“探微在 X 大怎么样，我没兴趣了解。”宋凌微没有否定，“年年，我真不想让你知道我有那么胆小的时候。”

“胆小？”余鲤不解，“你会害怕见到我吗？”

“这事得怪你。”宋凌微干脆甩锅，“谁让你说见一次打一次，我哪敢见你？我那时还在修炼中，就想去看看仇人刺激自己奋发图强嘛。”

高中毕业时跟余鲤以惨烈状态分手，进入大学他就疯狂地健身习武，当时对余鲤的心态很复杂，想变得强大一雪前耻，又想让她刮目相看后悔甩了他。然而，他一边想着向余鲤“复仇”，一边又克制不住想见她，可去了 X 大就近君情怯，想起她放的狠话，放不下自尊，只能偷偷关注，不敢轻易碰面。

“所以这些年，你一直都知道我在哪里在做什么，对不对？”余鲤动容，心间起了波澜，带来阵阵悸动。

她以为分开后，他就不想再见到她，明明她也考到 X 市，X 大和政大相隔不过数公里，仿佛缘分已尽，她从未遇见他，也不敢去政大找他，硬生生地将他埋进回忆，变成无法面对的隐疾。

“年年，让我动心的从来只有你一人。”宋凌微握起余鲤的手，“其他人在哪里做什么，我没兴趣，我只在意你在哪里在做什么。年年，原谅我当时没敢让你见到我，我现在觉得后悔，浪费了那么多的时间，不然今天就可以请宋主播喝喜酒呢。”

余鲤本来感动着，结果被他最后一句话逗笑，拍了拍他的手说：“小心眼，今天师兄请客，是为了庆祝我开始新工作呢。”

“你新工作确定了？”宋凌微顿了顿，“很好，我给你做满汉全席庆祝，凭什么他请客刷存在感？”

“师兄，菜单里可以再加道西湖醋鱼吗？”余鲤转而问宋探微，有人吃醋的样子太幼稚了。

“没问题。”宋探微哭笑不得，“我会建议厨师多放点儿醋的。”

“哥，是我家鱼儿找到新工作。”宋凌微强调，“这饭还是我来请，你想吃什么尽管点。”

“好好好，我请客你买单，可以了吧？”宋探微不跟他一般见识，“现在我们来说点儿正事。”

“什么正事？”宋凌微虽然抢到单，但还是觉得宋探微和余鲤之间很古怪。

“欢迎师妹进入明珠电视台，成为我的搭档。”宋探微愉悦地宣布余鲤的新工作，“作为前辈，我会手把手地将师妹带成当家女主播。”

“年年，你要出道？”宋凌微一脸的错愕。

“这不算出道。”虽然以前裴叙拍戏时的执行导演冯羽想签她，让她以演员的身份出道，但她对演戏没兴趣，“我新闻专业出身，只是做回本专业的工作而已。”

“你明明可以靠身手吃饭，不用靠脸也没关系的。”

一想到余鲤在电视上亮相，被越来越多的人认识，宋凌微的脸就垮下来，感觉成千上万的情敌呼啸而来，头开始疼了。

“祁蔚姐说靠脸的饭碗没那么好端，作为主播，除了适合上镜的脸，还需要专业素养和综合能力，我想试着挑战这样的工作。”余鲤解释，“抱歉，没有提前跟你说，我只是想给你惊喜，想让你看到我的决心和改变，阿凌，你会支持我吗？”

宋凌微很想打电话给祁蔚，控诉她不厚道的挖墙脚行为，他想把余鲤抢回来，养在他的鱼缸中，不想她变成公众人物。

然而，余鲤一声“阿凌”，瞬间戳到他的心软处，面对她期待的眼睛，他就没法拒绝。

“如果可以，我想你藏起来，只给我看，就不用担心别人发现你的好了。”宋凌微想自私点儿，可想到余鲤对自己模样的纠结，为了改变做出的努力，他就想成为她的后盾，“不过，我更希望你发现自己的好，像我这般喜欢你自己，所以，我当然支持你，余主播，我会当你最忠实的观众，为你疯狂打 Call 哦。”

心底仿佛传来他打 Call 进来的响铃，变成胸间的震颤，引起心弦的共鸣，荡出安心的涟漪。

“嗯。”余鲤看着宋凌微的眼睛闪闪发亮，“有你的支持，还有师兄的带领，我就觉得无所畏惧了。”

“凌微，你放心，我会亲自训练师妹成为合格的主播，她会作为新人女主播跟我搭档播报新闻，之后再独立负责祁蔚制作的新节目。”宋探微说明余鲤的相关工作，“有我在师妹身边，我敢保证，阿猫阿狗是不敢随便打师妹主意的，毕竟有时我的高冷形象很有威慑力的。”

“嗯哼。”见宋探微还会考虑他的感受，宋凌微感觉好了些，“哥，那就拜托你帮我注意狂蜂浪蝶，别让他们靠近我家鱼儿，她会过敏的。”

“师妹的余式过肩摔，我也有耳闻。”宋探微煞有介事地点头，“为了电视台的和谐与稳定，我会做好把关工作。”

“你们……”余鲤啼笑皆非，“我有分寸，不会乱来的。”

“年年，你不用忍气吞声，乱来也没关系。”宋凌微举起护短大旗，“你就当初生牛犊，不管前有虎还是后有狼，只管往前冲，后面有我呢。我就是你的私人保镖，也是你的法律顾问，可以为你提供全方位的保护哦。”

余鲤确定他对她的保护欲不会因为她离开三朝而改变，他恨不得将她的事大包大揽，让她坐享其成……她是这样被他爱着的。

“那就有劳师父护航了。”

而她要学会的是欣然接受他对她的好，相信自己是值得的。

吃完饭，宋探微就回电视台加班，宋凌微开车送余鲤回家。

“师兄不愧是明珠当家男主播，外表形象满分，业务水平满分，待人处事更是细致周到。我这几天向他请教了很多东西，他都不藏私，深入浅出地让我了解了很多电视台台前幕后的工作情况。师兄看起来高冷实际上还蛮风趣的，我想跟他共事应该会很愉快。”

余鲤说起最近跟宋探微交流的感受，对他各种推崇，听得宋凌微不是滋味。

“年年，你看到的可能是假象。”宋凌微郑重其事道，“其实他非常无趣，读书时是出了名的高冷面瘫男，让人觉得傲慢无礼，难以亲近呢。”

“是吗？”余鲤不以为然，她对宋探微的观感很好，“师兄是谦谦君子，觉得他傲慢无礼的人是眼睛瞎了吧？”

“哈？他是谦谦君子？”宋凌微哼笑出声，“闷骚男还差不多。”

余鲤歪头看着驾驶座的宋凌微：“你对师兄好像有偏见？”

“不是偏见，作为从小跟他一起长大的兄弟，我是最了解他的。”宋凌微义正词严，“我这是让你了解真实的宋探微，免得你看走眼了。”

“这话听起来有点儿酸呢。”余鲤揶揄道，“难道你还在吃师兄的醋？”

“我才不会吃他的醋，他根本就不会追女孩子呢。”宋凌微不认，反而爆宋探微的黑历史，“年年，我跟你说，他以前可是端着架子摆着高姿态，等着女生来追，然后一副‘我愿意让你追是你三生有幸’的样子，太蠢了！结果可想而知，女生追着追着觉得追不动就放弃跑了，他气得内伤，却不肯放下架子把人家追回来呢。”

“你很幸灾乐祸吧？”余鲤没想到宋凌微八卦起来，跟三姑六婆没差了。

“嗯哼。”宋凌微不置可否，“你知道他为什么当主播吗？”

“术业有专攻，当主播很正常啊。”

“不，因为他太闷骚了。”宋凌微愉快地破坏宋探微的形象，“以前追他的女生，放弃之后就跟他划清界限，换了联系方式，彻底消失。他放不下架子去找人家，就把自己放到万众瞩目的地方，成为主播在电视上亮相，希望那个女生看到他来找他……哈哈，年年，你说可能吗？人家女生不要面子吗？”

“可能有误会？”余鲤没想到宋探微的恋爱是这种操作方式。

“不是误会。”宋凌微很肯定，“是他表现出不喜欢那个女生的样子，他还好意思说那个女生不懂他，他觉得没有拒绝被她追，就代表着喜欢，幼儿园的男生都比他会追女生呢。年年，情商低到马里亚纳海沟的人，我怎么会吃他的醋呢？”

“那是以前的师兄吧。”余鲤终于明白宋凌微努力“诋毁”宋探微掩饰吃醋的心思，“跟现在的师兄接触，我觉得他知情识趣也成熟稳重，是女性的理想类型，他会成为最受欢迎的男主播也在情理之中。”

“因为他被调教过了。”宋凌微没好气道，“如果不改掉假高冷真闷骚的个性，注定孤独一生呢。”

“师兄果然是师兄，看来是凤凰涅槃浴火重生了。”余鲤表示佩服，“我得多向师兄请教，他身上有很多地方值得我学习。”

宋凌微有点儿哀怨地瞥了眼余鲤，他说了好一会儿宋探微的“坏话”，怎么反而在她心中树立起宋探微更高大的形象呢。

“年年，他现在不是单身，有个很厉害的吃货女朋友呢！”宋凌微不得不提醒，希望余鲤不要对宋探微太关注，否则他会内伤的。

“那又怎样？”余鲤不以为意道，“我也有个很厉害的男朋友，会功夫还会打官司呢！”

仿佛受到暴击，宋凌微一时反应不过来，缓缓地踩下脚刹，靠边停下车，冷静一下。

“年年。”宋凌微目不转睛地盯着她，小心翼翼地确认，“你刚才说有个很厉害的男朋友，会功夫还会打官司，我吗？”

“嗯哼。”余鲤似笑非笑地冲他挑眉，“我该不会交了个假的男朋友吧？还是像师兄说的，你肌肉练多了脑子退化？”

“年年！”男朋友身份正式得到官方认证的宋凌微，瞬间乐得像个傻子，“怎么办？我现在想亲亲我的女朋友！”

“这么办吧……”余鲤解开安全带，凑近驾驶座的宋凌微，捧住他的脸，吻住他。

他的回应像狂风暴雨，宣示着他的欣喜若狂。

她搂着他的颈项，给予她的热情。

她的男朋友，从来只有他一个。

第十五章

没有什么不可以

MEI YOU SHE ME BU KE YI

随着直播时间的临近，余鲤感觉越来越紧张。

一个月前她进入明珠电视台工作，先给宋探微当助理，熟悉电视台工作流程，进行上镜培训，逐渐习惯在镜头前表现，获取主播相关资质后，她才以女主播的身份成为宋探微的新搭档，在《午间资讯》栏目正式亮相。

余鲤盯着镜子中的自己，化妆师给她化上职业主播的妆容，大方端庄，自然淡雅，像是给她戴上战斗的面具，掩饰了她的不安和慌张。

镜子里突然出现宋凌微的身影，他来到她后方，俯下身，双手按在她肩上，细细地端详着镜子里的她，笑着说：“我家鱼儿好像会变魔法，变得更好看了。”

“你怎么来了？”余鲤惊喜地回头看他，“不是说要在公司准时打开电视看直播吗？”

“我更想看现场直播呢。”宋凌微凑到耳边，想趁机偷香，被余鲤手快拦住，嗔怒地瞪了他一样。

“别乱动，会弄花妆的。”她可不好意思因此请化妆师补妆。

“那我只好退而求其次了。”

宋凌微拉起她的手，亲了亲手背，又翻过来，在掌心落下一吻。

“你正经点儿。”

余鲤赧颜，幸好化妆室被分成一个个格子间，每个人都身处单独的化妆空间，保证隐私，互不干扰。

“我最近都很正经，你知道的。”

宋凌微忍不住委屈，自从余鲤进了电视台，他就开始后悔，以宋探微频繁加班的情况看，余鲤做他的助理怎么会清闲呢？

每次来电视台接余鲤，她总是一副累瘫的模样，害他都不忍对她不正经，只想她好好休息。然后他打电话给宋探微，抗议他将余鲤当苦役使，宋探微轻飘飘地回他：“苦役还算人，我都被当牲口使了。”

“哥，她好歹是你未来弟妹，你不能多给点儿关照吗？”

“师妹求知若渴，想早日独当一面，让我不要放水，尽可能以高标准要求她。”

“所以你就不手软？”

“这是师妹的选择。”

宋探微一句话堵住他所有的不满，正因为是余鲤的选择，即使不舍她辛苦，也不能越俎代庖地包揽她的工作，只能支持她，让她在工作以外的时间轻松点儿。

“嗯。”余鲤懂他的忍耐，“师兄说正式亮相后，我不用继续助理的工作，上班时间也会比较固定。”

宋探微是明珠电视台的当红男主播，他负责的栏目有直播新闻的《午间资讯》和《明珠晚新闻》，还有主持访谈类的《探幽寻微》和《每周聚焦》，天天连轴转，做他的助理要配合他的时间，加班是家常便饭了。

“他还算有良心。”宋凌微哼了哼，“年年，你猜我早上去哪里？”

“翘班了？”

作为三朝 Boss 之一，余鲤猜他从未拿过全勤奖，工作狂更不是他的画风。

“我回了越泽城，在龙溪寺求了张护身符。”宋凌微难得不卖关子，取出红色绣袋放在余鲤掌心，“我祈求菩萨，保佑你，鱼跃龙门，心想事成。”

看着掌中装有护身符的红色绣袋，余鲤想起宋凌微高考那年，她也到龙溪寺为他祈愿。

“上一次，我没有去龙溪寺还愿，菩萨会不会责怪呢？”

余鲤有点儿心虚，那个暑假跟宋凌微分手，她觉得菩萨不保佑她，就再也不去龙溪寺了。

“不会，我去还愿了。”宋凌微摸摸她的头，“虽然遗憾当时你不在身边，但我还是偷偷向菩萨许愿，希望我们还会在一起。所以，今天我又去还愿了，又一次向菩萨许愿了。”

“我们下次一起去还愿吧。”余鲤动容道。重新开始以后，她才发现分开的时间里，他仍会想着她，为再次出现在她面前而努力着，想让她看到更强大的他。

“好。”宋凌微站到她面前，弯下身，捧着她的脸，“年年，别害怕，相信你自己。”

“第一次上镜直播，我有些紧张。”余鲤歪歪头，脸颊贴着他的手掌，他掌心的温度让她感觉安心了点。

“年年，不用紧张，我会看着你。”宋凌微忍不住亲吻她的额头，“我就在演播厅，在你的前方，一直看着你，陪着你。”

“你要说到做到，一直看着我哦。”余鲤喜欢宋凌微眼中的自己，会给她很多的自信。

“当然，我的眼中只有你。”宋凌微以额抵着她的额头，“我也只想看着你。”

他想看着她蜕蛹化蝶，接受自己，喜欢自己，相信自己值得被爱。

于是，《午间资讯》直播新闻时，余鲤不是看着镜头，而是看着镜头后方的宋凌微。

他面带微笑，眼含鼓励，直视着主播台后的她，从容而笃定，相信她会表现出最好的样子。

她像是在对他播放新闻，每一个字都会获得他积极肯定的眼神反馈，令她自信倍增，忘记了紧张，淡定地与宋探微搭档，展示她进电视台一个月的努力成果，完成女主播的首次亮相。

上涨的收视率数据证明了观众对新主播的关注和认可，让余鲤坚定了走女主播之路的心，在明珠电视台开始她全新的职业生涯。

余鲤和宋探微搭档主播《午间资讯》表现不错，不久后她开始独立主播早间节目《早安明珠》，她上手很快，在明珠电视台如鱼得水，变成电视台的重点培养对象，备受期待。

制作人祁蔚对余鲤又特别青睐，为她量身定制的新节目《功夫主播》也顺利开播，余鲤全程参与，工作量暴涨。

看着余鲤在明珠电视台越来越活跃，宋凌微悔不当初，后悔没有阻止她被祁蔚挖墙脚，后悔她步宋探微的后尘变成工作狂，没空约会了。

为保障跟余鲤的见面时间，宋凌微尽可能地接送她上下班。为让她多点儿休息时间，他时不时地接她到红砖房住，毕竟红砖房离电视台只有半小时车程，而回枫景园的公寓要一个多小时。

余鲤对在红砖房休息没意见，不仅省时间，还能当作是约会，又能吃到宋凌微的料理，一举多得，宋凌微也不用为了接送她在电视台、枫景园、红砖房三处往返奔波。

宋凌微为了让她专心工作，完全不让她在生活起居方面费心，为了保证她的舒适度，不断地将她的东西搬到红砖房，让她在红砖房各种习惯。等她反应过来，才发现很久没回枫景园，她的东西早都打包过来了。

王沐春适时发来通知，让她不用再回公寓。

“我要交男朋友了，跟你合租不方便。”王沐春表示需要私人空间，“小鱼，你还是去打扰宋哥，他很乐意跟你当室友呢。”

“我被大春扫地出门，是你搞的鬼吧？”

余鲤恍然大悟地看着宋凌微，他玩套路玩得炉火纯青，一不留神，她就进套了。

“我认为你现在不宜住枫景园，理由有二。”宋凌微煞有介事地说明，“第一，你会挡到王沐春的桃花运，怜爱单身狗，人人都有责；第二，不方便你去电视台上班，增加时间成本，影响业务提升。”

“有点儿道理。”余鲤似笑非笑，“不过，我想听你的真话。”

“真话是，我不想谈异地恋。”宋凌微将她圈进怀里，蹭着她的颈窝。

“异地恋？”余鲤哭笑不得，“哪来的异地恋？”

“电视台到枫景园要一个小时，枫景园到红砖房也要一个小时，这个时间搭高铁都能来回泽城了，还不算远吗？”宋凌微很委屈，“年年，我每天和你待一起的时间都没有你和宋探微待一起的时间多，还要我浪费两三个小时在路上吗？”

“确实有点儿远，辛苦你了。”余鲤抬手摸摸他的头，给他顺毛。

她在电视台的工作越来越多，为了让她能在电视台立足，他将工作以外的事都包揽了，她享受他的好，也懂他的忍耐。

“那你要怎么犒劳我呢？”宋凌微立刻顺杆子往上爬。

“你想我怎么犒劳你呢？”余鲤反问。

“年年。”宋凌微凝视着她的眼睛，正色道，“留在红砖房，我们一起生活吧。”

余鲤怔住，心底荡起波澜，各种滋味涌上心头。

父亲过世后，她觉得在鹭城和施芸芸一起生活的地方不再是家，那里总有施芸芸的男朋友出没，令她无所适从，宁可待在宫家道馆练功，也不愿意面对那些陌生人。

然后，她逃离鹭城，在泽城和余攸、苏沅一起生活，努力亲近她的祖父和对她疏离的祖母，让她不知所措，小心翼翼地应对，忍耐过度到了学校就张牙舞爪，像在发泄，显得格格不入。

大学考到 X 市，她又逃离泽城，幸好遇见了王沐春这个朋友，大学四年跟她同宿舍，毕业后也愿意跟她合租，这几年的生活还算平静，直到跟宋凌微重逢，她的状态就变得不稳定。

现在，她被王沐春“抛弃”，心理上有些微妙，直到听见宋凌微郑重其事地提出“一起生活”的邀请，微妙的感觉消失，取而代之的是释然。

兜兜转转，原来他所在的地方才是她的容身之处。

“我有时早班有时晚班，生活作息会不规律。我可能没有时间做家务，厨艺也没有你好。”余鲤没有直接回答他，反而数落起自己的问题，“我会把衣服忘在洗衣机里，很久都不晒。我吃柚子时，会把颗粒和籽掉得满地都是。我睡觉时，可能会说吓人的梦话，还有——”

“年年，来我这里，没关系的。”宋凌微打断她，“我也有问题，比如会忘记盖马桶盖，会脱了袜子随手扔，还可能放很臭的屁……你会介意吗？”

“很臭的屁，你得忍着。”余鲤失笑，他总让她觉得自己的顾虑不值一提，“空气清新剂很贵的。”

“好，听你的。”宋凌微愉快地接受建议，“年年，从今天开始，我们就一起生活了。”

“嗯。”

余鲤轻轻地颔首，看着他瞬间眉开眼笑，开心地抱起她转圈圈了。

不过想到真正的同居生活，余鲤有点儿期待，又有点儿紧张，还有点儿羞赧。

宋凌微所谓的一起生活，居然是将她当同住红砖房的室友，照顾得无微不至。

这个会功夫还有律师执业资格的流氓，她以前住红砖房时，一逮到机会他就动手动脚；现在成了恋人一起生活，隔壁卧室住着，近水楼台，他反而守起规矩，亲吻拥抱，点到为止，绝不越雷池半步。

余鲤觉得他的画风跑得有些偏了。

一大早起来，余鲤拾掇完毕，坐在厨房的小吧台桌前，若有所思地看着在准备早餐的宋凌微，熟练地起锅翻煎，一副乐滋滋的家庭煮夫模样。

《早安明珠》是早七点的直播节目，宋凌微不准她饿肚子上早班，就早起给她做早餐，六点半将她送到电视台，七点回红砖房看完她的节目直播再去睡回笼觉，三朝九点才上班。

“今天的早餐是鸡蛋卷饼和苹果豆浆。”宋凌微将早餐放在她面前，“余主播，用餐了。”

“一起吃吧。”余鲤示意他坐下，夹了块鸡蛋卷饼往他嘴边送，“你先帮我尝尝味道。”

“亲爱的，我保证没毒。”宋凌微一口咬住，三两下吃完，“虽然我很想把你毒倒，体验下‘从此君王不早朝’的滋味。”

“师兄说《早安明珠》是新人主播的过度节目，不会长期让我负责的。”余鲤莞尔，“祁蔚姐说《功夫主播》的反响很好，要增加外景拍摄，也许下个月开始我就不用主播《早安明珠》，你也不用辛苦早起了。”

“早起的鸟儿有虫吃，早起的鱼儿我来喂，我很乐意的。”宋凌微不觉得早起辛苦，“就是祁蔚太奸诈，怂恿你靠脸吃饭后，又算计你出卖身手，还把魔爪伸向我……简直利欲熏心，没人性。”

祁蔚为余鲤量身打造的《功夫主播》，每周一期，外景拍摄为主，模拟各种女性遭遇的意外状况，让正在采访新闻的主播余鲤遇见。于是，漂亮女主播变成功夫高手，出面解决危机，以此为契机，传授各种简单实用的防身术。

《功夫主播》首播收视开门红，乐得祁蔚向他炫耀她的眼光精准，准能把余鲤捧成明珠当家的女主播。为了让《功夫主播》后续内容更有观赏性和实用性，祁蔚向三朝发出合作邀请，同时让他担当《功夫主播》的武术顾问，可以现身跟余鲤做防身术的示范。

祁蔚太清楚他的软肋，抓住他的鱼儿，就算是直钩，他也会咬紧不放的，免得由其他异性担当顾问，他就得在电视前捧醋狂饮了。

“祁蔚姐很照顾我。”余鲤很感谢祁蔚的邀请，让她走上主播的路，“某种意义上，她很强势也很霸道，跟你有点像呢。”

“看来她才是我真正的情敌，我得提醒柏冬时看紧点儿了。”

宋凌微哼了哼，虽然不爽祁蔚的“算计”，但她对余鲤来说确实是可靠的同事。

余鲤笑而不语，吃完饭就坐宋凌微的车去电视台。

宋凌微的车停在明珠大楼地下停车场电梯边，解开余鲤的安全带，顺势拉过她，亲了下额头，就要挥手告别。

余鲤觉得他最近的画风太绅士了，让她越来越不习惯，故意凑近他，想吻他，没料到被他一手挡住。

“嗯？”余鲤瞪着宋凌微，什么意思？

“年年。”宋凌微的手贴着她的唇，好心提醒，“妆会花的。”

“花了再补呗。”

余鲤不爽地咬开他碍事的手，蜻蜓点水，吻到他的唇，才满意地放开。

“年年，不是这么吻的。”

宋凌微忍俊不禁，捧起她的脸，给她示范正确的 Goodbye Kiss，长驱直入，缱绻缠绵，不一会儿就吻得她两眼迷离，双颊飞红。

口红全被吃掉了……得好好补妆了。

余鲤红着脸下车，忍不住掩面，进了电梯，不敢回头看宋凌微。

流氓果然是流氓，她一撩就原形毕现，让她两腿发软，难以招架。

不过，她喜欢。

手机收到夜间有雷雨的提醒信息时，宋凌微还收到宫清原发来的微信：“那个晚上也是雷雨夜，你多注意点儿小鱼。”

这天余鲤正常下班，宋凌微邀请久违的邬玉白和裴叙来红砖房涮火锅，余鲤和裴叙许久没见，两人聊得很投入，除了异常兴奋，没什么异常。

邬玉白和裴叙离开后，余鲤和他一起收拾餐桌，他洗碗时，她从后面抱着他的腰，脸贴着他的背说着再见裴叙的心情，各种欣慰感慨。

他佯装吃醋，她才停止裴叙的话题，安抚似的亲吻他的后颈，被他反身按在冰箱上吻了好一会儿，她才红着脸逃开，洗漱睡觉去。

如果不是宫清原的提醒，宋凌微不会觉得余鲤有哪里不对劲，现在他面前的余鲤，越来越有自信，开始有意无意地撩他，一被撩他就克制不住想反杀，她便会掩面落跑。那样的余鲤非常可爱，他喜欢得不得了。

他当然不会跟宫清原分享余鲤的可爱，只是宫清原并非无的放矢之人，想起上次施芸芸的事，宫清原的话越发让他不安。

余鲤已经睡着，宋凌微还在门外的走廊徘徊，仔细倾听她房内的动静。

夜深了，雷雨轰然而至，电闪雷鸣，骤雨如注，敲打着窗户，发出很大的啪嗒声。

余鲤似乎被惊醒，房内传来闷哼声，像是被梦魇所困，又像是在压抑什么。

宋凌微听得胆战心惊，同样的雷雨夜让余鲤想起不愉快的过去了吧？

“年年，你醒着吗？”宋凌微敲着门问，里面回他的是闷闷的“嗯”声。

“你不舒服吗？”宋凌微有些着急，“我进来看你了。”

进入她的卧室，打开灯，就见余鲤蜷缩着一团躲在被子里，全身包裹得严严实实。

“做噩梦了吗？”宋凌微坐在床边，隔着被轻拍，安抚她，“来，把头伸出手，你这样不好喘气，会闷坏的。”

“嗯。”

余鲤应了声，从棉被中探出脑袋，灯光有些刺眼，她眨了眨眼睛，可怜巴巴地望着他。

“我讨厌雷雨夜，吵得心烦。”

“年年，有我呢。”宋凌微摸摸她的脑袋，“我会陪你的。”

“嗯，我睡不着。”余鲤目光闪烁，脸颊微微发红，小声地问，“你会陪我一起睡吗？”

“你想，我就陪你。”宋凌微翻身上床，在她身侧躺好，敞开胸膛，微笑着向她招手。

“年年，来我这里。”

宋凌微很擅长说甜言蜜语，这句“年年，来我这里”，余鲤越听越喜欢，是她最爱的情话。

每每听到这话，像是在告诉她，无论她是什么样子，他都欢迎她的到来，他的怀抱是她最温柔的港湾，包容着她的一切。

“阿凌。”

余鲤枕着他胳臂，整个人窝进怀里，仿佛窝进棉花糖里，暖暖的、软软的、甜甜的。她第一次觉得雷雨夜是温暖的，而不是记忆中又冷又湿让她心凉的存在了。

“乖，我的小鱼儿。”

宋凌微搂着她，低头亲了亲她的头发，有些早已存在的伤，不需要再翻出来说，他只要陪着她，让她觉得过去已经过去，没什么好害怕的。

余鲤放松下来，变成安全感十足的猫，在他怀里撒娇似的蹭来蹭去，如果她是猫，一定也会发出舒服的“咕噜咕噜”声。

“年年，不要乱动。”宋凌微开始头疼了，“我会忍不住的。”

面对余鲤，他一点儿都不经撩的。

跟她同住一屋檐下，他不想吓到她，就压抑对她的渴望，努力向圣人学习，坐怀不乱。

余鲤停下动作，抬头看了看宋凌微，然后手一伸，将他抱得更紧了。

“那……”她窝在他胸口，不讨厌他的亲近，也不抗拒他的亲近，“那就忍不住吧。”

她唯一不想保持距离的人就是他，她想成为和他更亲密的存在。

“年年。”宋凌微的自制力瞬间瓦解，“你要是不想，我随时可以忍住的。”

余鲤的回答，翻身而上，堵住他的嘴，这种时候不需要他忍耐的。

她只想和他在一起，他给予的温柔足以化解那些过去留给她的不适。

秋日暮阳，余晖斜射进红砖房，染红了一室日常时光。

宋凌微懒洋洋地瘫在沙发中，笑眯眯地看着往水族箱丢食料的余鲤，他的大鲤鱼正在喂他的小鲤鱼，一番其乐融融的画面。

他喜欢这样的生活，择一城长居，与一人相守，仿佛天长地久不过瞬间，与她的执手点滴才是永恒。

他手伸进口袋，握住刚取回来的小盒子，不由得心潮澎湃。

一年前的今天，在三朝特勤部部长室，他和余鲤重逢，虽然一见面就天雷勾地火地打起来，但那是她心中有他的表现，他乐意之至。

而今，他和余鲤在红砖房一起生活了大半年，他熟悉她身上的每一个地方，每天她都有新的地方让他喜欢，情不知所起，一往而深。

这条鲤鱼，已经跃过龙门，在外她是明珠电视台的人气女主播，在家她是他怀里游动的小鱼儿。曾经在她心底叫嚣的暗涌，渐渐趋于平静，她喜欢现在的工作生活，喜欢自己也喜欢他。

于是，他又偷偷地编起网，想要让她在他的“网”中安身立命。

宋凌微拿出小盒子，里面装的是他请知名珠宝设计师欧阳漪定制的求婚戒指，以“鲤与网”为主题，诠释她和他的关系，她曾是他的漏网之鱼，他愿意用爱为她织出最有安全感的网，让她只在他的网中悠游畅泳。

要怎么求婚呢？

自从请设计师定制钻戒开始，这几个月宋凌微一直在思考这个问题，他的鱼儿不喜欢张扬，不喜欢高调，怕自己太幸福了有时都不敢大声笑，小心翼翼的样子特别可爱。

他想让她在最惬意最放松的状态下，以她最喜欢的方式接受他的求婚。

宋凌微想来想去，想起了钓鱼，因为他就是最好的饵料。

愿者上钩的鱼儿才是最美味的。

余鲤喂完鲤鱼，回头就看到宋凌微在沙发上睡着了。

暮光染上余霞的绯色，透过窗，像一袭红纱披在他身上。

余鲤蹑手蹑脚地走近，细细端详，暖暖的光线描绘着他的眉眼，显得特别温暖动人。

暮色很美，而他也很美。

胸口响起怦怦的声音，鼓鼓的、满满的，都是她对他的悸动。

余鲤突然想起年少时坐在树下睡着的宋凌微，阳光漏过枝叶，忽明忽暗的光斑随风晃动，像精灵在他身上跳跃，少年秀气的面容在光斑下变得更加生动。

心中的小鹿撒腿狂奔，四处乱窜。

她情不自禁地俯下身，目光落在他的唇上，记忆中的悸动再次出现，最初喜欢他的心情和现在喜欢他的心情，重叠在一起。

她的心里，装的只有他。

她虔诚地捧着他的脸，落下她的吻，感受他的柔软和温暖。

有只手环上她的后颈，下个瞬间，她就被反压在沙发上，狂风暴雨般的热烈吞噬着她的呼吸，又像火山爆发，热滚滚的熔岩袭来，似要将她融化。

他总是看起来一副温良恭俭让的斯文模样，但本质霸道又强势，再温柔的吻一被他主导就会变成火辣辣的热吻，气吞山河似的。

余鲤晕头转向地瘫在他怀里，双眸氤氲着动情的水雾，脸颊潮红，喃喃道：“我以为你睡着了。”

才想重温下年少时偷吻他的梦，满足下被撩动的少女心。

“嗯，我睡着了，做了个梦。”宋凌微低头亲亲她的额头，把玩着她的手，“梦见你戴上戒指，答应我的求婚哦。”

“求婚？”余鲤感觉到异样，抬起左手一看，中指竟然戴着钻戒，惊喜又诧异，“你什么时候给我戴上的？”

“做梦的时候？”宋凌微牵着她的左手，亲吻着她的中指，“还是吻你的时候？”

“狡猾！”余鲤满面娇嗔，“没经过我的同意就把戒指戴上来，我可以拒绝的。”

“年年，我不接受拒绝的，毕竟是你先吻我的。”宋凌微对她摆摆手指，“我那时正在梦里向你求婚，不愧是我的年年，跟我心有灵犀，以吻誓约，我收到了。”

“流氓逻辑，我也收到了。”

余鲤看着左手中指的钻戒，笑意飞上眼角，宋凌微说得对，他们确实心有灵犀，想到一块儿去了。

“所以，从现在开始，你就是我的未婚妻了。”宋凌微笑眯眯地亲亲她飞扬的嘴角，“我不接受任何反驳的。”

余鲤懒得反驳他，兴致勃勃地问他：“阿凌，你知道国家出新规定了吗？”

“什么规定？”宋凌微挑眉，“没有下跪求婚违法吗？我马上补。”

余鲤见他说着就要来个单膝下跪，忙不迭地拦住他，差点儿忘记他是戏精，又跟她抢戏了。

“规定说婚姻登记费取消了。”余鲤一脸的欣慰，“结婚可以省九块钱呢。”

“年年，不用在意这种细节。”宋凌微忍俊不禁，豪气万里道，“这九块钱我请你。”

“谢谢，你的好意我心领了。”余鲤郑重其事道，“祁蔚姐说我现在是明珠电视台的人气女主播，早点结婚跟爆出同居比，观众会比较接受前者。所以，我预约了下周一的结婚登记，请问，宋先生，你那天有空吗？可以抽空跟我结个婚吗？”

“年年，你算计我！”

宋凌微扶额，好险，他刚刚把求婚钻戒戴到她手上，否则他要变成被求婚的人，就输了！

“师父，我是你的好徒弟嘛。”余鲤得意扬扬，“你的答案呢？”

“我当然有空。”宋凌微宠溺地捏捏她的鼻子，“乐意之至，我的好太太。”

“谢谢你的配合。”余鲤眉开眼笑，“我的好先生。”

宋凌微和余鲤登记结婚以后，怕她又“算计”他，事先声明，婚礼的事全权交与他负责，她只要按时上班下班，乖乖等着当美新娘就好。

余鲤没有任何意见，婚礼会在 X 市和泽城两地举办，接下来是蜜月旅行，宋凌微整理了一堆蜜月圣地供选择，比如马尔代夫、大溪地、塞舌尔、汤加王国、圣托里尼等等。

看着各个蜜月圣地的详细方案，余鲤兴致缺缺，宋凌微让她决定婚礼的宾客名单，她也没有做最后的确认。

“阿凌。”余鲤想了很久，“我们去鹭城度蜜月吧。”

鹭城是她和父亲一起生活过的地方，那里有很多她和父亲的记忆，她想好好地走一走，看一看，见见人，让那个地方见证她的新模样，她已无所畏惧。

“年年，可以吗？”

宋凌微反而迟疑，婚礼邀请的宾客，他都不确定是否邀请施芸芸，余鲤也在犹豫。

“有你在。”余鲤定定地望着他，笑着说，“没有什么不可以。”

只要他在身边，很多事很多人，她都可以尝试去面对，就算还会受伤，她相信他不会让她难过。

宋凌微欣慰地看着她，这一次，他会陪她面对，让她不再被过去所绊，才不会害怕现在的幸福，也不会怀疑未来的幸福。

他的鱼儿相信他依赖他，没有什么比这更棒了，他要奖励她。

“年年，来我这里。”

宋凌微张开手，来他怀里，他想为她挡住所有的风雨。

而她，只需爱他。

番外篇

谁解微光入繁星

SHUI JIE WEI GUANG RU FAN XING

Chapter01

新闻频道《午间资讯》换了个年轻男主播，萧萧肃肃，爽朗清举，枯燥的新闻资讯因他生动雅致起来。

男主播宋探微的关注度，随着收视率，嗖嗖上升。

午饭时间，公司食堂的电视在播放《午间资讯》，屏幕上的男主播，看起来养眼又下饭，女同事们八卦热情高涨。

“一看宋探微的脸，我脑海里就刷起古诗弹幕，比如，有美人兮，见之不忘，一日不见兮，思之若狂。”林菱对着电视花痴，“繁星，你看宋探微气质这么古典，若穿起古装，妥妥的世家子，真所谓‘陌上人如玉，公子世无双’。”

“简直是宋玉重生潘安再世。”丁繁星随口附和，眼睛却盯着林菱盘中的食物发光，“阿姨今天烧的狮子头很入味，你减肥不吃吧？”

“吃货。”林菱把餐盘往丁繁星面前一推，“听说宋探微是X大本硕毕业，算起来是你学长，你在学校见过他吗？”

“嗯。”丁繁星满足地吃着狮子头，三两下解决完，在林菱八卦兮兮的目光中，她摸着肚子，瞥了眼电视上的宋探微，“他是新传院的名人，性格傲慢，没电视上看起来的谦谦君子。”

“高冷傲娇男吗？”林菱一听不但不幻灭，反而更兴奋了。

“谁知道呢，我和他又不熟。”

对脑残粉来说，就算真实的宋探微性格再糟糕，也会自动美化成萌点吧？

虽说不熟，但丁繁星和宋探微颇有渊源，只是她对他的观感太差，不乐意跟他再有什么瓜葛，自然不想和林菱一起八卦了。

可惜没两天，她就不得不和宋探微扯上关系。

公司针对城市精英人士开发的酒店式公寓“兰雅一品”，下个月要举行交房仪式，宋探微的形象非常符合“兰雅一品”的定位，公司拟邀请他来担当主持人。

因为丁繁星和宋探微的校友关系，她的上司——企划部经理纪朝，将此重任委托与她，务必促成此次合作。

一开始，丁繁星是拒绝的，宋探微现在是当红的新闻主播，凭借校友关系不一定能搭上线。再者，以宋探微自视甚高的个性，肯定不屑参加这种商业活动捞金。

如果去谈合作，丁繁星不动脑子都想象得出宋探微的反应，抬起头，眯起眼，以睥睨众生的姿态俯视她：“你觉得这种活动会提升我的格调吗？”

宋探微拒绝人的方式，那种傲慢的口气，损人于无形，他却习以为常。

他的性格有多糟糕，丁繁星深有体会，完全不想去自取其辱。

但是纪朝说：“事成之后，请你吃流莲斋。”

流莲斋素食，本地美食点评破五星，味道价格是五星级的，预约难度更是超五星级的，丁繁星已经垂涎很久，奈何各种客观条件限制，未能一饱口福。

于是，在林菱的羡慕嫉妒中，丁繁星接下了任务，她先试着打电话去电视台广告部，询问宋探微的私人联系方式。可惜广告部接线员以宋探微个人隐私为由拒绝透露,她只得拜托接线员向宋探微传达来自学妹的问候，留下自己的联系方式，希望学长拨冗一叙。

丁繁星没指望这种“曲线救国”的方式能跟宋探微搭上线，犹豫着要不要找大学时的朋友，他们或许和宋探微有联系。

可那些朋友都知道她和宋探微之间发生的事，实在不想和熟人叙旧回忆她的黑历史。

她还在犹豫时，接到一个自称宋探微助理的电话，确认她的身份后，就挂了。

不久后，她就收到一个非联系人号码的信息：“明日下午三点，月岛咖啡馆。宋探微。”

丁繁星愣愣地看着号码好一会儿，才想起来，原来宋探微的手机号码一直没有变。只是大学毕业后，她换了新卡，没有再录入他和其他大学朋友的号码，毕竟从未想过再见的。

若不是为了流莲斋，她打算和宋探微老死不相往来，即使他们在同一个城市。

·

Chapter02

丁繁星提前到月岛咖啡馆等候，悄悄练习职业微笑，要淡定从容，宠辱不惊。

她是以荣世地产公司企划专员的身份来工作，不会因任何私人情绪动摇专业姿态的。

前方忽而一暗，传来了令人不爽的压迫感。

她反射性抬头，便见一道背光的颀长身影，陌生又熟悉的气息扑面而来。

胸口瞬间猛跳两下，意识到有些失控，她深吸一口气稳住，脸上露出适宜的微笑。

丁繁星故作淡定起身，掏出名片，双手奉上："您好，我是荣世公司的丁繁星，很高兴见到你，宋探微先生。"

宋探微一身深灰色西装，干脆利落的职场精英形象，比电视屏幕上的宋主播更显眼。

他微微侧身，穿过玻璃穿的午后日光，斜斜地映射在他脸上，清俊温雅的五官变得犀利。

"哦，不是学妹呀。"宋探微挑了下眉，瞥了眼名片，转身就走，"再见。"

丁繁星差点儿给跪了，这是成功人士的为人处世之道吗？

果然还是她知道的那个宋探微，傲慢又无情，他这是在讽刺她"假私济公"吧？

"学长。"丁繁星忙改口，上前挡路，"我就是你学妹丁繁星，好久不见。"

"哦……"宋探微驻足，俯视比他矮个头的丁繁星，眼神有些复杂，"多久？"

"有两年吧？"丁繁星小心翼翼道，见他脸色不善，迅速补充，"两年零三个月。"

"原来你没失忆。"

宋探微又瞥了她一眼，缓缓地走到卡座坐下，慢条斯理地唤来服务员点单，两杯咖啡和一份马卡龙。

丁繁星宁愿自己失忆，忘记她和宋探微曾经的关系，再次面对他就不会如此尴尬，而且憋屈。

三年前，她是新闻传播学院广告系大三学生，宋探微是新闻系研二学生，作为助教，成为他们选修课的老师。

他原本就是新传院的名人，教授们的得意门生，平时大家对他只是远观，这回变成了近水楼台，很多女生蠢蠢欲动起来。

“虽然秀色可餐，但又不能真当吃的。”当时丁繁星不以为然道，“如果他和京记泡芙放一起，我肯定选京记泡芙，那甜而不腻柔软又清爽的口感……呃，我口水都要流出来了。”

京记泡芙是X大商业街最有名的甜品店，每天限量供应奶油泡芙，不接受预订，现烤现卖，排上两个小时的队结果可能是“对不起，今日泡芙已售罄”。

吃货丁繁星曾旷课去排队才买到，吃过一次便念念不忘，对她来说，京记泡芙绝对能担当业界良心的美食，但跟她一样识货的人太多，实在太难买了。

男神比不上泡芙，同班的韩佳佳觉得被侮辱了，发出挑战书：“于繁星，如果你能追到宋探微，我请你吃一学期的京记泡芙！反之，你一辈子都不准再吃京记泡芙！”

于是，为了京记泡芙，吃货丁繁星的节操尽失，厚起脸皮铆足劲去追宋探微，彻底变成宋探微的跟踪狂，时时刻刻在他面前秀存在感献殷勤，上供各种美食去讨好……可惜收效甚微。

宋探微这人看起来高冷又难搞，实际上傲慢到目中无人，所以对她的追求基本无视，她像个小丑在他面前唱独角戏。

不过，作为吃货，她对京记泡芙的执着战胜了倒追的羞耻，不可能为了一个男人放弃她垂涎的美食。

宋探微最初无视她，对她的倒追举动也没任何表态，三个月后，对她的所作所为习以为常，她开始使上无赖劲，拖他好吃好玩，他也没拒绝，可喜可贺。

半年后，宋探微完成了选修课的教学，丁繁星这门课也拿了个高分，两人的关系，丁繁星自我感觉还不错。

进入大三暑假，她以考研为由，对考研专业研究方向不清楚，就缠着宋探微传授经验。虽说宋探微是保研的，没经过统考，但他为她整理各种资料，分析各种利弊。因为离考研不到半年时间，宋探微给她制定了严密的复习计划，还会充当老师为她解疑答惑，两人理所当然地开始出双入对。

丁繁星想，她应该是追上了宋探微，可韩佳佳不认同，除非她亲耳听到宋探微承认。

开学后，她拖着宋探微去吃大排档，韩佳佳和其他几个做见证的同班同学就在隔壁的包间。路边的大排档，纯粹帆布帐篷分隔的包间，隔音效果微乎其微。

丁繁星自信满满地准备着收割胜利果实，亲切地拽着宋探微胳膊问：“宋探微，我们现在这样，你算是被我拿下了吧？”

宋探微似笑非笑地瞥了她一眼，挑了下眉道：“你觉得我会看上你吗？”

赤裸裸的嘲讽，让丁繁星觉得无地自容，倒追的羞耻感终于冒出来了。

那瞬间她恨不得挖个坑把自己给埋了，但想到隔壁旁听的人，只得强颜欢笑，装作不以为意地哈哈两声应付过去，最后还是借着尿遁逃跑了。

之后，她就没有再追着宋探微跑，隔了几天，宋探微第一次主动打电话给她，口气让她觉得高高在上很不舒服：“复习怎么样？”

“太辛苦，我不考了。”她表示放弃。

“三分钟热度。”

宋探微得出结论，她也没争辩，就挂了他电话。

过些时日，她发了个信息给宋探微，以做了断：“宋探微，我发现好像也没那么喜欢你，一直追着你，我累你也烦，所以我放弃，以后不给你添堵了，再见。”

宋探微没有回复，丁繁星默认两人结束，尽管都没开始过。

后来，她去外地实习，很长时间没再见宋探微，回学校准备毕业论文时，那是她最后一次见宋探微，在宿舍门口被他堵个正着，他面无表情地问她：“一辈子不吃京记泡芙了吗？”

自从和韩佳佳打赌后，她就没再吃过京记泡芙，渐渐觉得不吃也没关系的，人不喝水会死，但不吃泡芙也会活得好好的。

面对兴师问罪的宋探微，丁繁星自知理亏，只剩下三个字：“对不起。”

“丁繁星，耍人好玩吧？”宋探微的声音冷冷淡淡，“你这个样子，我怎么会看上你？”

她低着头，看不到宋探微的表情，抬头时，只见他已经走远的背影，依然挺拔而傲慢。

是啊，他怎么会看上她？

胸口传来阵阵的钝痛，道不清的委屈感涌了上来，双手捂住眼，不让眼泪流出来。

其实，她很清楚，她和宋探微并非一路人，她仿佛划过天际偶然投影在海面的流星，一闪而过，便无影无踪。海洋深沉如许，不会因她起任何的波澜。

所以面对“他看不上她”的现实，才会仓皇狼狈地撤退，想要保留最后的自尊。

Chapter03

丁繁星手拿小匙子无意识地搅着咖啡，偷偷打量现在的宋探微。

与学生时代相比，二十六岁的宋探微，成熟许多，如同他在屏幕上营造的谦谦君子形象，温雅爽朗，傲慢劲没以前那样显而易见。

“我只有三十分钟。”宋探微抬起手腕看表。

所以，让她“有屁快放有话快说”吧？

当然，宋探微不会说这般粗俗的话，他一开口，和以前一模一样，一副“你们这些凡夫俗子，别拿无聊事来烦我”的样子，傲慢劲便显露无余。

“我们公司‘兰雅一品’酒店式公寓，下个月正式交房，想邀请你当交房仪式的主持人。”丁繁星立刻正襟危坐，“当然，酬劳很丰厚的。”

宋探微眉头一皱，看她的目光有点儿不悦：“我看起来很缺钱？”

就是看起来不缺钱，很有成功人士的精英范，符合“兰雅一品”目标受众的定位，才想沾他的光嘛。

“不是。”丁繁星正经道，“你形象特别好。”

“我以为今天是久违的学妹找学长叙旧。”宋探微勾起嘴角，充满嘲讽之意。

“当然，记得在校时，学长就是大家仰望的天纵英才，如今成为知名主播也是水到渠成之事，身为校友，我觉得与有荣焉。”丁繁星厚起脸皮叙旧顺便吹捧，“学长，所谓肥水不流外人田，你就帮帮学妹吧。”

“舌灿如莲。”宋探微皱着的眉头并未松开，顿了顿，“那么，求我，我会考虑的。”

“好，求你。”

为了流莲斋的极品素食，丁繁星的节操是能屈能伸的，何况，面对宋探微，节操根本不能当饭吃。

“我考虑了下。”宋探微遗憾地摇摇头，“不行。”

“为什么？”丁繁星本能追问，随即发现她被耍了，宋探微压根儿就不会考虑“同意”的。

宋探微优雅地喝了口咖啡，有点儿可笑地看着她：“你觉得我需要靠站台来提升自己的形象吗？”

丁繁星的嘴角抽动两下，所以说，她一点儿都不想再见宋探微，跟这个男人说话，她感觉无时无刻不被他鄙视着。

“呵，呵。”丁繁星尴尬地讪笑两声，“说什么站台？多难听，只是邀请你共襄盛举而已。”

“子曰：巧言令色，鲜矣仁。”

宋探微一句“子曰”瞬间秒杀了她，有种智商被压制的困窘，不敢再插科打诨，诚恳地重申立场：“宋探微，我是真心希望你能和我们公司合作的。”

“哦。”宋探微淡淡应了声，又抬起手腕看了看，起身抄起账单，“时间到了，再见。”

丁繁星再次感受到宋探微式拒绝的杀伤力，连废话都懒得跟她多说，衬得她像个小丑似的，她的巴结讨好，她的低声下气，在他眼中，都是笑话吧？

见他直接走人去服务台，丁繁星忙不迭地追上，掏出钱包：“我来买单，公司报销。”

“叙旧而已。”宋探微斜睨着她，“我不需要女人买单。”

言下之意是他没和她谈公事，不算工作应酬，用不上公司报销。

丁繁星尴尬地攥着钱包，某种意义上说，宋探微是个大男子主义者，以前她追他时，拖着他好吃好玩，结果每次都是在他鄙视的目光中，乖乖收回钱包，弄得她好像以追求之名蹭吃蹭喝似的。

“宋探微，这事没得商量吗？”看他买完单要走，丁繁星不死心地问。

宋探微回头看了眼桌上没动的马卡龙，答非所问：“浪费食物是可耻的。”

“我会负责光盘的。”丁繁星赶紧表示，“所以，下次我们再谈谈，好吗？”

宋探微只挥挥手，没有多看她一眼，他助理的车已经停在咖啡馆外了。

目送宋探微离开后，丁繁星回到座位，三两下解决了那一份马卡龙，后知后觉地想到，宋探微根本就不喜欢甜食，他点了又不吃，还好意思说浪费食物可耻？

丁繁星有时觉得她了解宋探微，有时又觉得根本搞不懂宋探微。

不过，为了流莲斋，接下来的日子，丁繁星又拿出她的无赖劲，时不时地跑去电视台围堵宋探微，但经常被他助理挡在外面，根本没法进电视台找宋探微。

丁繁星只得不停地向宋探微手机发送“骚扰”信息，各种求赏光见面求商量合作求学长关照，可以想象宋探微的无视……她想见宋探微只能看《午间资讯》了。

所以，当宋探微大晚上发信息：“十一点，江阳路大排档。宋探微。”

丁繁星立刻放下吃到一半的宵夜，赶到江阳路大排档，依旧是西装革履的宋探微，格格不入地坐在路边大排档的简易塑料椅上，面对桌上的麻辣小龙虾和罐装啤酒，双眼有些失焦，好像在发呆。

“学长，我来了。”丁繁星讨好地叫他。

他转头看向她，下巴微微一抬，示意在对面坐下。

“吃不完。”然后，宋探微理所当然地把小龙虾的盘推向她，自顾自地喝起啤酒。

敢情是让她来吃剩菜的？

呃，看在小龙虾很美味的份上，她就不在意这种细节了。

“这是我做的交房仪式策划书，你看看哪里需要修改？”丁繁星抽出包里的策划书，不失时机地递给宋探微，“一切按你的喜好来。”

宋探微并没有接企划书，放下啤酒，昏暗的灯光下，他的眼睛幽深似深海：“除了工作，你无话可说吗？”

丁繁星失望地收回策划书，沉默了一会儿，说：“如果你还介意以前打赌的事情，我再次向你道歉，我不该去招惹你，给你添了很多麻烦，对不起。”

“现在，你又来招惹我。”宋探微倏然起身，似乎生气了，掏出钱放在桌上，“吃完自己打车回去。”

看着宋探微拦了路过的出租车走人，丁繁星烦躁地抓了抓头发，她真的搞不懂宋探微，叫她出来，又不跟她谈工作的事，难道真让她来吃剩菜的？

接下来大个月，宋探微经常这样叫她出来“吃剩菜”，八大菜系都吃遍了，她一提工作的事，宋探微就挥一挥衣袖，不带走一片云彩，就是这么任性。

Chapter04

离“兰雅一品”交房仪式不到一周时间，万事俱备，只欠宋探微，丁繁星吃了大半月“剩菜”后，感觉心力交瘁。

纪朝认为既然宋探微和她一直有来往，只要再接再厉，必能精诚所至，金石为开。

丁繁星就没这么乐观，尤其当她再次收到宋探微的信息：“晚上六点，流莲斋。宋探微。”

这次见面的地方，丁繁星有种不祥的预感。

难道宋探微知道她是为了流莲斋去做他的工作吗？

丁繁星有些忐忑，还是按时来到流莲斋，服务员领她到预定的包房，宋探微已经在席，桌上摆满了精致的小碟小盘，色香味全，令人垂涎欲滴，完全看不出是纯素食。

“点多了。”

宋探微淡淡道，意思还是请她来光盘吧？

见宋探微一如既往的傲慢，没什么异样，丁繁星有些心虚，没能好好享受美食，想起当初打赌暴露宋探微来找她兴师问罪的情景，她味同嚼蜡，食不知味。

“下周就是‘兰雅一品’的交房仪式。”丁繁星放下筷子，吃饱了，才敢提工作的事，“学长，看在我孜孜不倦诚心诚意的份上，来当主持人吧？”

“哦，我以为这事到此为止。”宋探微慢悠悠地喝了口清茶，睨着她，“毕竟你已经吃到流莲斋了。”

虽然猜测他可能知道纪朝给她的工作奖励，但这样从他口中说出来，嘲讽意味十足，丁繁星备感羞辱，她将近一个月的努力，在宋探微眼中，也不过如此。

“宋探微，看来你真是讨厌我。”丁繁星自嘲地笑了笑，“我太自不量力，以为死缠烂打就能说服你，又给你添麻烦了，对不起，我放弃，这事到此为止。”

在宋探微面前，她大概滑稽又可爱，为了一顿流莲斋，呼之即来挥之即去，如此没自尊，也难怪他看低了。

丁繁星说完就离席走人，宋探微追上来，拽住她的手腕，表情有些恼怒：“丁繁星，你知道我最讨厌你什么吗？三分钟热度还自以为是。”

“你以为我喜欢你吗？如果不是为了工作，我根本不想再见你，我受够你的傲慢了！”丁繁星恼羞成怒，反唇相讥，既然买卖不成还谈什么仁义，她忍他很久了。

“我傲慢？”宋探微用力一扯，手撑着墙壁困住她，一脸恨不得掐死她的表情，“丁繁星，凭什么说我傲慢？你懂我吗？你根本不懂，你这样的人，我怎么会看上你？”

“对，你看不上我！”一听这话，丁繁星愤怒地推开他，口不择言，“太好了，我也看不上你，我们互不相欠，再见！”

宋探微好像受到打击，整个人都静下来，定定地看着她，然后转身背对着她，背影依然挺拔而傲慢。

丁繁星逃也似的离开流莲斋，她承认被戳中了软肋，才会那样反击宋探微，无论何时，听到他说看不上她，她觉得自己就像被踩进尘埃里，羞辱委屈……坐在出租车后座，她捂着眼睛，却止不住泪水从指缝间涌出，这世界最残忍的事莫过于多情总被无情伤。

第二天，丁繁星还未跟纪朝说明情况，纪朝就告诉她宋探微同意了，条件是换负责人，后续工作就由林菱跟进，但承诺她的流莲斋不会少的。

丁繁星无所谓，唯一可以确定的是，她不想见宋探微，宋探微也不想见她。

她没再关注“兰雅一品”的事，通过林菱这个脑残粉的宣扬，也知道宋探微表现出色，交房仪式非常成功，上头满意，增加他们的奖金，还额外奖励一天假。

放假这天，丁繁星不知不觉走到 X 大，在公告栏看到知名主播宋探微回校演讲的宣传海报，鬼迷心窍地混进人群，坐在礼堂角落的位置，远远地看着台上的宋探微，自信骄傲。

她想起大一入学时，在这个礼堂举行开学典礼，大四的宋探微作为老生代表在台上讲话，几分钟的时间，她看着他没眨过眼，对他的印象是“秀色可餐”。当时遗憾他要毕业了，得知他留校读研，暗自兴奋了许久。

瞒得过所有人，却骗不了自己，她对秀色可餐的宋探微垂涎已久，但自觉两人画风不同，她远远看着他流口水做梦就够了。如果不是和韩佳佳打赌，她也没勇气厚着脸皮去追宋探微，结果脸皮再厚，也挡不住被嘲讽的羞辱，看不上就是看不上，不管是过去还是现在。

丁繁星有些失魂落魄地离开礼堂，冷不防地被人拉住，竟是韩佳佳。

韩佳佳毕业后留校当辅导员，这回是她联系宋探微回母校演讲的。

“丁繁星，你和宋探微现在怎么样？”韩佳佳八卦兮兮地问，“两年前，宋探微找我问过你的联系方式，谁知你工作后换了号码都不跟大家说，太不够意思了。今天你来听他的演讲，好事近了吧？”

演讲的细节，韩佳佳是跟宋探微助理商讨敲定的，从助理口中得知近来有个叫丁繁星的学妹和宋探微来往密切，韩佳佳了然，尽管从宋探微口中打听不出什么。

丁繁星想，宋探微找她是为了算账吧？毕竟以他骄傲的个性，被她耍过，一想起来就会意难平吧？

“韩佳佳，别这样寻我开心。”面对熟悉黑历史的人，丁繁星很尴尬，“你明知道他看不上我的。”

“丁繁星，你真不懂我男神。”韩佳佳拍拍她的肩膀，“看到你这么蠢，我心理平衡了。”

韩佳佳和林菱眼中的宋探微，大概是她曾经远观的宋探微，肃肃如松下风，高而徐迎，令人倾心仰慕。

Chapter05

丁繁星好些天没跟林菱去食堂吃午饭，她对《午间资讯》没兴趣，刻意不去看屏幕上的宋探微。

微博刷到本地热门，却是昨天《午间资讯》的问题视频，直播中的宋探微频频走神，与现场记者连线时出错，导致画面出现近十秒的沉默，后来由另一个主播救场。因为这样的直播事故，听说宋探微被停职一周反省。

丁繁星愣愣地看着视频中的宋探微，他的状态很不对，仿佛陷入自己的世界里，听不到外面的声音，努力强迫自己集中注意力，但越这样越容易出错。

翻看网友的评论，最近的宋探微经常在直播中走神，之前凭借过硬的业务水平掩饰过去，结果到昨天明显扛不住，都在猜测压力太大，神经绷太紧终于断了。

在她的印象中，宋探微做任何事都游刃有余，所以在他面前，她会自惭形秽，对他的一言一行反应敏感。

也许宋探微说得对，在某些方面，她确实傲慢，傲慢地认为宋探微鄙视她是因为他的傲慢。可惜，宋探微并没有那么关注她，他只是无视她，怎么会看低她呢？一切不过是她自卑心作祟下的意识过剩，高估自己在宋探微眼中的存在感罢了。

下班回到家后，丁繁星还在看着问题视频中的宋探微发呆，爱吃的牛肉干也变得索然无味。

这样会出错的宋探微，让她有种特别的亲切感，原来他也是凡夫俗子，第一次发现她和宋探微的距离有些近。

突然响起的门铃打断了她，她住的地方离公司近，林菱偶尔会因为玩太晚来这里借宿，方便第二天上班。

打开门，丁繁星吓了一大跳，居然是宋探微，一身休闲服很随意，短发有些凌乱，没了平日的精英范，但表情纠结得有点儿骇人，仿佛经过再三考虑后下定决心上门来寻仇。

丁繁星冷不防打了个激灵，回过神来第一反应就是关门，结果被他一手拦住。

“这就是你的待客之道？”宋探微恼火地瞪了她一眼，然后将手里的东西往她怀里一塞，表现他的“做客之道”。

“我又没邀……”丁繁星不逊地还嘴，但看清手中的东西后，瞬间消声。

那是一盒京记泡芙，她以为一辈子都不会再吃的，毕竟和韩佳佳的赌她输了。

宋探微这是什么意思？翻旧账吗？

“我承认当初为了京记泡芙靠近你，是小人行为，我已经跟你道过歉了。”丁繁星没想到宋探微的心眼这么小，“你这样上门来打脸，是君子所为吗？”

虽然很怀念京记泡芙的味道，但她很有志气地将东西塞回宋探微手中，作为吃货，原则还是有的，不吃嗟来之食！

宋探微无语地看着她好一会儿，忍无可忍地冒出一句话：“丁繁星，你是猪吗？”

“你来吵架的吗？”

丁繁星傻眼，宋探微居然会爆粗口。

“或许期待猪能善解人意的我才是猪。”宋探微真的想掐死丁繁星，再次将东西塞到她走中，“拿好，不要浪费食物。”

“你竟然说自己是猪？中邪了吧？”丁繁星诡异地看着明显失常的宋探微，看来直播事故不是什么偶然事件。

“丁繁星，我认输。”

宋探微疲惫地扶着额头，他怎么会看上她？

这几年，他常常问自己，为什么会看上这样不靠谱的人呢？

丁繁星哪里好了？

长得没他好看，除了怎么吃都不会胖的身材，她还有什么优点？

她做事风风火火，却只有三分钟热度，为了美食，随时抛弃节操，又喜欢自以为是！

自以为是地追求他，又自以为是地放弃他，尊重过他的意愿吗？

当她说没那么喜欢他不追他时，他的骄傲还有他的心受伤了，于是，自动忽视她的信息。他纠结了一段时间，也知道她和韩佳佳打赌的事，可他相信她是喜欢他的，所以，找到她，想让她知道，可以吃一辈子的京记泡芙。

结果她当他兴师问罪，乖乖认错，那时他觉得她不喜欢他了，那他就骄傲走人。

可惜，他再也放不下她，她成了他的心结，想找她又联系不到。那么，他只有让自己站在显眼的位置，让她再次看到他，像以前一样来找他，他的联系方式即使因工作需要也没更换……他等着她出现，再好好跟她算这笔账，凭什么说不喜欢他就不喜欢了？

而这个吃货在美食的引诱下才因工作来找他，他投其所好，请她吃能想到的美食，给她很多机会，让她明白他不记仇，只要回到他身边，之前的事一笔勾销。

他高估丁繁星的智商，这女人的脑子除了吃，一无是处！

当初追着他各种诉衷情表情意的可爱小学妹，现在说讨厌他看不上他……他内伤得差点儿吐血，这段时间一想到她的翻脸不认人，他就忍不住反省自己，真的像她所说的那么傲慢吗？

他对她，明明比对其他人耐心多了，电视台工作忙，时间又不规律，他还挤出时间和她见面，虽然每次因她只提工作的事，气得走人。

越想她的事，他就越分心，工作频频出错，不得不承认，丁繁星对他的影响超乎想象。

既然知道她脑子不行，就不跟她迂回了。

“认输？你什么意思？”

丁繁星和宋探微杵在门口，眼前的宋探微和她印象中的宋探微差别太大了，完全捉摸不透他的心思。

“唉——”宋探微叹了口气，“我们坐下来谈谈。”

“我跟你有什么好谈的。”丁繁星嘴上这么说，还是退开，让他进门，礼貌性地倒了杯水给他。

宋探微扫视室内一圈，纯粹单身女性的居住氛围让他满意，视线最后落在电脑上，视频暂停的画面是主播台上的他，她还是很在意他的嘛。

“确实，我和你这个人没什么好谈的。”

丁繁星一听，脸都黑了下来，果然是上门找碴儿的，但他下一句话，像道雷霹中了她。

“除了谈恋爱。”

心跳倏地加快，她有些不知所措起来，怀疑自己听错了，忍不住问：“宋探微，你今天到底为什么来？”

宋探微忽然倾身，靠近她，目不转睛地盯着她：“丁繁星，你觉得我会看上你吗？”

过去怎么羞辱她，如今又要来一次吗？

“你！”

丁繁星瞬间火冒三丈，想要推开他，却被他一把抱进怀里，听他在她耳边，以一种从未有过的温柔口气，认真而笃定地说：“我觉得我会看上你，而且只会看上你，懂了吗？”

她愣住，不敢置信地抬头，只见他微微扬起的嘴角，在眼中荡起点点的微笑，如同繁星坠入海洋，在闪闪发亮，是宠溺的光芒。

“那时你说这句话，不是在嘲讽我的痴心妄想吗？”丁繁星问出自己最大的心结，这话简直是她的紧箍咒。

“玻璃心。”宋探微怜爱地揉揉她的脑袋，亏她那么自信地追他，“我是随便让人追的人吗？”

“所以，你今天带京记泡芙来，表示你是我的人？”

“我只是觉得你一辈子不吃这东西，太可怜了。”

丁繁星啼笑皆非，但还是心满意足地扑进他怀里，如愿以偿。

一闪而过的流星，坠入海洋，原来如此温暖，那是让繁星羡慕的归宿。

韩佳佳说她不懂宋探微，她现在好像有点儿懂了。

宋探微不是傲慢，而是傲娇。

【完】

后记

请先学会爱自己

QING XIAN XUE HUI AI ZI JI

朋友失恋了。

她告诉我，她如何对对方好，给他买限量的球衣球鞋，为他学着做家务，他打球受伤她请假在医院照顾他……她列举种种为他做的事，觉得再也找不到有人像她这样对他好了。

她期待他也会对她好，却一直落空，越来越失望，越失望就越累，终于有天受不了，她选择分手，对方也没有挽留。

她不懂他为什么不珍惜？更不懂得，他为什么不能像她对他这样对她好呢？

“明明是他追我呀。”朋友很纠结，“为什么在一起后，就变了？”

我说：“因为你对他太好了。”

“我喜欢他，就想对他好呀。”她不解，“不行吗？”

“比起对他好，你要先对自己好。”

我不知道怎么跟她解释人性微妙的东西，在家被父母宠爱十指不沾阳春水的女孩儿，为了爱却把自己变成保姆去照顾对方的生活，她觉得是为爱奉献，自我感动了却没能感动对方，也无法获得想要的爱，心态最终崩塌了。

她跟我说了很多，始终在纠结——我对他那么好，为什么他不珍惜呢？

我不忍心对她说“人性本贱”，只说“他不是对的人”。

每个人的恋爱模式不一样，每一对恋人的相处方式也不同，我没法跟朋友说哪种恋爱最好，但是有一点我很清楚，如果你想别人爱你，请先学会爱自己。

有条微博问：如果可以的话，你愿意和自己结婚吗？

很多人回答说不愿意，太清楚自己的缺点，讨厌自己。

自卑和自信只有一字之差，两者的差距犹如马里亚纳海沟到珠穆朗玛峰，可以造就完全不一样的人。

朋友说不知道怎么爱自己？

我说做任何让自己开心让自己变好的事就是爱自己。

其实，我们最应该取悦的不是任何人，而是自己。

我们跟自己相处的时间最多，却不一定最了解自己，所以与其花心思去讨好别人来对自己好，不如认真面对自己，倾听自己的心声，将自己当成最重要的人，好好爱护。

当你知道怎么爱自己以后，你也会知道如何让别人爱你。

写余鲤和宋凌微的故事时，我也思考了很多。

余鲤是个看起来很讨喜的姑娘，人长得好看，性格也爽快，又有正义感，我非常喜欢她。可写到她面对过去时，我也纠结痛苦，不得不面对社会上一些现实，明明是受害者，却要反省，最后连自己都会觉得遇到不好的事情是自己的错。

就像恋爱中，受伤越严重的人，越会觉得是自己的问题才没有被温柔对待。

亲爱的，相信自己，每个人都是这个星球上最可爱的花，都值得被爱。

轻寒

2017年10月13日